大草原的启蒙

张承志 / 著

贵州出版集团
贵州人民出版社

图书在版编目（CIP）数据

大草原的启蒙 / 张承志著. —— 贵阳：贵州人民出版社，2019.10
 ISBN 978-7-221-15386-9

Ⅰ.①大… Ⅱ.①张… Ⅲ.①小说集—中国—当代②散文集—中国—当代 Ⅳ.①I217.2

中国版本图书馆CIP数据核字（2019）第155376号

大草原的启蒙

张承志 / 著

选题策划：京贵传媒
策划编辑：陈　滔
责任编辑：陈思宇
特约编辑：李　晁
封面设计：今亮后声 HOPESOUND pankouyugu@163.com　田松
出版发行：贵州人民出版社
社　　址：贵阳市观山湖区会展东路SOHO办公区A座
邮　　编：550001
印　　刷：鑫艺佳利（天津）印刷有限公司
开　　本：880mm×1230mm　1/32
印　　张：10.5
字　　数：226千字
版　　次：2019年10月第1版
印　　次：2019年10月第1次印刷
书　　号：ISBN 978-7-221-15386-9
定　　价：78.00元

本书如有印装质量问题，请与我们联系调换（010-6580 1127）。
版权所有　侵权必究

目 录

黑骏马 / 001

劳动手册 / 076
袍子经 / 084
启蒙的历程 / 099
那一年的白灾雪原 / 143
粗饮茶 / 155
北方女人的印象 / 167
狗的雕像 / 173

匈奴的谶歌 / 185

辉煌的波马 / 217

公社的青史 / 232

二十八年的额吉 / 243

阿尔善 / 263

掩卷追怀亦邻真 / 276

十遍重写金牧场 / 289

人文地理概念之下的方法论思考 / 295

阿尔丁夫牙牙学语 / 303

达林太的色赫腾 / 311

Alder-tai urō（有名的小马）/ 322

黑骏马

　　也许应当归咎于那些流传太广的牧歌吧，我常发现人们有着一种误解。他们总认为，草原只是一个罗曼蒂克的摇篮。每当他们听说我来自那样一个世界时，就会流露出一种好奇的神色。我能从那种神色中立即读到诸如白云、鲜花、姑娘和醇酒等诱人的字眼儿。看来，这些朋友很难体味那些歌子传达的一种心绪，一种作为牧人心理基本素质的心绪。

　　辽阔的大草原上，茫茫草海中有一骑在踽踽独行。炎炎的烈日烘烤着他，他一连几天在静默中颠簸。大自然蒸腾着浓烈呛人的草味儿，但他已习以为常。他双眉紧锁，肤色黧黑，他在细细地回忆往事，思念亲人，咀嚼艰难的生活。他淡漠地忍受着缺憾、歉疚和内心的创痛，迎着舒缓起伏的草原，一言不发地、默默地走着。一丝难以捕捉的心绪从他胸中飘浮出来，轻盈地、低低地在他的马儿前后盘旋。这是一种莫名的、连他自己也未曾发觉的心绪。

这心绪不会被理睬或抚慰。天地之间，古来只有这片被严寒酷暑轮番改造了无数个世纪的一派青草。于是，人们变得粗犷强悍，心底的一切都被那冷冷的、男性的面容挡住。如果没有烈性酒或是什么特殊的东西来摧毁这道防线，并释放出人们柔软的那部分天性的话——你永远休想突破彼此的隔膜而去深入一个歪骑着马的男人的心。

不过，灵性是真实存在的。在骑手们心底积压太久的那丝心绪，已经悄然上升。它徘徊着，化成一种旋律，一种抒发不尽、描写不完，而又简朴不过的滋味，一种独特的灵性。这灵性没有声音，却带着似乎命定的音乐感——包括低缓的节奏、生活般周而复始的旋律，以及或绿或蓝的色彩。那些沉默了太久的骑马人，不觉之间在这灵性的催动和包围中哼起来了。他们开始诉说自己的心事，卸下心灵的重荷。

相信我，这就是蒙古民歌的起源。

高亢悲怆的长调响起来了，它叩击着大地的胸膛，冲撞着低巡的流云。在强烈扭曲的、疾飞向上和低哑呻吟的节拍上，新的一句在追赶着前一句的回声。草原如同注入了血液，万物都有了新的内容。那歌儿激越起来了，它尽情尽意地向遥远的天际传去。

歌手骑着的马走着，听着。只有它在点着头，默默地向主人表示同情。有时人的泪珠会噗地溅在马儿的秀鬃上：歌手找到了知音。就这样，几乎所有年深日久的古歌就都有了一个骏马的名字：《修长的青马》《紫红快马》《铁青马》等等，等等。

古歌《钢嘎·哈拉》——《黑骏马》就是这无数之中的一首。

我第一次听到它的旋律还是在孩提时代。记得当时我呆住了，双手垂下，在草地里静静地站着，一直等到那歌声在风中消逝。我觉得心里充满了一种亲切感。后来，随着我的长大成人，不觉之间我对它有了偏爱，虽然我远未将它心领神会。即便现在，我也不敢说自己已经理解了它那几行平淡至极的歌词。这是一首什么歌呢？也许，它可以算一首描写爱情的歌？

后来，当我遇到一位据说是思想深刻的作家时，便把这个问题向他请教。他解释说："很简单。那不过是未开的童心被强大的人性的一次冲击。其实，这首歌尽管堪称质朴无华，但并没有很强的感染力。"我怀疑地问："那么，它为什么能自古流传呢？而且，为什么我总觉得它在我心头徘徊呢？"他笑了，宽厚地捏捏我的粗胳臂："因为你已经成熟。明白吗？白音宝力格，那是因为爱情本身的优美。她，在吸引着你。"

我哪里想到，很久以后，我居然不是唱，而是亲身把这首古歌重复了一遍！

当我把深埋在草丛里的头抬起来，凝望着蓝空，聆听着云层间和草梢上掠过的那低哑歌句，在静谧中寻找那看不见的灵性时，我渐渐感到，那些过于激昂和辽远的尾音，那此世难逢的感伤，那古朴的悲剧故事；还有，那深沉而挚切的爱情，都不过是一些倚托或框架。或者说，都只是那灵性赖以音乐化的色彩和调子。而那古歌内在的真正灵魂却要隐蔽得多，复杂得多。就是它，世世代代地给我们的祖先和我们以铭心的感受，却又永远不让我们有彻底体味它的可能。我出神地凝望着那歌声逝入的长天，一个鸣叫着的雁阵掠过，打断了我的求索。我想起那位为我崇拜许久的作家,第一次感到名人的肤浅……

哦,现在,该重新把这个问题提出来了。我想问问自己,也问问人们,问问那些从未见过面、却又和我心心相印的朋友们:《黑骏马》究竟是一首歌唱什么的歌子呢?这首古歌为什么能这样从远古唱到今天呢?

1

> 漂亮善跑的——我的黑骏马哟
> 拴在那门外——那榆木的车上

在远离神圣的古时会盟敖包和母亲湖、锡林河的荒僻草地深处,你能看到一条名叫伯勒根的明净小河。牧人们笑谑地解释说,也许是哪位大嫂子在这里出了名,所以河水就得到这样有趣的名字。然而我曾经听白发的奶奶亲口说过:伯勒根,远在我们蒙古人的祖先还没有游牧到这儿时,已经是出嫁姑娘"给了"那异姓的婆家,和送行的父母分手的一道小河。伯勒根:现代蒙语中的含义是"嫂子"。但我们有证据认为它是一个突厥词源的借词。它是一个名词化的形动词,词根是"给"。

我骑着马哗哗地蹚着流水,马儿自顾自地停下来,在清澈的中流埋头长饮。我抬起头来,顾盼着四周熟悉又陌生的景色。二十年啦,伯勒根小河依旧如故。记得我第一次来到这里时,父亲曾按着我的脑袋,吆喝说:"喂,趴下去!小牛犊子。喝几口,这是草原家乡的水呵！"

前不久，我陪同畜牧厅规划处的几位专家来这一带调查仔畜价格问题，当我专程赶到邻旗人民委员会探望父亲时，他不知为什么又对我发了火："哼！陪专家？当翻译？哼！牛犊子，你别以为现在就可以不挨我的鞭子……你应当滚到伯勒根河的芦苇丛里去，在河水里泡上三天三夜，洗掉你这股大翻译、大干部的臭味儿再来看我！"

父亲，难道你认为，只有你们才对草原怀着诚挚的爱么？别忘了，经历不能替代，人人都在生活……

河湾里和湿润的草地上密密地丛生着绒花雪白的芦荻。大雁在高空鸣叫着，排着变幻不定的队列。穿行在苇墙里的骑手有时简直无法前进：刚刚降落的雁群吵嚷着、欢叫着，用翅膀扑楞楞地拍溅着浪花，芦苇被挤得哗哗乱响。大雁们在忙着安顿一个温暖的窠，它们是不会理睬自然界中那些思虑重重的人的。

我催马踏上了陡峭的河岸，熟悉的景物映入眼帘。这就是我曾生活过的摇篮，我阔别日久的草原。父亲——他一听到我准备来这里看望就熄了怒火，可他根本不理解我重返故乡的心境……哦，故乡，你像梦境里一样青绿迷蒙。你可知道，你给那些弃你远去的人带来过怎样的痛苦么？

左侧山岗上有一群散开的羊在吃草，我远远看见，那牧羊人正歪在草地上晒太阳。我朝他驰去。

"呃，不认识的朋友，你好！呃……好漂亮的黑马哟！"他乜斜着眼睛，瞟着我的黑马。

"您好。这马么，跑得还不坏——是公社借给我的。"我随口应酬着。

"呃,当然是公社借你的——我认识它。嗯,这是钢嘎·哈拉。错不了。去年它在赛马会上跑第一的时候,我曾经远远地看过它一眼。所以,错不了。公社把最有名的钢嘎·哈拉借给你啦?"

钢嘎·哈拉?!像是一个炸雷在我眼前轰响,我双眼昏眩,骑坐不稳,险些栽下马来。但我还是沉住了气:"您的羊群已经上膘啦,大哥。"我说着下了马,坐在他旁边,递给他一支烟。

哦,钢嘎·哈拉……我注视着这匹骨架高大、脚踝细直、宽宽的前胸凸隆着块块肌腱的黑马。阳光下,它的毛皮像黑缎子一样闪闪发光。我的小黑马驹,我的黑骏马!我默默地呼唤着它。我怎么认不出你了呢?这个牧羊人仅仅望过你一眼,就如同刀刻一样把你留在他的记忆里。而我呢,你是知道的,当你作为一个生命刚刚来到这个世界上时,也许只有我曾对你怀有过那么热烈的希望。是我给你取了这个骄傲的名字:钢嘎·哈拉。你看,十四年过去了。时光像草原上的风,消失在比淡蓝的远山和伯勒根河源更远的大地尽头。它拂面而过,逝而不返,只在人心上留下一丝令人神伤的感触。我一去九年,从牧人变成了畜牧厅的科学工作者;你呢,成了名扬远近的骏马之星。你好吗?我的小伙伴?你在嗅着我,你在舔着我的衣襟。你像这个牧羊人一样眼光敏锐,你认出了我。那么——你能告诉我,她在哪里吗?我同她别后就两无音讯,你就是这时光的证明。你该明白我是多么惦念着她,因为我深知她前途的泥泞。你在摇头?你在点头?她——索米娅在哪儿呢?

"呃,抽烟。"牧羊人递给我一支他的烟。

"好好。哦……晒晒太阳真舒服!大哥,你是伯勒根生产队的人么?"我问。

"不是。不过,我们住得很近。"

……那时,父亲在这个公社当社长。他把我驮在马鞍后面,来到奶奶家。

"额吉!"他嚷着,"这不,我把白音宝力格交给你啦。他住在公社镇子里已经越学越坏。最近,居然偷武装部的枪玩,把天花板打了一个大洞!我哪有时间管他呢?整天在牧业队跑。"

白头发的奶奶高兴得笑眯了眼。她扔给父亲一个牛皮酒壶,然后亲热地把我揽进怀里,啧的一声在我额上亲了一下。亲得头皮那儿水滑滑的。我使劲挣出她油腻的怀抱,但又不敢坐在父亲身边,于是慢慢蹭到一个在一旁文静地喝茶的、黑眼睛的小姑娘旁边。她望望我,我望望她;她笑了,我也笑了。

"你叫什么名字?"我打听道。

"索米娅。你是叫白音宝力格吗?"她的嗓音甜甜的,挺好听。

父亲喝足了奶酒,微醉地扶着我的肩头,走到外面去抓马。盛夏的草地湿乎乎的,露水珠儿在草尖上沾挂着,闪着一层迷蒙晶莹的微光。我快活地跑着,捉住父亲的铁青走马,使劲解着皮马绊。

"白音宝力格!"父亲一把扳过我的肩头。我看见他满腮的黑胡子在抖着。"孩子,从你母亲死掉那天,我就一直想找的这样一个人家……你该知道我有多忙。在这儿长大吧,就像你爷爷和父亲一样。好好干,小牛犊。额吉家没有男子汉,得靠你啦。要像那些骑马的男人一样！懂么？"

"骑马？"我向往地问，"我会有自己的马吗？"

父亲不以为然地答道："当然。可是要紧的是，你不能在公社镇上变成个小流氓。"

这样，我成了一个帐篷里的孩子。我学会了拾粪，捉牛犊，轰赶春季里的带羔羊；学会了套上犍牛去苡苡草丛里的井台上拖水；学会了用自己粗制滥造的小马杆套羯羊和当年的马驹子。我和索米娅同岁，都是羊年生的，也都是白发奶奶的宝贝。我们俩一块干活儿，也一块在小学里念过三年蒙文和算术；夏天在正式的学校里，冬天则在民办教师的毡包里。她喊我"巴帕"；我呢，有时喊她"沙娜"，有时喊她"吉伽"——至今我也不明白草原小孩怎么会制造出那么多奇怪的称呼来，这些称呼可能会使研究亲属称谓的民族学家大费脑筋吧。

草原那么大、那么美和那么使人玩得痛快。它拥抱着我，融化着我，使我习惯了它并且离不开它。父亲骑着铁青走马下乡时，常常来看我，但我已经不愿缠他。只要包门外响起牛犊偷吃粮食或是狗撞翻木桶的声音，我就立即丢开父亲，撞开门出去教训它们。有时父亲正在朝我大发指示，我听见索米娅在门外吆牛套车，也立即就冲了出去。

当我神气活现地骑在牛背上，架着木轮车朝远处的水井进发的时候，回头一望，一个骑铁青马的人正孤零零地从我们家离开。不知怎么，我心里升起一种战胜父亲尊严的自豪感。我已经用不着他来对我发号施令了。在这片青青的、可爱的原野上，我已经是个独当一面的男子汉。我望望索米娅，她正小心翼翼地坐在大木缸上，信赖而折服地注视着我。我威风凛凛地挺直身子，顺手给了犍牛一鞭。蓝翅膀的燕子在牛头前面纷纷闪开，粗直的芨芨草在车轮下叭叭地折断。我心满意足地驱车前进，时时扯开嗓子，吼上一两句歌子。

十四年前是羊年：我和索米娅都十三岁了。

十三岁是蒙古儿童第一次得到众人礼遇的年头。过年的时候，奶奶给我和索米娅都穿上用牛粪烟熏得鲜黄的、花边鲜艳的新皮袍。我们套上牛车到处去串门。因为是我们的本命年，所以牧人们照规矩送给我们各式各样的礼物。索米娅高兴地数着自己的礼物，一个个地翻看着那些月饼、花手巾、瓷茶碗。而我，却不免开始有了一丝感慨：在这样重要的节日，我居然和女人家一样，赶着牛车去串门；而其他有畜群人家的孩子，却神气地跨着剪齐鬃毛的高头大马，随着大人的马队，在飞扬的雪雾中吆喊着，从一个蒙古包驰向另一个蒙古包。唉！我什么时候才能有匹马呢？

索米娅安慰我说："别急，会有的。奶奶说，过两年，我们向队里要一群牛放。那时你就有整整五匹乘马啦。"

"哼！两年！"我愤愤地朝她喊道，"可是这两年里怎么办？"

没想到，事情变化得那么快。

春天，热清明前几天的一个夜里，刮了一场天昏地暗的风雪。整夜我们都缩在皮被里，挤在奶奶身边，倾听着嗷嗷的风吼声、包顶咔咔的摇晃声和分辨不清的马群的驰骤。奶奶不安地拖长了声说："唔，马群被风雪抓跑啦……唔，怀驹的骒马要死啦……"

第二天清晨，奇迹出现了！

我和索米娅使劲推开被雪封住的木门后，突然看见，在我们包门外站着一匹漆黑漆黑的马驹子。远处依然在刮着白毛风的雪坡上，隐隐可以望见一匹黑骒马的僵尸。

我们惊叫着，又牵又抱地把马驹拉进了包内。它害怕地睁着泪汪汪的眼睛，四肢弯曲着，靠着毡墙打颤。炉火烤化了它身上冻硬的毛片，愈发显得漆黑闪亮。

奶奶连腰带都顾不上系了，她颤巍巍地搂住马驹，用自己的袖子揩干它的身体，然后把袍子解开，紧紧地把小马驹搂在怀里。她一下下亲着露在她袍襟外面的马驹的脑门儿，絮叨叨地说着一套又一套的迷信话。她说，这黑马驹很可能是神打发来的。因为白音宝力格已经到了骑马的年龄。白音宝力格是好孩子，是神给她的男孩，所以神应该记着给白音宝力格一匹好马。如果不是这样，有谁见过骒马在风雪中产驹冻死，而一口奶还没吃的马驹子反而能从山坡上走下来，躲到蒙古包门口呢？她还说，她一辈子见过多少马驹子，可是没见过这么漂亮的。看来，把这马驹子养活喂大，是神打发她这把老骨头这辈子干的最后一件事啦……

我和索米娅听得入了迷。我们完全被奶奶的思想征服了。后来，我们看到她在用红布块给黑马驹缝护身符时，我们都忘了老师教过我们的、要反对迷信的教导。

晚雪尚未化净，山野还是一片斑驳。每天，黑马驹喝了一小桶牛奶以后，常在柔软的草地上挺直脖颈，轻轻跃起，又缓缓卧下，久久地凝望着山峦和流云。我和索米娅在山坡上拾粪回来时，总喜欢鼓起腮，尖尖地打个嘁哨；或者拖长声音喊一声"嗬——依——"黑马驹会像灵巧的兔子一样，蹦蹦跳跳地躲闪着它害怕的马莲草丛和牛粪堆，用那让人心疼又美丽无比的步法飞一般朝我们奔来。我们则扔下筐，帮它把弄脏的黑皮毛擦净，把歪了的红布护身符挂正，把我们省下来的月饼块、红糖、油果子，一块块地喂给它吃。远处，奶奶飘着一头银发，勤奋地忙碌着，挤奶、拴牛犊，像是为着一项神圣的使命。我们当然不让它在外面过夜，晚上总是用软羊毛绳把它拴在包里的炉火旁。小马驹加入了我们的家，我们四个愉快地生活着，享受着它给我们带来的无限乐趣。

一天，我们正在逗黑马驹玩呢，蹲在乳牛脚旁的奶奶突然来了兴致。她一面挤着奶，一面哼起了一支歌子，那就是《钢嘎·哈拉》——《黑骏马》。[1]

奶奶旁若无人地干着活儿，唱着。她挤完奶，又把豆饼掰成小块，放进木食槽里，挨个地牵过乳牛和牛犊。她唱着、教训着贪嘴的牛："漂亮的善跑的——黑骏马，嗬哟……滚开！白鼻子！还吃不够么！——拴在……那榆木的车上，嗬哟……"

奶奶在情在意地唱着。没料到，她还是一个歌手呢！在她拖出婉转的长长的尾音时，她的嗓音嘶哑而高亢，似乎她能随便唱出很难唱的花音。也许是我以前听惯了学校教的那些节奏欢快的儿童歌曲吧，这朴直古老的《黑骏马》，使我觉得那么新奇。索米娅和我对着，连气也不敢出，呆呆地听着奶奶自我陶醉的吟唱。奶奶唱的是一个哥哥骑着一匹美丽绝伦的黑骏马，跋涉着迢迢的路程，穿越了茫茫的草原，去寻找他的妹妹的故事。她总是在一个曲折无穷的尾腔上咏叹不已，直到把我们折磨够了才简单地用一两个词告诉我们这一步寻找的结果。那骑手哥哥一次次地总是

---

[1] 钢嘎·哈拉：蒙古语，漂亮黑马；黑骏马。

找不到久别的妹妹,连我们在一旁听着都为他心急如焚。哦,这是多么新鲜,多么动人的歌啊,它像一道清清的雪水溪,像一阵吹得人身透明的风,浸漫过我的肌肤,轻抚着我的心……我失神地默立在草地上,握紧拳头听着。神妙的曲调在我心灵中唤起的阵阵感动,渐渐地化成一匹浑身宛如黑缎的、昂首长嘶的骏马。这匹黑马的一举足一甩鬃都在我脑海里印下了那么深、那么逼真的印象。

歌子唱完了。我醒过来。索米娅正搂着黑马驹的脖子,不出声地流着泪。我大喊道:"喂,沙娜!我要给这匹马取一个响亮的名字!你知道吗,它就是奶奶唱的那黑马的儿子。我要叫它'钢嘎·哈拉'!它一定会成为一名真正的快马。嘿,多棒的名字:黑骏马……我要骑着它去追那些讨厌的老牛。我,我要骑着它走遍乌珠穆沁,走遍锡林郭勒,走遍整个草原!"

索米娅惊讶地看着我,她说:"当然啦,它会是一匹黑骏马。你看,它刚生下来就有本事穿过风雪跑到咱们家门口……可是,巴帕,"她闪着黑黑的眼睛盯着我,"嗯,等你真的走遍了锡林郭勒和全部草原以后,你会像奶奶唱的那样,骑着你的钢嘎·哈拉回到这里,来看看我吗?"

"当然!"我毫不迟疑地回答。

"喂!喂!"牧羊人推了我一把,"你怎么,生病了吗?朋友,你的气色很不好!"

我猛然一惊,"噢,没什么,"我回答说,"天气真暖和。"随即,我站起来,拉过钢嘎·哈拉。

2

善良心好的——我的妹妹哟
嫁到了山外——那遥远的地方

十四年光阴如流水。钢嘎·哈拉已经显得骨骼粗大,不再像以前那样修长苗条。它的胸脯虽然显得更加宽厚结实,可是作为一匹在赛会上与精选的好马争一步之短长的骏马来说,它的黄金时光已近结束。就像我们已经成人立业,步入坚实的中年,结束了那充满激动和幻想的青春年华一样。

牧羊人和我并马走着。他显然觉得独自陪伴羊群很无聊,乐意陪我走几步,消磨时间。

伯勒根小河在这里缓缓地绕了一个巨大的半圆。当马儿登上唔伽·古塔尔的阪道,走上山坡时,我看见蓝玻璃般的河水静静地嵌入浓暗的绿草,在远远的大地上划出我的故乡和邻队的界限。望着河湾里影绰可辨的星点毡包,我不觉带住了钢嘎·哈拉的嚼子。故乡——我默念着这个词。故乡,我的摇篮,我的爱情,我的母亲!河滩右侧的山岗下,那黄石头垒成的牛圈依然如故。在青格尔敖包和曼卡泰·海勒罕之间的狭长山谷里,还是蓝幽幽地开满着马莲花。哦,在这块对我来说是那么熟识、那么亲切的草原上,掩埋着我童年的幸福和青春的欢乐,也掩埋着我和索米娅的美好的爱情……

我离开她整整九年。我曾经那样愤慨和暴躁地离她而去,因为我认为自己要循着一条纯洁的理想之路走向明天。像许多年轻的朋友一样,我们总是在举手之间便轻易地割舍了历史,选择了新途。我们总是在现实的痛击下身心交瘁之际,才顾上抱恨前科。我们总是在永远失去以后,才想起去珍惜往日曾挥霍和厌倦的一切,包括故乡、包括友谊、也包括自己的过去。九年了,那匹刚进五岁的、宽胸细腰的黑马,真的成了夺标常胜的钢嘎·哈拉。而你呢?白音宝力格,你得到了什么呢?是事业的建树,还是人生的真谛?在喧嚣的气浪中拥挤;刻板枯燥的公文;无止无休的会议;数不清的人与人的摩擦;一步步逼人就范的关系门路。或者,在伯勒根草原的语言无法翻译的沙龙里,看看真正文明的生活?观察那些痛恨特权的人也在心安理得地享受特权?听那些准备移居加拿大或美国的朋友大谈民族的振兴?

而索米娅如今又怎么样呢?远处那星星点点的毡帐,哪一座才是她的家呢?

"呃,羊群远啦。老弟,再见吧。"牧羊人打个哈欠,扯开了马头。

"等等!大哥,"我拦住他。"请指给我,哪个是索米娅和她奶奶的蒙古包?要知道……"

他眯着眼睛想了一阵。"噢——你说的是伯勒根的白发额吉呀!她家已经不在啦。"

"怎么?不在了?"我急了。

"呃,老人早死了,那姑娘嫁了人。"想了想,他又说:"嫁到白音乌拉——很远的地方去啦。"

说罢,牧羊人纵马朝背后的羊群驰去。

暮色已经降临,西方半个天空斜斜地布着暗蓝色的条云。正

张承志-《远方》油画

将沉没的残阳把那厚重的云层底部烧得蓝里透红。暮霭轻轻飘荡，和远方盆地里的晚炊融成一片。我骑着钢嘎·哈拉，向罩着蓝红色晚霞的西方走着，水一样清凉的风扑入心里，我周身发冷。我心情沉重而坚决地朝西走着，像古代骑手走向自己的末日一样。

在分开伯勒根河流域和外部草原的那条峥嵘的山谷里，我追上了快要逝尽的落霞。这儿是一条人迹罕至的山沟。自古以来，畜群从不来这儿吃草，人家也不靠近这儿居住。如果细细察看的话，可以看见，那高得齐腰的幽深野草中有一簇簇白得晃眼的东西。那就是一代代长辞我们而去的牧人的白骨。他们降生在这草中，辛劳在这草中，从这草中寻求到了幸福和快乐，最后又把自己失去灵魂的躯体还给这片青草。我亲爱的银发额吉，同时给了我以母爱和老人之爱的奶奶，一定也天葬在这里。

她把我从小抚养成人，而我却在羽毛丰满时，就弃她远去，一去不返。我不知道在她死去的时候，她是否想到过我；我只明白，这件送葬老人的事情，本来应当是由我，由她唯一的男孩子来承当的……额吉，饶恕我。你不肖的孙子在为你祈祝安息。

夜幕四合。

傍晚时已高悬半空的那弯镰月，此刻显得银光照人。我勒紧马肚带，整理了一下鞍鞴。在上马之前，我默默地单膝跪下，双手拔起一束野草，向这哺育过我的伯勒根草原告别。奶奶已溘然长逝，索米娅又远嫁异乡，我和这片青青草原之间维系的血脉断了。

我跨上马。突然，钢嘎·哈拉猛地竖起前蹄，在空中转了半周，然后用立着的两条后腿一蹬，嗖地冲了出去。正前方，是白音乌拉大山的依稀远影。

哦，白音乌拉，索米娅远嫁的地方！钢嘎·哈拉已经决定我们立刻去看她。我不能再做迟到的悔恨者。也许，我的沙娜正在生活的旋流中呼喊着我，等着我向她伸出救援的手……

索米娅，我来了。黑骏马像箭一样笔直地朝着朦胧的白音乌拉大山飞驰。宁静的夜激动了……

尽管我一本正经地给黑马驹命名为"钢嘎·哈拉"，而且弄得全牧业队的男女老幼都习惯了这样称呼它，但我倒并没有像索米娅那样常常哼着《黑骏马》。对我来说，那支歌子毕竟还是古怪了一些。那时被我喜爱的歌子是《阿洛淖尔》，一支简单明快的骏马赞歌。因为在《阿洛淖尔》里，叙述了一匹神马从一岁开始，到两岁，到长成熟的种种奇迹和本事。一直到"在达赖喇嘛的赛会上，它七十三次跑第一"那样的总结。从黑马驹降临的那个可庆幸的春天开始，我差不多整整一年反复哼着"还是一岁驹哟，你就备上鞍。"等到第二年，它的大脑袋刚刚显得小了点，小沙狐般的短尾巴刚刚能甩上几甩，我就眼巴巴地盼它长大，盼它超过全公社的千万马群。那时，我简直是发急地对它唱着："刚是二岁马哟，你就像飞箭。"有时，早晨在迷糊中被奶奶或索米娅推醒，我揉着发粘的眼皮，打着哈欠。直到端起奶茶碗，还没有清醒过来，只是觉得该说点儿什么。一张口，"二岁马哟……像飞箭！"

奶奶笑了。索米娅也格格地笑了。

第三个春天——奶奶从棚车深处找出一盘破碎的鞍子，央求附近的牧民修理。她说，这是索米娅的父亲留下的。自他死后，这个只有女人的家里就没人用它。而现在该收拾齐整啦。钢嘎·哈拉已经成为三岁马,很快就要调教出来。白音宝力格也过了十五岁,是男子汉啦。

十五岁是儿童和青年的分界,对早熟的草原少年更是如此。那时,我正一心钻研畜牧业机械和兽医技术,索米娅则在给邻居家的羊群守夜。我早已不再傻乎乎地把半句《阿洛淖尔》哼个没完了,那时我寡言少语,喜欢思索。父亲来看我时已很少耍威风,因为我常常正在安静地读一本图文并茂的《怎样经营牧业》,或者是赤着上身在用镐头刨着圈里的羊粪砖——我的汗水淋淋的两臂肌肉发达,他看看就会明白:白音宝力格已经成人了。

那天天气晴朗,是春季里的一个好天。我束紧腰带,走到草地上,解下钢嘎·哈拉的马绊。昨天晚上我们商量过:如果天气好,就正式给马备上鞍,把它调教出来。

索米娅朝我跑来。可能因为天热的缘故吧,也可能是为了帮我调马,她脱去了臃肿的皮袍子,穿着一件奶奶穿旧的、显得很小很窄的旱獭皮薄袍。她气喘吁吁地跑来,阳光直射着她的脸。她抬起手臂擦着汗珠,紧束着的腰带立即勒出了她躯体的曲线。刹那时,我的心动了一下:呵……我说不出心里的滋味儿,只觉得跑来的好像不是那个和我耳鬓厮磨地一块儿生活了六七年的沙娜了。沙娜——那个为我熟悉的小索米娅是多么小、多么胖乎乎,眼睛眯得是多么可笑呵,而差几步就要跑到我面前的,却分明是一个颀长、健壮、曲线分明、在阳光下向我射出异彩的姑娘。

"巴帕,真的今天就骑么?嘿,真高兴!"她的大眼睛闪着喜悦的光。以前她也常为些小事兴高采烈的,但那时从来没有这样一种奇怪的味道。我的心绪乱了,不知为什么生起气来。我暴躁地把皮马绊摔到地上，粗声吆喝她："喂，收好马绊子！"接着我揪紧马鬃，跃上了马背。

钢嘎·哈拉挣咬着旋转起来。索米娅高喊着："骑稳，巴帕！"她的声音也完全不像从前那样甜甜的，而是那么圆润，扰得人心神不安。我朝她吼道："别乱嚷！"随即松松马缰，黑马立即发疯般又踢又跳起来。

晚春的三岁马没有多大劲儿。傍晚时，钢嘎·哈拉已经学会在马鞭子的拨弄下，忽左忽右地顺路小跑了。我下了马，把它绊好放开，让它去啃刚冒芽的绿草尖。

已经融得一片斑驳的残雪，在渐渐黯淡的天色里显得白亮亮的。露出去年枯草的土地，在薄暮中颜色很黑。凉风阵阵拂过，使山凹里的积雪、袅袅的炊烟和整个春牧场都涂上了一分纯净的青色。我和索米娅抱着鞍鞯鞭绊，吱吱地踩着含水很多的雪地朝家走去。索米娅快活得很，她总是一面说话，一面朝我转过身子，或者干脆侧着走，说着，哼着什么歌子。

"巴帕，你骑得真不错！我原来以为，恐怕钢嘎·哈拉会把你摔下来。喂，喂！你听着吗？"她像以前一样，扳着我的肩头，摇着我。

"嗯。喂——"我觉得自己在费劲地寻找话题。这是多么奇怪的、异样的感觉呐。"我说，今天晚上，吃什么好呢？"

"吃肉饼！"索米娅欢叫起来，"哈哈，我们吃肉饼！我去取肉！"她一阵风似的向前跑了。我注视着她的背影，惊奇她怎么会用这种婀娜的姿态在草地上奔跑……

哦，成年的日子！当油然而生、连自己也无法理解的那异样的兴奋和萌动，突然间从心田里破土而出的时候，惶惑中的我们究竟能理解它的几分含义呢？我们根本没有理解，甚至不知道这就是青春的来临。我们只记得心中涌起的，那神圣的激动……我真切地感到，自己正在体验着一个纯净透明的世界和一个可怕的、令人羞耻的心跳的世界的啮咬和更替。我在初次爱上了生活的同时，也意识到自己失去的东西。我们再不会在冬夜里一块钻进老奶奶的皮被，你捅我一下，我打你一下地瞎闹；再不会在开着蓝花的青草地上滚成一团，争抢一个染红的羊拐骨；再不会一块儿骑在犍牛的背上，后一个扶着前一个的肩，沿着一条被成行的牛群踏出的蜿蜒小道，去水井拉水啦……索米娅穿的那旧袍子太窄了，腰带也束得太紧了。她在明媚的阳光里朝我跑来的时候，突然蜕去了过去的躯壳。她以完全陌生的东西敲击了一下我的心扉，并在一瞬间完成了一次惊人的启蒙。哦，男子汉！我从那么小就盼着长成一个男子汉。可是男子汉原来完全不仅仅是拥有一匹骏马。我根本没有料到，也没有理解这一切，我太年轻了。

在我独自咀嚼着这模糊的感受的时候，索米娅似乎也同时悟到了什么。第二天，我看见她一个人套上牛车去拉水。她没有骑牛，而是像女人们那样，斜斜地坐在车辕一侧。她没有喊我，我也明白，不该再去插手女人们的家务活儿了。我望着她的影子消失在低洼不平的盐碱地里，然后提着十字镐和斧头走出去。那天，我把家里的木轮车一一修好，并且刨了整整半圈羊粪砖。

新的生活开始了，尽管没有人宣布过它的开始。不觉间，奶奶不太去张罗门口和停列成一排的勒勒车那儿的活计了，她更多的是撑起身子，在昏暗的包内发表着她对里里外外各种事情的看法。在阳光强烈的夏天,她喜欢蹒跚地迈出包门,舒服地晒着太阳,捉捉虱子。过路的牧人向她致意:"好舒服呀,额吉!"她乐呵呵地说:"当然。两个孩子都大了嘛!没有我干的活儿啰。"我已经成了见习兽医,每天跟着老兽医四处转悠,去对付一些难产的骒马和不要犊的乳牛。没事的时候,我喜欢读书,尤其爱读那本《怎样经营牧业》。那本书是有模范牧民参与讨论、由专家分门别类写成的。我不仅从那里面读到了知识,也从那里窥见了为我不知的、新鲜而博大的世界。当我吃力地读完一段时,就伸手去摸茶碗。"等一下,巴帕。"一个低柔的、姑娘的声音传来,索米娅在给我斟着茶。我看见她低垂着的、微微闪动的黑睫毛和红润的一侧脸颊。我念不下去了。于是推门出来,牵过钢嘎·哈拉。它已经是新四岁的马了。我喊着:"喂!拿剪刀来!"索米娅跑出来,递给我剪刀。我给黑马修整着打齐的鬃,时而瞟索米娅一眼,那时,她会对我微微地一笑。

这样,到了我们十七岁的那个秋天。

一天,我们把一秋天拾来晒干的白蘑菇运到公社供销社去卖。索米娅和奶奶赶着装满蘑菇的棚车,我骑着钢嘎·哈拉相随。

在公社耽搁了好久——父亲要招待奶奶和我们吃饭。等我们返回伯勒根河湾的时候,天色已晚。索米娅拾来一些早枯的芦叶和干马粪;我在河畔的硝土岸上架起一口小锅。我们打算架起篝火,用河水煮一锅茶,吃些东西再赶路。

硝土岸旁长着细嫩多盐的碱草。芨芨草丛粗硬的根茎旁,也还有一些没有变白的绿叶。犍牛和钢嘎·哈拉贪婪地嚼着,几乎一步不移,任阵阵浮动的炊烟漫过它们黝黑的身体。我们祖孙三人围坐在篝火旁,随意闲谈着。河湾青濛濛的,通红的火焰里溅着桔橙色的火星,烤着我们的胸怀。流水跳跃着磷光,平坦无声地滑过。我们注视着恬静的家乡,心里充满了美好的感受。

"就是这儿。孩子们,"奶奶啜着茶,用浑浊的眼光注视着河湾,"这儿就是出嫁姑娘告别亲人的地方。唉,这一辈子,我看见多少姑娘,喏,就像你一样的年轻姑娘,索米娅——跨过这条小河,就再也没有见过面呀。我也一样,自从跨过这条河,来到这儿,已经整整五十多年啰……老人们唱过这样的歌:'伯勒根,伯勒根,姑娘涉过河水,不见故乡亲人'……"

我们收拾了锅碗,熄灭了篝火,准备继续赶路时,奶奶突然扯住我们俩。她急急地、紧张地说:"索米娅!唉,如果你也跨过这条河,给了那遥远的地方,我,我会愁死的!我看,我看,你们俩就在咱们自己的家里成亲吧!你们结成夫妻!这样,我一个宝贝也不会丢掉……"

我们俩同时从奶奶怀里挣脱出来。我跳上马,连抽几鞭。在呼啸的风声中,黑马一蹦子冲上了山岗。等我勒住马时,身后响起了歌声。我扯转马头,远远看见那银发的老奶奶正精神抖擞地边走边唱,她一手牵着牛车,一手牵着姑娘。她步履坚定,银发在夜风中一飘一飘。她准是看见了一种最实在,最鼓舞她的美景,才滋生了如此蓬勃的精神。

当天夜里,奶奶执拗地躲到蒙古包西侧去睡。炉火正北的、属于男女主人的那块白垫毡空出来了……

张承志-《黑骏马》油画

3

> 走过了一口——叫做"哈莱"的井呵
> 那井台上没有——水桶和水槽

钢嘎·哈拉顺着黑黝黝的峡谷奔驰着。我紧闭着双眼，伏在马鬃上。河湾、芦苇，整个伯勒根草原，包括那肃穆的天葬沟，对我都已不堪回首。我知道，此刻也许奶奶正在哪丛茅草旁，责备地、目不转睛地注视着我。奶奶，忘掉我吧……我催马更快地跑着。奶奶，忘掉昔日的白音宝力格吧！是他粉碎了你人生留年的最后一个梦想，因为索米娅最终还是跨过了那道河水，给了陌生的异乡。我纵马跑着。夜，延伸着它黑色的温暖怀抱，默默地、同情地跟随着我，仿佛它洞悉我无法倾诉的委屈。当然，只有它，只有这孕育光辉黎明的夜草原才知晓一切。它知道在自己深邃怀抱里往事的细节，知道我——愚蠢而粗野的白音宝力格也曾有过真正温柔和善良的一瞬……

我和索米娅并没有占用炉灶北侧那块最大的白垫毡。奶奶好心的饶舌，反而使我们真的疏远了。我在一心迷入书本和兽医知识以后，已经开始不善言笑和有点儿不像草地上长大的年轻人。索米娅在给羊群下夜时，常常在门口的棚车里过夜。我们彼此间已经短少话语，但我们又都在相互猜测。好像，我们都愿意长久地、这样日复一日地过下去，并悄悄地保护住一株珍奇的、无形的嫩芽。只有在我们一块商议一些生活琐事时，比如准备给谁缝一件袍子啦，把在公社忙昏了头的父亲接来吃顿羊肉啦——我才发现，索米娅总是非常兴奋。她热心于每一件日常的小小的高兴事，甚至吃一次从公社买来的"酱"，她也那么兴致十足。我清楚地感到，她的身上已经燃起了一股灼人的希望之火。一个像明媚春光一样的幸福未来，已经迫不及待地要闯进我们的破毡包来了！

就在那时，父亲奉命调动工作。在他出发赴邻旗的一个边远公社前，曾来和我们告别。我蹲在外面宰羊时，听见奶奶在和他叽叽咕咕地说些什么。后来听见父亲的声音："他们还太年轻，刚十七岁多一点……不过，额吉，一切就按你的主意吧。白音宝力格首先是你的孩子啊……咦，有酒吗？应该喝点……我真是个有福气的人哪！"

他临走时，猛地把我搂住了。他浑身的骨节嘎巴嘎巴地响。我很不好意思，可是又推不开他。他喉音浓重地嘟囔着说：

"白音宝力格！我真高兴。你母亲若是活着，唉——算了！我说，你真是个好小子！"

过了些日子，公社兽医站发给我一个通知：旗里准备开办一个牧技训练班，为牧业生产队培养畜牧兽医骨干，为期半年。

几年来，我一直对真正的专业学习向往不已。因为我觉得，如果继续跟着老兽医学下去，很可能会堕入旁门左道。想想看，把拖拉机排气管插进乳牛肛门吹气，医治那些不要犊的乳牛啦；用狗奶灌骒马，打下马肚子里的死胎啦，等等。这套办法虽然经常确是卓有成效，可是难道能用理论来阐明吗？也许，这个训练班将带我走进真正的牧业科学，我决定不放过这对一个牧民孩子来说是得之不易的机会。

我当然想到了索米娅。或者说正是因为她的缘故,我才有了这个抉择。等我半年后回来时,钢嘎·哈拉将是五岁马,真正的大马。我呢,也将满了十八岁。十八岁,成人的、使草原刮目相看的年龄,独立的男人和成家立业的年龄。十八岁的我将带着魁梧的身量和铁块一样的肌肉,还有一身本领回到草原。当然,十八岁的索米娅也会更勤劳、更能干、更善良和更美丽。那时,我将以坚毅的神情和成熟的大人气,向她建议我们的生活。我和她将有一个使整个草原羡慕不已的家,在幸福中照顾好我们亲爱的奶奶,让她享受一个充满安慰的晚年。呵,我深深地被自己的计划迷醉了。我渴望走向这样的未来,渴望着那跨着黑缎子般漂亮的黑骏马重归草原的日子。生活已经朝我敞开大门,那全部的劳动、温暖、充实和休憩正强烈地召唤着我的心。

我喊来索米娅,递给她那张通知书:"喂,我准备去旗里参加学习,帮我收拾一下东西。"

她赶快去找马褡子,我也再没有多说什么——一切都留到将来再说吧。第二天,有一辆卡车来我们生产队拉秋毛,我同司机说好,搭他的车去旗里报到。那司机是个直爽的汉族小伙子,他说,驾驶室里已经有两个人先我一步占了座位,不过,他可以在装羊毛时,用羊毛捆在车顶给我搭一个没有顶的房子。"保险像坐飞机一样舒服。"他说。

我们伯勒根草原离旗所在地很远。为了当天赶到,司机嘱咐我:夜里——也就是凌晨三点钟就要开车。

家里商量,决定由索米娅送我到旗里,帮助我安顿下来,顺便买点儿东西,再乘这辆车返回。

夜里，我俩攀着粗硬的绳索，爬上了装得比一座蒙古包还高的羊毛垛上。顶上，有一个用长方形的羊毛捆拦成的凹字形，这就是司机讲的房子啦。

汽车轮碾着草地上光滑的海勒格纳草，发出了均匀的密密切切的哗剥声。墨黑的天穹上星光稀疏，上半夜悬在中天的弦月潜进了辨不出形状的一抹暗云。夜，深远而浩莽。卡车偶尔驶上一道山梁时，苍茫的视野中一下子闪出一些桔黄色的光点，那是些帐篷里未熄抑或是早燃的灯火。而车子冲下黑暗的山谷时，神秘跳跃的火光熄灭了，只有座座朦胧的山影四下围合，并迎面向我们送来阵阵袭人的秋寒。

"喏，冷么？"我裹紧身上的薄皮袍，问她。

"冷。嗯，风太大……"她牙齿在打战。

我想了想，解开腰带，把宽大的袍子平摊开来，盖住我们两人的膝盖和前胸。靠着高高的羊毛捆，后背并不冷。只是冰冷的寒风马上从没盖严的肩头钻进来，我扯住袍角。

"不行，还是穿上吧。你会冻病的。"索米娅转过身来对我说。

"不。"

"你冻病了，奶奶会骂我。她会——"

"住嘴。"我顺嘴训她一句。

"喂！白音宝力格，挤过来些，你太冷啦！"

"我才不怕！"我故意坐得更高些，眺望着黯淡星光下起伏不定的原野。我们的卡车隆隆地吼着前进，路旁惊醒的黄羊从梦里跳了起来，痴呆地盯着我们这庞然大物。当车厢掠过它们伫立不动的侧影时，我觉得这些黄羊简直就像草坡上嶙峋的黑色岩石。

伯勒根河上游的很多溪水在这儿汩汩地、昼夜不息地汇集着，流淌着，好像在引导着我们的车子奔向天明。我遐想着，心里突然涌起一阵激情。不是吗？像这样不辞劳苦的溪流一样，我也正在穿过荒僻空旷的漠野，把过去了的幼稚生活长留身后。就在这个宁静的草原之夜，故乡的姑娘正送我走上旅程。我当然不会感到什么冷的，傻丫头。脱下皮袍子又算什么？你知道我将来会怎样保护你和关怀你……索米娅正在我身旁可怜巴巴地缩成一团，像只小羊一样躲在我搭在她身上的皮袍下面。在星光下，我看见她的大眼睛在一眨一眨地注视着黑暗，注视着这博大的夜草原。我的心里一下子涨起了一股强烈的、怜爱的潮水，一股要保卫这纯洁姑娘不受欺负和痛苦的决心。我猛然翻身掀起皮袍，把整个袍子都裹到她的身上。我不理睬她吃惊的叫唤和阻挠，起劲地把袍子塞紧在她的肩下、腰下和腿下。虽然寒风立即吹透了我里面穿的绒衣，呛得我喘不过气来，但我却感到那么痛快，不，是满足或者自豪。我从未有过这样的英勇的自豪感。

"不——"索米娅挣扎着跳起来，"巴帕——白音宝力格……你疯啦？你会冻死的！"她吃惊地喊着，双手举着皮袍扑向我。

这时，汽车忽地一斜，冲进了一条浅浅的小溪，满载的羊毛捆沉重地晃了一下。我坐不稳，一下子倒在"房子"的侧墙上。索米娅叫了一声，重重地栽在我的怀里，她冰凉的脸颊一下子碰到了我的脖颈。我胸中轰然掀起了雄壮的波涛，心儿像一面骤然响起的战鼓。我不顾一切地、疯狂地把她搂在自己的怀里，胡乱地抚摸着、亲吻着她。我把她搂得那么紧，以致她低低地呻吟起来。我激动得语无伦次，只顾一个劲儿嘟囔着："索米娅，沙娜，沙娜……"

索米娅使劲贴紧我，把头死死地扎在我的怀里，不肯抬起来。等到我贴身的衣服热乎乎地湿了一小片时，我才发现，她哭了。

这时汽车正在一条开阔的、流水纵横的戈壁里行驶。马达轰鸣着，高高的羊毛捆一摇一晃。我摇晃着索米娅的身子，伸手捧起她的腮，我着急地朝她喊着："索米娅！你这傻瓜别哭！听我说，我早想好啦，等我明年回来，就——结婚！听见吗？半年，结婚！"

索米娅啜泣着，用力地点了点头。

就这样，我们紧紧抱着，用青春的热和更暖人心怀的美好憧憬，驱走了拂晓前秋夜的寒冷。卡车愈开愈快，宛如一匹高大的、黝黑的巨马。茫茫的草地，条条的山梁，都呼啸着从两侧疾疾退去。哦，世界多辽阔！未来多美好！我禁不住小声地哼起歌来。但是索米娅止住了我。她伸出手捂住我的嘴，然后轻柔地摸着我的脸。最后，她把手指插进我的头发，把它弄乱，又抚平。她久久地、一言不发地亲吻着我，吻得那么潮湿、温暖，又使人心酸。黑暗中，她那双大眼睛一眨不眨地凝望着我，眸子深处那么晶莹。我胸中的涛声和鼓点又激越起来，带着幸福的晕眩，莫名的烦乱和守护般的、男人式的责任感。我又把皮袍子给索米娅裹紧，然后紧握住她的小手。车轮溅起溪流的水花，飞扬的水珠高高四散，像是碰上了我们灼热的脸。头顶上方可能浮盖着一层厚厚的云，我们看不见它，但可以相信：是它遮住了天上的乔里玛星和那片残月。我们拥抱着，默默地把手握在一起，让手心热得冒汗。东方的天空已经褪去那种夜的清冷。它虽然仍是一片墨蓝，轻缀其中的几簇残星虽然也依旧熠熠闪亮，但是那缀着星星的墨幕后面，已经苏醒般地升起，并悄然朝这儿飘来了一支壮美音乐的最初和声。它听不见，也许根本没有音响，但它确实已经出现并愈来愈近。它使莽莽的长夜失去了均匀的平静。也许它就是爱情吧，它汹涌而来，把不安宁的、富有活力的情绪注入这已经黑暗了太久的夜草原。

索米娅用鬃发触着我的面颊。她用几乎听不见的声音轻轻说道："你真好！巴帕……"

就在这一瞬间，我们的大卡车轰鸣着冲上了青格尔敖包一线最高的山口。朝向我的索米娅的脸庞在那一瞬突然变成通红通红的、妩媚的颜色。我吃惊地转向东方一看——

啊，日出……极远极远的、大概在几万里以外的、草原以东的大海那儿吧，耀眼的地平线上，有半轮鲜红欲滴的、不安地颤动的太阳露了出来。从我们头顶上方一直伸延东去的那块遮满长空的蓝黑色云层，在那儿被火红的朝阳烧熔了边缘。熊熊燃烧的，那红艳醉人的一道霞光，正在坦荡无垠的大地尽头蔓延和跳跃，势不可挡地在那遥远的东方截断了草原漫长的夜。

呵，话语已不能形容。这是我一生中见到的最美好、最壮丽的一次黎明。

我们已经不觉站立起来，在那强劲而热情地喷薄而来的束束霞光中望着东方。索米娅惊讶万分地睁大眼睛，注视着那天际烧沸的红云，她的脸上久久凝着感动的神情。金红的朝霞辉映着她黑亮的眸子，在那儿变成了一星喜悦的火花。我忍着心跳，屏住了呼吸，牢牢地抓住她的手。那半轮红日转动着，轻跳着，终于整个挣出了大地，跃进了人间。索米娅忽然抱住了我，我也把她紧贴在胸前。我们目不转睛地望着这千载难逢的美景，心里由衷地感激着太阳和大地，感激着我们的草原母亲，感激着她们对我们的祝福。

……哦，黎明，朝霞染红的黎明！你带给我们多么醉人的开始啊！

直到如今，我仍然认为，即使我失去了这美好的一切，即使我只能在忐忑不安中跋涉草原，去找寻我往昔的姑娘，而且明知她已不复属我；即使我知道自己无非是在倔强地决心找到她，而找到她也只能重温那可怕的痛苦——我仍然认为，我是个幸福的人。因为我毕竟那样地生活过。因为生活毕竟给过我一个那样难忘的开始。我将永远回忆那绚美难再的朝霞和那颤动着从大地尽头一跃而出的太阳。我觉得那天的太阳也曾显示过最纯洁、最优美的人间的感情。哪怕我现在正踏在古歌《黑骏马》周而复始、低徊无尽的悲怆节拍上，细细咀嚼并吞咽着我该受的和强加于我的罪过与痛苦，我还是觉得：能做个内心丰富的人、明晓爱憎因由的人，毕竟还是人生之幸。

4

　　路过了两家——当作"艾勒"的帐篷：
　　那人家里没有——我思念的妹妹

钢嘎·哈拉确实是匹好马。尽管它年纪稍嫌老了些，可是跑起来又快又稳。我骑着它，上坡走，下坡跑，一夜一天赶了二百多里路。道路左侧，已经看见白音乌拉大山巍峨的侧影在渐渐移近。

傍晚时分，在这片白音乌拉的草滩上，我信马走着，打量着每一个远远的女人的身影。直到天黑透了，我才下了决心，在一个破烂灰黑的小毡包前下了马。

我推开门，朝昏暗的包内问着好。好久才辨清毡子上端坐着两个默默吸烟的老头。简单的交谈中，我打量着这个包。没有女人。从简陋而条条有理的家什用具来看，我明白，这一定是两个过去的喇嘛。这种人家正是我最满意的宿处。

一个老头取出一块案板，从案板背的横木里抽出菜刀，慢腾腾地切了些肉，然后在那块尺来方的案板上擀着面条。等他终于把面条下了锅，把案板翻过盖在锅上之后，我谨慎地向他们询问索米娅的消息。煮面条的老头说：

"知道啦，你问的是大车老板达瓦仓的老婆。不过，唔……他们不在草地上住。好像住在公社那边，是么？"他问另一个老汉。

那老汉又装上一袋烟，点燃。他久久地咂着假玉石的烟嘴，好久才懒懒地说：

"嗯，达瓦仓住在诺盖淖尔。前两天，我还见到过他老婆。"说罢，他伸出腿，仔细地在靴底上磕着烟袋锅里的灰。我没有再问下去。他打了个哈欠，开始收拾枕头皮被，然后躺下了。油灯熄了。我裹紧毯子，枕着手臂，望着天窗外面的夜空。

这已经是白音乌拉草原的夜。

索米娅真的在这片夜空之下么……

那次的牧业技术训练班延长了两个月。等我回到伯勒根草原时，已经是五月初，草皮泛青的季节了。

我学得很好，在小畜改良和兽医这两门课程上，我都得到教师的赞扬。结业式上，我得到了一张奖状和一套奖品——一个装满兽医用的器械的皮药箱。

旗畜牧局李局长说，内蒙古农牧学院畜牧系和兽医系今年都在我们这里招收新生，根据我的学习成绩，如果我愿意的话，旗畜牧局愿意推荐我去其中任何一个系去上学深造。我看了那份表格，又还给了李局长。我说，这实在太诱人啦，但是我不愿离开草原。李局长劝我再考虑考虑。他说："你应当懂得什么叫机会。并不是每一个草原青年都能遇上它的。"而我却在第二天一早，就跨上一匹借来的马，朝伯勒根河湾飞驰而去。

走近家门口时，远远看见奶奶和索米娅都站在门口。风儿正掀得她们的袍角上下翻飞。

呵，这才是千金难买的机会！和心爱的姑娘一起，劳动、生活，迎接一个个红霞燃烧的早晨，做一个真正的男子汉。这样的前景是怎样地吸引着我啊！

奶奶依然饶舌地问这问那，索米娅给我搬出了那么多好吃的东西。我整理着带回来的一大包书籍，心里很快活。我把这些书齐齐地码在箱盖上，觉得我们的家已经焕然一新。一切都要开始啦，我们郑重地、仔细地商量了我和索米娅结婚的事。我们想等到秋天，等到忙完了接羔、剪毛和畜群检疫以后，而且那时父亲也许也能有些空闲。奶奶准备在夏天给他烧一大桶子酒，让他来这儿尽情地喝个痛快。

有了书,我当然更喜欢读书了。我还是习惯地在读完一页以后,就伸手去端茶碗。索米娅还是在那时立刻把热腾腾、香喷喷的奶茶斟进我手中的碗里。

那时,我照旧望她一眼,有时会遇见她出神的、直直地望着我的目光。但是,她的目光和神情非常古怪,甚至可以说是神色黯伤。她小心地、迟疑地盯着我,那眼光不仅使我感到陌生,而且似乎含着敌意的警惕。那是一种女人的眼神。

我奇怪了。难道新娘对她的未婚夫是这么疑心重重么?我说:"索米娅,你怎么啦?呶,过来。"而她却慌忙连连摇头,急匆匆地推门出去。没系腰带的宽大袍子绊着她的脚。

回家几天后的一个傍晚,我出诊去一户牧人家医治几头跛腿的山羊。等我干完后,主人搬出一个塑料桶来,请我喝酒。这时又来了一群闲逛的牧民。于是,大家便围着炉火喝起来。

喝一阵,唱一会儿,大家都醉了。我的兴致很好,歌子唱得也特别响亮。这时,黄头发的希拉醉醺醺地扳过我的肩,问道:

"白音宝力格,你……可真高兴呀,把,把高兴事说给我们……听听嘛!"

"是这样,希拉兄弟,"我兴奋地对他倾吐心曲,"我不久就要……就要和索米娅结婚啦!我不去农牧学院!不去!我要永远和……和索米娅……和额吉,嗯……永远!"我的舌头僵硬,可是心里却满是甜蜜。

"索米娅么?嘎、嘎、嘎,"希拉怪声怪气地哑笑起来。他端起半碗酒,咕咚咚地灌下肚,又凑向我:"那可真是……真是头漂亮的小乳牛哇……嘿嘿,那奶——那奶,甜哟——"他开心得前仰后合,最后竟哼唱起来。

昏暗中,有人厉声喝斥他:"住嘴!希拉!""你胡说些什么!""住嘴,你喝醉了!"

"我胡说?"希拉突然蹦起来,呼呼地喷着浓烈的酒气,血红的眼珠匕斜着,恶狠狠地扫视着屋里的人。最后,他盯住了我,盯了好久。接着,他无耻地笑起来:"反正白音宝力格最明白!对吧!你那漂亮的……小乳牛快下犊了吧?对!黄牛犊……嘎嘎嘎……对吧,兄弟?"

我气疯了。我暴跳起来,甩开揪扯着我的牧人,狠狠地抬起靴子,一脚把这个黄毛踢翻在毡子上,随即冲出了包门。

当我气急败坏地扯过钢嘎·哈拉的缰绳,踏住马镫时,包里传出那卑劣的黄毛恶毒的、发狂的怪吼声:"滚回去吧!摸摸你那头小乳牛……我希拉把她连牛犊子都送给你啦!"

我狠狠地鞭打着马,黑马的四蹄在石头上重重地击出一串串火星。这黄毛鬼的恶毒诅咒气昏了我。自从我生长在这片草原,还从没有听到过这样肮脏的话!我后悔没有揍那张污秽的嘴,或者用头号粗针头给他扎上一针冬眠灵——他居然如此放肆地侮辱和中伤我的爱情,还有我亲爱的索米娅!

黑马在门口猛地停住,我翻身下马,一下子撞开了家门。同时,我听见一声尖利的惊叫。

索米娅正在换衣服,她还来不及扣上袍子的前襟。我的眼睛被牢牢地吸住了——在她敞开的长袍里面,我看见一个高高凸起的肚子。

我呆住了,手扶着门框一动不动,只顾直直地盯住她那怀孕至少五六个月的、隆起的肚子。刹那间，我似乎突然明白了黄毛希拉那些毒言恶语的含义，也明白了几天来索米娅古怪的神情和敌意的目光。

奶奶在一旁呼呼熟睡着。索米娅惶惑地、害怕地望着我，慢慢朝角落退去。她扣着袍子上的纽扣，可是总扣不上。我看见她睁圆的眼睛里溢满了泪水。酒精和狂怒已经攫住了我，但一种莫名的难过又一下涌来，使我痛苦而悲伤。我一步步地朝她走去，她一步步地退着。我绝望地问她：

"真的吗……是黄毛鬼希拉吗？"我听着自己的声音，觉得它简直像是哭。

索米娅紧紧靠着毡墙，颤抖着。她一言不发地死死盯着我，脸上已是泪水纵横。

我的眼前黑了……哦，黄头发希拉是一个真正的恶棍。他要弄过的牧民妇女究竟有多少，没有谁数得清。草原上已经有不少孩子长着一头丑陋的黄发，用呆滞阴沉的眼睛看人。我不止一次听到人们指着那些孩子说："哼，都是黄毛希拉的种子！"

我勃然大怒了，可怕的痉挛阵阵袭来，我觉得眼前直冒金星。我猛扑过去，抓住索米娅的衣领，拼命地摇撼着她，要她开口。可她却倔强地愈发沉默。我发狂地吼叫起来，更用力地摇着她："你说！你说呀！为什么……说……你说！那个黄毛恶鬼！"

"松开——"索米娅忽然锐声地尖叫起来，"孩子！我的孩子！你——松开！松开——"她哭叫着，在我死命钳住她的手里挣扎着，突然，她一低头，狠狠地在我僵硬的手上咬了一口！

我痛得倒抽了一口凉气，手瘫软地松开了。索米娅愣怔了一下，一下子捂住脸嚎啕大哭起来,她撞开我,披头散发地奔到外面去了。

我揩去手上的血,伤口处立即又渗出新的一层血珠。我颓然坐下,猛地看见白发蓬松的奶奶正在一旁神色冷峻地注视着我。原来她早就坐在一旁。我想喊她一声"奶奶",但是喊不出来。她那样隔膜地看着我,使我感到很不是滋味。一种真正可怕的念头破天荒地出现了:我突然想到自己原来并不是这老人亲生的骨肉。

奶奶慢条斯理地开口了。她讲了很多,但我没有听进去,也不愿听进去。那无非是古老草原上比比皆是的一些过程,是我们久已耳闻并决心在我们这一代结束它的丑恶。这些丑恶的东西就像黑夜追逐着太阳一样,到处追逐着、玷污着、甚至扼杀着过于脆弱的美好的东西。所以,索米娅也无法逃避在打水路上遇见黄毛希拉时的那种厄运。"唉,自从你去学习以后,那个希拉闹腾得叫我们一秋天都不得安宁,"奶奶感慨地说,"这狗东西。"听她的口气,显然也没有觉得事情有多严重。

我沉默了。包里一片寂静。奶奶低着头数着她的那串念珠。门外,在远处传来的声声狗吠中,隐约能听见索米娅在棚车里的啜泣。

我打开箱子,摸出一柄父亲送我的蒙古刀。我悲愤地用力拔出刀子,雪亮的刀光在灯下一闪。奶奶抬起头来,不解地望着我。

"白音宝力格,怎么,"她用充满了奇怪的口吻说,"怎么孩子,难道为了这件事也值得去杀人么?"

我生气了。我怨恨地、愤愤地朝她问道:

"怎么?难道那样的坏蛋还配活到明天?"

她不以为然地摇摇头,然后开始搔着那一头的白发。她嘟囔地说:"不,孩子。佛爷和牧人们都会反对你。希拉那狗东西……也没有什么太大的罪过。"她朝我伸过一只瘦骨嶙峋的手来,"给我,好孩子。让我收起你那吓人的玩意儿来吧……有什么呢?女人——世世代代还不就是这样吗?嗯,知道索米娅能生养,也是件让人放心的事呀。"

我气得浑身哆嗦。但我更感到无法忍受的孤独。手里的匕首沉重地落在地上。我一句话也说不出,只是痛苦地、感慨地凝视着这一头银发的老人。我推门走到包外,皎好的银月正静挂中天。我倚门站着,久久注视着这一望迷茫的广袤草原。

钢嘎·哈拉嘶鸣起来。我看见它正披鞍挂镫,精神抖擞地跺着脚,像是等待着我。不,已经用不着我们去复仇啦,我的朋友。我走近它,开始松开它的肚带。那肚带勒得很紧。我解着它,流血的手背一阵疼痛。我感到身心交瘁,就把脸埋在骏马的鬃毛里,马儿不安地打着响鼻,用前蹄刨着草地。

……也许是因为几年来读书的习惯渐渐陶冶了我的另一种素质吧,也许就因为我从根本上讲毕竟不是土生土长的牧人,我发现了自己和这里的差异。我不能容忍奶奶习惯了的那草原的习性和它的自然法律,尽管我爱它爱得是那样一往情深。我在黑暗中搂着钢嘎·哈拉的脖颈,忍受着内心的可怕的煎熬。不管我怎样拼命地阻止自己,不管我怎样用滚滚的往事之河淹灭那一点诱惑的火星,但一种新鲜的渴望已经在痛苦中诞生了。这种渴望在召唤我、驱使我去追求更纯洁、更文明、更尊重人的美好,也更富有事业魅力的人生。

但我决不能没有索米娅。我回忆着远自童年就开始了的那漫长的十几年生活。昔日的生活是那样亲切，就像春季化雪时节在山谷里浸过草根，汩汩淌着的溪流。那溪水清澄又甘甜，浸泡着我心田的一寸一分。我仿佛又看见了那些两小无猜、无忧无虑的日子；又看到索米娅美丽眸子里的明亮火花，和那熊熊燃烧的、使一切自然界和人间的美都相形见绌的绚丽红霞。我走到棚车前面，轻声地呼唤着索米娅。我盼望她马上跳下车来，像以前那样使劲地紧贴着我的胸膛。我盼望她能再用湿润的嘴唇吻着我，把手指插进我的头发。我等着她把满腹的委屈和痛苦向我诉说。我最终是会原谅她的，而且我坚信会有办法让恶魔希拉一直到死都不得安生。

索米娅已经不再哭了，但她不回答我的呼唤。我又在棚车旁站了许久，才回到包里。那一夜，我彻夜未眠。

两天过去了。索米娅已经恢复了平静。我一直在等着她来向我倾诉。每当我饮马回来，出诊回来，或者在夜里走到棚车附近时，我总以为，她会立即出现在我眼前并扑向我。

但是没有。两天就这样过去了。

第三天早晨，我去伯勒根河湾里赶牛，在一块被芦苇隔开的浅滩草地上，遇上了我的仇人：黄毛希拉。

他骑着一匹棕白相间的小花马，歪戴着一顶软软的鸭舌帽。他见了我，有些手足无措，似乎想搭讪着和我讲些话。可是他的嘴角刚一动，我就看见了那个恶毒下流的笑容。

我的怒火燃烧起来了。痉挛的手几乎握不住缰绳。突然间，钢嘎·哈拉嘶叫着跳了起来，朝着他冲上去。我也用力挥起马鞭，狠狠地朝他那丑恶的嘴脸抽过去。鸭舌帽打飞了，我看见那个焦黄的头倒栽向河滩的盐碱地。我下了马,朝他走去,希拉凶狠地瞪着我,突然一跃而起,朝我扑来。

我和他扭打了好久,踏倒了一大片芦苇。我的小腹被他踢得疼痛难忍,但他最终还是被我一拳打翻在蓝色的河水里,浪花溅得很高很远。

我浑身打着战,忍着小腹的剧疼,跨上黑马,慢慢走回家来。

在门外,我听见包里索米娅正在和奶奶说话。我捂着腹部,艰难地一步步捱到门口。我听见索米娅的声音:"奶奶,这布多好看啊。"我的脚步太轻了,她们都没有听见。我口渴得要命,恶心得想呕吐。我想喊索米娅来扶我一下,可是喊不出声来。我费劲地拉开门,索米娅的声音停住了。我看见她正慌忙藏起一双红花绒缝的婴儿鞋子。她警惕地望着我,把那双为腹中婴儿准备的小鞋子藏在背后,一声不响。

一阵从未体验过的绝望和伤心笼罩了我。我觉得一股酸酸的东西堵住了喉头。我转过脸,把一口黏稠的血吐在外面的草地上——像她们一样,我也没有让她们看见。我无力地倚着门框,缓缓地滑坐在门槛上,目不转睛地望着索米娅。而索米娅却像是想起来什么一样,突然不顾一切地朝门口冲来。我抬起一只手臂,轻轻地说:"别到棚车那儿去了……索米娅,这里是你的家啊。"

一句话不知怎样滑了出来。后来,我曾经长久地感到奇怪:自己从哪儿找到了这样的一句话。我说:

"你不要走——是该我走了……索米娅,奶奶,我要走了。"

5

> 向一个放羊的人打听音讯
> 他说，听说她运羊粪去了

诺盖淖尔是个深幽幽的小湖。由于白音乌拉山侧面的陡壁斜斜插入湖水，所以从南面看去，这小湖很像融雪蓄成的那种山中湖，而和一般锡林郭勒草原上常见的那种洼地和泉眼生成的浅湖大有不同。由于深，所以湖水并不浑浊。清晨，在牲畜前来饮水之前，它平静地、蓝晶晶地在山谷里闪着光。大概为着这难得的水源吧，白音乌拉公社的许多单位都移建于此：乳粉厂、皮革作坊、食品公司收购站，还有小学。当我驱马走近这里时，甚至有一种觉得是离开了牧区的陌生感。这儿甚至还有啄食的母鸡和鸭子。索米娅难道会生活在这么一个地方么？

我找到了赶马车人达瓦仓的小泥屋。

这是一座傍着湖岸修成的、只有三面墙的那种低矮的地窝子式土坯屋。木门旁有一个烧得焦黑的泥炉灶，旁边停放着一辆双辕高高翘起的马车。车上已满载着货物，马鞯马套散乱一地。绳子上晾晒着五颜六色的衣服，我还发现尘土里埋着一个廉价的橡皮动物玩具。

我犹豫着，迟迟没有下马，索米娅就在这土屋里面。我是敲门呢，还是喊一声？哦，所谓人生的重逢就要在我眼前出现啦……我的心跳了起来。不远的湖面上，灰蒙蒙的水均匀地一摇一荡，让人如刻如镂地感受着这难熬的时间。

我咬咬牙，把钢嘎·哈拉拴在马车跨杠上，然后踩着门前的羊骨头、牛粪块朝门走去。我俯身拾起一件踩在土里的格子布小衣服，然后用力推开了门。

屋里，充斥视野的是一条大炕。炕沿上的镶木少了一半，露出磨得圆滑的草泥坯。在炕上的皮被、大氅、山羊皮、蒙古式袍子和汉式棉袄中间，我数出三个酣睡着的小孩。他们七横八竖地挤作一团，污垢厚厚的光脚丫乱蹬着那些衣被——没有大人。西墙上还有一个小门，我推开那小门，一眼看见一个蛛网尘封的黝黑的蒙古包木格天窗。旁边堆着折叠的哈那墙，俄尼棍，还有一扇紫红色的小木门。我的眼睛推开那小门，湿润了：这是我们的家，这是我们祖孙三人，不，还有黑马驹曾一块儿生活其中的那个家……

我凝视着这个被拆散了的蒙古包，是的，索米娅真的在这儿。她真的嫁到了这个离我们伯勒根河湾那样遥远的地方。她已经像藏起这架毡包般地藏起了过去，在外面那间临湖的肮脏泥屋，迎送着沉重的、而又是大家都在过着的生活。

"哟！你找谁？"一个女人的清脆声音在我脑后响起。我吓得浑身哆嗦了一下。

我转过身来。一个穿着西式女上衣，梳着齐耳短发的女人正温和地打量着我——不是她。我吁了口气，用汉语回答说：

"我找索米娅……噢，就是达瓦仓的……老婆。她是我的妹妹，我从伯勒根草原来。"

"啊，白音宝力格同志！"她惊喜地大叫起来，"我知道你！你不是念大学去了吗？"

"唔，是的。大学——已经毕业了。"我说，心里忐忑不安。她知道我？知道我多少呢？

"上的哪个学校？内大？师院？什么专业？唉，索米娅姐总说不清！"她兴致勃勃地问。

"农牧学院，"我回答说，"您是……"

她笑了，扶扶眼镜："哈，我姓林，是这儿的学校老师。内蒙师院毕业的——真难得啊，我第一次在这儿碰上个大学生。而且是我的小其其格的亲戚！"

"其其格？"我赶快追问了一句。

"怎么，你忘啦？索米娅姐姐的大女儿嘛！已经上二年级啦！一直是我的学生！"

我当然不会忘记。我永远不会忘记那一切的，连同那个万恶的淫棍。哦，在向奶奶天葬的山沟告别的时候，我没有想起来该去见见那个黄毛希拉。我们的账还没有结清……其其格，其其格，我默默念着这个名字。不幸的孩子，可怜的小花啊，你不至于真的长着那种污脏的黄头发吧？女孩总该比男孩纯洁些，就像索米娅比我要纯洁一样，我实心实意地愿这孩子能学好，能爱她的母亲。因为她毕竟是降生于索米娅的怀腹之中。不论我是否愿意，此时此刻我已经决不能否认她的存在了……

"林老师，其其格这孩子……听话吗？我想，嗯，她长得一定很高了？"

"长得很高？哈哈！哪里……看来，你上了大学以后，什么也不知道呀！"女教师叫嚷着，突然想起来什么，"咦，你看，我是来帮忙的！索米娅姐姐今天不回来，要我帮助提水呢！"

她麻利地拎来铁桶，歪着头望着我问："你呢，是坐在这儿等，还是也帮我去提一桶？"

我提起一对铁桶，在她带领下朝湖畔走去。苍茫天色和薄暮中的湖面融成一片，使我心绪淡凉。我等着她继续讲下去，因为这都是我所不知道的故事。而林老师并没有觉察到我的情绪，兴致勃勃地闲扯了好多才转回原题：

"你猜，其其格刚生下来有多大？哈哈——你猜不着！一支勺子！真的，我是在这孩子已经三岁那年才来到这里的，如果现在我不是确实了解我的学生的年龄，我怎么也不会相信那时她有三岁……天哪，比别人六个月的婴儿还要小呐！咦，你信吗，白音宝力格同志？"

"唔，"我含糊地答应着。

"索米娅姐姐告诉我，这孩子生下来时，还不满一尺长！一只小脚比不上你的大拇指！脑袋只有——唉！她像一只小猫崽那么小！"这年轻女教师激动了，她耸动着眉毛，用力挥着手，急匆匆地讲着。我拎着两只铁桶，小心不让它们晃响，紧张地听着。

"太小了！可能是不足月……你们伯勒根草原的人都跑去看新鲜，男人们用大拇指比比她的脚，孩子们用拳头比比她的脑袋。她小得出奇。用一张旱獭皮就能包起来。人们都说，不行呀，扔了吧，这样的孩子养不活呀。听说也有人恶言恶语，说索米娅生的不是人，是怪物！可是，索米娅姐姐的老奶奶——喂，白音宝力格同志，你总不会连你奶奶也忘了吧？哈哈！"她开玩笑地问我。

"唔，没有。"我嘟囔了一声，心里很难受。

"……你们的老奶奶坐在门槛上，对那些牧人说：'住嘴！愚蠢的东西！这是一条命呀！命！我活了七十多岁，从来没有把一条活着的命扔到野草滩上，不管是牛羊还是猫狗……把有命的扔掉，亏你们说得出嘴！我用自己的奶喂活的羊羔子今天已经能拴成一排！我养活的马驹子成了有名的好马……钢嘎·哈拉，你们这些瞎子难道还没有看见钢嘎·哈拉吗？只怕你们还没有福气骑那样的好马！哼，扔了吧——把这孩子扔给乳牛，乳牛也会舐她。走吧！你们走开吧！别用你们的脏手碰我的小宝贝儿！你们几年别来才好！等我把她养成个人，变成一朵鲜花，再让你们来看看！'"

林老师兴奋地说着，激动得满脸通红。这时我们已经来到湖边。她蹲下来，用手撩着湖水，突然又睁大眼睛朝向我：

"啊，你们的奶奶真好啊，你知道吗？自从听说了这个故事，每当我和小其其格在一块儿，给她讲课的时候，我总觉得自己错过了机会，没能亲眼见见这位老人，这位伟大的女性！"

……我再也听不见什么了，尽管这位热情的汉族姑娘还在抑制不住地谈着她对我奶奶的无限崇拜。暮色中的湖水宁静幽暗，西斜的太阳在这暗色的水面上洒着一些耀眼的、粉末般的光点。我把铁桶浸进水里，荡起的涟漪更使那浮动的波光闪烁无尽。我望着湖水，觉得那闪闪的银光正摇动着，现出奶奶飘拂的银发。我提出满盛的桶，那银发又化成奶奶昏花而灼人的睛。我闭上了眼睛。我真想把这位有点学生腔的女教师立即支开，然后纵身跳进湖水，跳进奶奶那微微颤动着的、一闪一闪的呼唤中去，把我满心的痛苦、难言的委屈和悔恨，都埋进她那亲切温暖的银发和浑浊而深邃的目光中去。

我没有让林老师帮忙，一个人提着两桶水向小泥屋走去。女教师默默地跟着我，像是在回味刚才那故事的感受，也许，是我的沉默使她感到不解。我抱歉地说：

"林老师，再讲点什么吧，你知道，我离开得太久了，什么都不知道……"

"讲就讲……哼，你呀，真不像话。你还不知道索米娅姐姐有多好。唉，我总觉得，就算我这一辈子扔在这荒草地上，碌碌无为吧，但是认识了她，也可以说是有点收获啦……知道么？我总是摆脱不了这样一种幻觉：我总觉得索米娅姐姐是个刚刚生了孩子的女人。我总觉得，她一连多少年总是抱着一个哇哇哭的婴儿在这条路上慢慢走着，就这种幻觉。后来，有一天她来找我，说：'林老师，收下我的其其格做学生吧！'我非常奇怪，就问她：'姐姐，你的其其格能上学么？她顶多才三岁吧？'她急了，说：'哪里！我女儿已经七岁啦！求求你，收下她吧！我可以每天给你提水、烧茶、做饭！我可以给你挤乳牛，可以到草地上去给你拾牛粪烧！'唉，她说着说着就哭起来了，后来简直是嚎啕大哭，哇哇的，撕扯着我衣服。啊，那样子真惨……她为什么那样伤心呢？我想，一定是为了把这孩子养大，她熬得太艰难啦……"

女教师低下头，擦了擦眼角，又说下去：

"当时，我把其其格揽到怀里——噢，这哪里像个学龄儿童呀，又瘦又矮，看上去像是刚刚学会走路。可是，索米娅姐姐哭得那么凶，她穿的一件蓝布袍子湿了一大片。头发乱蓬蓬的，脸上又是泪水又是鼻涕。我——唉，也陪着她哭了一顿……就这样，开学时，我把其其格安排在我讲桌前面的位子上。我想，这样孩子离我很近,我可以随时发现她的一切。我不敢大意——要知道,索米娅姐姐常常躲在教室窗子外面听着,有时候,外面下着雨,她就那样淋着,呆呆地站在窗子外面呀……"

直到我们回到那熏黑的小泥屋的门口,女教师还在不停地讲着。此时已经不是我要听,而是她自己要讲了。我觉得她一定是受了太深的感染,才如此对人倾吐。当然,我看得出她是个直肠快语的人,这样的人喜欢用强烈的方式来表达内心。而不像我,只是默默地吞咽一切。从她瞟着我的眼神看,她似乎在怀疑我能否理解她的索米娅姐姐。也许,她的怀疑是对的。因为我实实在在地觉得,她描述的那个女人的作为不像是我的索米娅。我不能想象那一切,我也没有她那种幻觉。我的脑海里只深刻着一个脸颊妩媚的姑娘,她正动情地凝视着一派幸福醉人的红霞……索米娅,你哪里会像她讲叙的那样呢?你是个多么温柔、多么单纯的小姑娘呵。

推开门,我看见一个小姑娘正在忙碌着。

"其其格!"林老师高兴地喊着,"其其格,快喊舅舅!这是白音宝力格舅舅。知道吗?他是你妈妈的哥哥!"

小姑娘停下了手中的活儿,转过身来,目不转睛地盯着我。

看上去,这女孩子只有六七岁,她穿着一件打着补丁的汉族的女孩儿那种对襟花布衫和一条蓝布裤子,光脚穿着一双显然尺寸和样式都不合适的黄球鞋。我发现乱七八糟的屋子已经被她收拾干净了,炕上靠里面叠放着一层层码齐的被褥和衣袍。地扫过了,连着土坯炕的灶里,干透的羊粪烧得轰轰响。炕上,三个一律剃成锅盖头的小孩正围着一块案板,跃跃欲试地想把小黑手伸向案板上的面团。

小姑娘拘谨地、慢慢地搓着手上粘着的面屑，忧郁地望着我。这眼光里混杂着惊讶、隔阂和思索。我还无法分辨出它究竟是友善的还是猜忌的。我有些手足无措，半响，才喃喃地开口说：

"其其格，你好。我是……"

小姑娘的嘴唇轻轻地蠕动了一下——

"巴帕。"她小声叫道。

一股酸酸的滋味猛地涌向我的喉头和鼻尖。

"巴帕，我看见了门口拴着的黑马，"小女孩怯生生地说，"妈妈以前说过，我的巴帕会骑着一匹黑骏马来看我们。"

6

> 朝一个牧牛的人询问消息
> 他说，听说她拾牛粪去了

门外响起一阵纷沓的马蹄声，伴着一个粗嗓门的吆喝。女教师笑道："瞧，是达瓦仓回来了。喂——"她朝门外喊着，"车老板！来客人啦！索米娅的哥哥来啦！"

门外那个粗嘎的嗓门大声赞叹着："哈，好威风的一匹大黑马！"随即，一个四十来岁的魁梧大汉推开门跨进来。

女教师给我们介绍了一番，然后起身告辞。

"我回家啦，白音宝力格同志。你妹妹要明天才能回来——她给学校运煤去了。如果没事，明天到学校来玩吧，还没有听你讲讲城里的事情呢。"说罢，她走了。

大汉拍着我的肩头，"坐，坐。上炕。嘿——"他朝炕上那几个小家伙吼着，"滚下来！让纳合齐[2]上炕坐！狗崽子们，把炕弄成狗窝啦！"一面吼着，他顺手把已经爬到炕沿的两个小孩一拨拉，两个孩子嗵地摔在地上。我慌忙伸手去扶，但那两个小机灵鬼却是司空见惯，打个滚儿爬起来，"赶马去哟！赶马去！"闹嚷着，撞开门朝外面奔去。最小的那个在炕上哇哇哭了，连滚带爬地要追随哥哥们出去。大汉一把揪住他的开裆裤，把孩子提溜起来，搂在怀里。

"宝贝——别跑，别跟他们乱跑，给阿爸当宝贝——啧！"他粗鲁地用大嘴在那小孩的屁股上亲了一口，一巴掌抹掉孩子脸上的两道黄鼻涕，又顺手抹在炕褥上。"上炕坐嘛，白音宝力格兄弟……嘿！其其格，愣着干什么？快做饭呀！哼！"

我搭讪地说："一共这四个孩子么？"

"就这四个啦，没听说么，公社卫生院正到处抓女人，连剜带阉。哼，妈的！索米娅——你妹妹，去年就给他们——咦，其其格！看我不揍肿你的脸！怎么还愣在那里？等死么？"他突然又暴怒起来，凶恶地朝小姑娘吼着。

"面条已经擀好了。"女孩子低声说。她靠着炕沿坐着，显得那么矮小。

"那么就去给纳合齐饮马！马房子后面找条绳子，把纳合齐的黑马和我的黄辕马连在一起放去吃草！怎么，你准备让马饿死

---

[2] 纳合齐：母亲系统亲戚的泛称。

么?"他挺着胸,唾沫星子乱溅在怀里的小男孩和我身上。我连忙跳下炕说:"还是我自己去饮马吧,这马不太老实呢。"

"那么就去给纳合齐带路!提上我的帆布水斗,黑马如果不喝湖水,就去井台!"他继续盘着腿大吼大叫,神气十足,"喂,白音宝力格兄弟,快去快回!我等你——今天咱们好好喝它一瓶子!"

天还没有黑透,我和其其格默默地走在通向湖畔的路上。这女孩子走路脚步很轻,而且一句话也不说。但是,每当我转脸看她一眼时,她都迅速地和我对视一下,并瞟瞟我牵着的钢嘎·哈拉。

"其其格,你妈妈给你讲过这匹马么?"我小心翼翼地开口问道。

"嗯,讲过的。"她简单地回答。

静静地走了一会儿。这回是她主动开口了:

"巴帕——这马真的名叫钢嘎·哈拉吗?"

"当然。"

她转过身来,轻轻地朝黑马喊道:"钢嘎·哈拉!钢嘎·哈拉!"

黑马猛地扬起头来,呼噜噜地打了一个响鼻。小女孩欣喜地笑了。"多好啊!"她说。

我感动地蹲了下来,轻轻抱起了她。她很轻,像一片羽毛。我把她举起来放到黑马的背上。这样她才差不多和我一样高了。我扶着她的小小的肩头,仔细地端详着她。

我没有在她脸上找到我记忆中的那个少女的痕迹。她不像她的母亲。索米娅没有这样瘦削,也没有这样忧郁的眼神。而她呢,也没有索米娅那红扑扑的脸颊和温柔的表情。不过,我还是得承认,这小女孩生得挺好看。昏暗中,她默默地跨在马上,双手抚弄着黑马肩上的长鬃,小小的躯干显得那么单薄和弱小。我想把目光移向她的头发,突然又感到这样很可耻。于是,我提起帆布桶,牵着马,继续朝湖边走去。

钢嘎·哈拉埋头长饮。从它埋入嘴唇的地方,湖水漾起一圈圈次第扩展的波纹,在黯淡的湖面上画出条条闪光的弧线,一直密集地排向对岸轮廓朦胧的陡峭山崖。

其其格蹲在黑马旁边,洗着手上面粉结成的硬垢。"才九岁,已经在给家里做饭了。"我想着,想着她。黑马喝足了,侧过头来,好奇地打量着这个女孩,其其格高兴地伸出小手,触着马儿毛茸茸的嘴唇。

我凑过去问:"你在学校里高兴么?学习好么?其其格?"

"昨天算术考坏了。林老师给了我二分。"

"题很难?"

"不,"她抬起脸望着我,"因为妈妈昨天一早就去海拉金山里运煤了。去年她是暑假里去的。所以我也一块去了。那地方很远,我知道。"

"你不该想妈妈,其其格。应当只想着怎样把题算对。"我开导说。

"嗯,是的,"女孩子说,"去年在回来的路上,有一辆勒勒车的轮子散了,妈妈抱着我,在黑地里坐了一夜……今年,牛车会不会又在那里坏了呢?我想着,就把题算错啦。今年她赶了四辆牛车。"

小女孩又沉默了,我也再说不出什么,我们牵着马,朝家走去。走了一会儿,我忍不住又问这孩子:

"其其格,阿爸对你妈妈——我是说,为什么你阿爸不去运煤呢？那么远。"

"不，那是妈妈的事，她在给学校干活儿呢，不光运煤，还挤奶、拉水，学校呢，就每个月都给我们钱。"

天全黑了。其其格把马笼头交给我，自己跑进黑暗中。一会儿，"嗨！嗨！"传来了她的吆喝声。一匹辨不出颜色的高头大马被她赶来。她把一条绳子拴在那马的双腿绊上，然后递给我绳子的另一头。"呶，让钢嘎·哈拉去吃草吧。我也该去煮面条啦。"她说。

我接过那绳头，触着了她凉冰冰的小手。

孩子默默地任我攥着她的手。半晌，她说：

"巴帕，要我明天带你去看妈妈的奶牛么？可好看啦。"然后，她小心地捏了捏我的手背。

达瓦仓已经脱了上衣，露着肌肉隆起的、黑毛丛丛的胸脯。那个小儿子在他怀里闹腾着，咬着他胸上那个硬硬的乳头。另外两个，则在旁边扭作一团，撕抢着什么东西。"白音宝力格兄弟！"他喜气洋洋地招呼着我，"快上炕！先喝一碗再吃饭！其其格，下面条！"

我们对饮起来。见到大人喝酒，那两个小鬼头更来了劲。他们拼命抢着酒瓶子和我们手里的杯盏，一边给我们添酒一边尖声喊叫。下午我曾觉得那么冷清凄凉的小泥屋沸腾起来，弥漫着面汤的蒸气、呛鼻的酒味儿和孩子们的喊叫。

我想起了一首什么时候读过的小诗。那诗令人感受真切地描写了一个充满桔黄色火苗的温暖的家庭晚餐。和这位虎背熊腰的赶车人一块儿喝着烈酒，我似乎又感受到了那小诗的意境。达瓦仓开心地饮着，说着，时时用粗野难听的骂人话吆喝着三个小狗崽般在炕上闹的小孩。干透的泥草墙吸着熊熊炉火的热，又把这热散向歪斜小屋里的生活。孩子们的吵嚷震着我的耳鼓，我有些微微发醉。车老板舒服地仰面躺着，和我议论着天气、风俗和草场的优劣。我发现，这魁梧大汉尽管粗野，但却也不失为豪爽有力。他无疑是这个家庭的坚强支柱和当然的主人。哦，可以想象，索米娅在这间小屋里度过的日子尽管可能艰难，但决非是无法容忍和水深火热。如果此刻她也在这间小屋里面，无论是蹲在灶火旁，坐在炕沿上，或躺在被垛上，都会使这温暖起来的小泥屋增添更多的温暖和亲切。看来，人的热力是能够点燃世界任何冰冷角落的生命的。真正被生活抛弃的，只是像我这样不能随遇而安的人。也许，这就是我的悲剧……

不过，其其格和这热烘烘的天伦之乐也不尽协调。整整一个晚上，她一直坐在屋角的一堆鞍具上，手里揉弄着一本皱巴巴的课本。只要我看她一眼，总是碰上她逃避般慌忙移开的眼睛。整个晚上，尽管我在和达瓦仓谈天论地，但我总觉得那小姑娘在用火辣辣的目光盯着我，那目光好像穿透了我的衣服和肌肤，灼得我的心隐隐作痛。

夜深了。透过窗户框子里嵌着的玻璃，我看见墨蓝的夜空和泛着灰白色的湖浪。不觉之间，那三个淘气鬼已经睡熟了，一个枕着另一个。达瓦仓打了个酒嗝，开始扯住小孩的腿和胳膊，把他们拉成一排。最后他把一条大皮被用力摔在小其其格身上，嘴角泄出一句低沉的咒骂。"哼！这鬼老婆今天还不知道死在哪里！呃，连个铺炕的人都没有……"他狠狠地咬得牙响。眼角一瞥，我们的目光相遇了。他马上闭上了嘴。但我在那一瞬却感觉到了些什么。

难堪的寂静只持续了几秒钟。也许是借着酒力吧,我扳住了他粗壮的肩头:

"你大概讨厌我吧?"我问。

赶车人喘着粗气,想了一会儿,又斟上半碗酒。他沉吟了一下,低低地开口了:

"兄弟,我的话可能不好听——说真的,我们早把你忘了。我根本没想到你还会来看看。我以为,城里人就是那么没心肝,亲娘老子死了也不理睬……"

我难堪地低下了头。

达瓦仓和解地递过酒碗,宽容地说:"唉,今天我才知道,是我想错了,看看,你这不是骑着马,爬山过河地找到我们白音乌拉来了?来,喝酒,喝酒。"

我看了看这碗苦酒,然后咕咚咚一饮而尽。我能说什么呢?

我俩挨着斜靠着一垛皮被躺着,默默地啜着酒。大车老板自言自语地说起来:"唉,兄弟!说真的,那个时候你不该不在哟……那些事,实在不能甩给一个女人家呀!噢,快十年……"

我坐起来,缓缓地给他斟上酒。

"那天夜里,我吆着空车在月亮地里赶路。嗨,太困,睡着啦。后来,又不知怎么醒了。我好像听见一个女人的哭嚎声。说真的,我吓得浑身打战。可是,准是鬼催的——我吆着马,朝那个哭音寻去啦。走近一看,哈!是个女人守着一辆碎了木轮子的牛车,哭得哇哇响。我下了车问她。噢——她是给她奶奶送葬呢!

黑夜里，路不好，车坏了，又伤心，就哭开啦。呦，还抱着孩子——那孩子像条剥了皮的猫，小得吓人。见她哭，我也心软啦。我说，姑娘，别哭啦！就算你家额吉有我这个儿子吧！这会儿他刚赶来给老人家送葬……就这样，我把包着老太婆的毡子抱上大车，又把她那辆倒楣的破车拆开，装上大车，把老人家运到了那个山沟里……等我把她们母子送回蒙古包以后，我问她，以后，你们打算怎么过呢？她说，不知道。后来，我就吃上车离开啦，回去以后，我总想起她。越想越觉得她可怜。这样，我就又赶上车，开了张结婚证，第二次去了伯勒根河湾……"

他端起酒，呷了一口。下炕给蜷在炉灶旁睡熟的其其格盖严了皮被，又在我身边躺下来。

"后来，我问过你妹妹，我问她，索米娅，你们家就没有个男人亲戚？送葬——那种事也非要你一个姑娘干？她说，有个哥哥，他上大学进城啦。兄弟，我这才知道还有个你。我又问她，那就一定要抱着个猫崽子自己去送老人？草原上有那么多人家！她说，我不愿意求别人，该我去。唉——真傻呀！"

第二天，天气晴朗。达瓦仓早早起来，把四匹马套上了大车。他在屋子里翻腾了好一阵，大概是没有找到什么像样的干粮吧，最后，他骂骂咧咧地把一壶酒揣进怀里，走出门来。

他拔下那杆大鞭，然后拍拍我的肩头："兄弟，天不坏，我要出车送货去啦。你饿了就催其其格那小猫崽子烧茶。我半路上能碰上你妹妹，她用不了天黑就能回来。我会催她狠狠地揍着学校那几头懒猪似的老牛跑的。哼，瞧她这个临时工……喂，"他又想起来什么,"你就多住几天吧。等我三五天回来,咱们再一块儿喝两瓶。你酒量不坏。"

他吆着车走了,顺着一条直直攀上湖畔高高山梁的车道。他赶车很凶,鞭梢尖锐地炸响着。车轮扬起弥漫的黄尘。他挺胸坐在跨杠上,粗声叫骂着,神气十足。"是条好汉子。"我独自想,一阵怅惘又漾上了心头。

学校课间休息的时候,其其格领着我去看了学校的奶牛。原来是我在大学里研究过的荷兰种改良牛。那些长着大块大块黑白相间的毛皮的乳牛优雅地踱着步子,在一个小小院子里晒着太阳。我走进了那稀泥塘一样的院子。污泥在我脚下咕唧咕唧响着。我在那烂泥地里站了好久。是的,索米娅每天都蹲在这片泥地里挤奶……其其格又把我领去看了学校的厨房后院,那儿堆着小山般的冬季燃料:黄褐的牛粪,黑亮的煤。当这女孩子领着我走近湖边的时候,上课铃响起来了,其其格远远地指给我湖畔的一块青石板,就慌忙跑去上课了。

我走到湖旁,在那块青石板上慢慢坐下。在冰封千里的冬天,索米娅就是在这块石头上蹲着,用力凿开诺盖淖尔的坚冰,把一桶桶水汲进水缸,运到学校。

我找到了她留在这片土地上的步步足迹。我看见了她的生活和劳动,一天一夜的耳闻目睹,使我视野里充斥着纷乱眩目的、简直应接不暇的印象。但是,我仍然不能相信和接受它们,尽管它们是如此真实。我仍然只是看见她的那个形象:那是一个面对着朝霞的、眸子中闪跳着金红色的憧憬的美好姑娘。我伏在岸边的草丛里,难过地闭上了眼睛,竭力不去再想这一切往事。后来,我睡熟了。

很久，我抬起头来，太阳已经偏西。我看见钢嘎·哈拉在我旁边的湖水里站着，它浑身的毛皮在湖水里洗过之后，像纯净的炭一样漆黑，向阳的一面闪着漂亮的漆光。

它笔直地站在清波摇荡的湖水浅滩里，一动不动。它高高地昂着头，箭一般的双耳耸立着——它在注意地眺望着什么。

我忙起身朝那边望去——在那条宛如浮在湖面蒸腾的烟气之上的青灰色的高高山梁上，在那青青山梁上的那条宛如扶摇直上的轻烟般的车道上，有一连串四个小黑点，是四辆首尾相连的牛车，正在朝着这儿蜿蜒而下。

7

我举目眺望那茫茫的四野呵
那长满艾可的山梁上有她的影子

哦，如果我们能早些懂得人生的真谛；如果我们能读一本书，可以从中知晓一切哲理而避开那些必须步步实践的泥泞的逆旅和必须口口亲尝的酸涩苦果，也许我们会及时地抓住幸福，而不致和它失之交臂。可是，哪怕是为着最平凡、微小的追求吧，想完美如愿也竟是那样艰难莫测。也许，正因此人们才交口感叹生活。我们成长着，强壮和充实起来，而感情的重负和缺憾也在增加着，使我们渐渐学会了认真的感慨。而当我们突然觉得在思想上长大了一岁，并实在地看清了前方时，往事却不能追赶，遗恨已无法

张承志-《黑骏马》油画

挽回。我们望着比我们年轻些的后来者，望着他们的无畏、幻想和激情，会有一点儿深沉些的目光，在清风中，在人群里，我们神情平静地走着，暗暗地加快了一点儿步伐……

当见到了索米娅以后，我体会到了上述的这一切。

我们见面时，并没有出现什么戏剧性的情景。索米娅用力拽着牛鼻绳，大步迎面走来。她笑着向我问好："呵，白音宝力格！我听达瓦仓说你来啦，怎么样，路上累么？工作好么？你还是老样子？嘀——嘿！"她使劲拉着缰绳。

她牵着首车的一头红花牛，和我并排走着，她并没有哇地哭出来，更没有一下子扑进我的怀里，甚至也没有喊我"巴帕"。她丝毫没有流露对往事的伤感和这劳苦生涯的委屈。甚至在我挡开她，用力挥着三齿耙和平底锨，替她把那四车煤炭卸在学校伙房后面时，也是一样。她随口说着什么，若无其事。

她变了。若是没有那熟悉的脸庞，那斜削的肩膀和那黑黑的眼睛，或许我会真的认不出她来。毕竟我们已阔别九年。她身上消逝了一种我永远记得的气味；一种从小时、从她骑在牛背上扶着我的肩头时就留在我记忆里的温馨。她比以前粗壮多了，棱角分明，声音沙哑，说话带着一点大嫂子和老太婆那样的、急匆匆的口气和随和的尾音。她穿着一件磨烂了肘部的破蓝布袍子，袍襟上沾满黑污的煤迹和油腻。她毫不在意地抱起沉重的大煤块，贴着胸口把它们搬开，我注意到她的手指又红又粗糙。当我推开她，用三齿耙去对付那些煤块时，她似乎并没有觉察到我的心情，马上又从牛车另一侧再抱下一块。她絮叨叨地和我以及前来帮忙的炊事员聊着天气和一路见闻，又自然又平静。但是，我相信这只是她的一层薄薄的外壳。因为，此刻的我在她眼里也一定同样是既平静又有分寸。生活教给了我们同样的本领，使我们能在那层外壳后面隐藏内心的真实。我们一块儿干着活儿，轰轰地卸着煤块；我们也一定正想着同样的往事，让它在心中激起轰轰的震响。

下午的诺盖淖尔湖边小镇阳光明丽。已经放了学的孩子们像小鸟一样在索米娅周围又吵又嚷。休息的教师们，乳品厂的临时工，还有蹒跚着串门的老汉，都围着这堆刚卸下的煤品头品足地议论，我发觉索米娅在这里人缘很好，她总是被那些人们喊住，谈笑上几句什么。

直到活儿干完了，她领着我回家时，我们还是用这样的方式随意闲谈着。当我们转过学校前面的低缓土坡，顺着湖畔的小路朝那间半地穴式的小泥坯屋走去的时候，突然传来一阵急促的马嘶。钢嘎·哈拉拖着脚绊，一蹦一跳地奔来，直到马儿蹦跳着来到我们跟前，不管不顾地径自把脖颈伸向索米娅，把颤动着的嘴唇伸到她的怀里时，我才明白了这黑马所具备的一切。

我惊奇万分地望着钢嘎·哈拉。它一声不吭地用黑黑的大脑袋在索米娅怀里揉搓着，双耳一耸一耸，不安地睁大着那对琥珀色的眼睛，好像在无言地诉说着什么。

索米娅用沾满煤末的手轻轻搂着黑骏马的头，久久地抚摸着它。我看见，她的眼睛里盈满着泪水，肩膀在微微地发抖。但是她始终背朝着我，一句话也没有说。

她飞快地收拾着屋子。打开窗子，点燃炉火，刷洗所有锅碗什物，挨个地给三个男孩洗掉脸蛋上的脏污，把其其格支使得团团转。

泥屋里又充满了温暖,但不是昨夜那种热烘烘、乱糟糟。她烧了一大锅浓浓的酽茶,把大茶壶煨在炉灶旁的红灰上。她找出一罐黄油和一包黑砂糖,煎了很多黄澄澄的小面饼。她把炸饼摆在我面前,那散着诱人甜香的饼上,油花在滋滋地响着。

山那边白音乌拉公社没有送过柴油机发的电来,天黑了,屋里一片昏暗。索米娅点燃了煤油灯。又一个傍晚,我一直盼望着、又一直害怕的傍晚降临了。炉灶里的牛粪火闪着桔黄色的火焰。这活泼的暖色点缀了浓暮灰蓝的阴暗色彩。一闪一跳地,把那被严严压实的不安和激动引了出来,像一阵气浪,像一支无声的旋律,在这低矮的小泥屋里愈来愈浓地回旋着。

小面饼又甜又香,我吃了好多。这时我才想起:中午我在湖畔睡着了,忘了喝午茶。

孩子们在炕上闹着,争抢着被褥和枕头。

索米娅吩咐其其格给我铺一条新毡子。小姑娘跑进旁边的小屋,很快抱来一块白条毡。她把条毡铺在靠墙的炕头,又麻利地扫净上面的草末。最后,她把一个新皮袍子摊开在条毡上,然后下了炕,站在一旁,默默地望望母亲,又望望我。不知为了什么,我忍不住一把拉过她来,抚摸了一下她的头发。接着,我躺下了。

索米娅一口吹熄了灯。

黑暗中,我睁着眼睛,仔细地倾听着隔着四个孩子的土坑那一头传来的每一点轻微的声响。好久,我都判断不出索米娅是否已经躺下。我茫然望着屋顶,而那里也是混沌一片,数不清究竟有几条橡檩。最小的那个男孩,也就是马车夫的宝贝心肝突然哼了起来。于是我听见索米娅开始小声哄着他。我屏住呼吸,倾听着她低柔的嗓音。她在用那种只有母亲和孩子才懂的、只有在沉睡的蒙古包里才能听到的甜美的、气声很重的絮语在说着什么。这种声音使人近如咫尺地感觉到女人独有的浓郁气息……就这样,我和我昔日的姑娘,和我的沙娜躺在一个低矮的屋顶之下,躺在一条土炕上。我们都竭力使自己弄出的声响小些。我们是那么疏远,那么直似路人。哦,别了,我的草原上的百灵鸟儿。我的披着红霞的、眸子黑黑的姑娘,我已经永远地失去了你……

没有月光。夜空上大概布满了乌云,连窗棂那儿也是昏黑一片。只有炉膛里残存的牛粪火亮着微弱的红光,时而响起一星半点清晰的爆裂声。屋子里响起了均匀的鼾声:孩子们都睡熟了。

这时,我听见索米娅发出一声压低的、长长的叹息。像是一声颤抖的呻吟般的、缓缓舒出的叹息。

像是听见了召唤的号角,我猛地坐了起来。我宁愿去死也不能继续在这沉寂中煎熬。我哧哧喘着,对着黑暗大声说:

"索米娅!不,沙娜!你……你说点什么吧!"

说罢我就使劲闭上眼睛,死命咬着嘴唇。

过了好久,索米娅开口了。她低声说道:

"奶奶死了。"

又是沉默。我明白,该我对那湮没的质问回答了。

我开始艰难地讲起来。自从我跨着黑骏马踏上旅途,这个问题已经不止一次地撕扯着我的心。九年多了,在学院里和机关里,在研究室同事当中和在一切朋友之间,我从来没有想到荒僻草原上有这样一个严厉的法庭,在准备着对我的灵魂的审判。现在由索米娅进行的,也许是最后一次。我费劲地讲着,讲到了那条山石峥嵘的山谷,讲到了天葬的牧人遗骨,讲到了我怎样在那里向亲爱的奶奶告别并请求她的饶恕。我也讲到了赶车人达瓦仓对我的责备。我讲着,泪水止不住哗哗流下。

这是我第一次哭。以前我从来没有流过眼泪。甚至,我曾怀疑这是自己的一种生理缺陷。我总是咬着牙关,皱紧眉头,把一切痛楚强咽而下;人们则常常因此认定我是个冷酷和无情无义的家伙……

我拼命咬着袖子,生怕吵醒沉睡的孩子们。但是这次忍不住了,我已经说不下去,只管没出息地发出一声声难听的哭声。

"别这样,白音宝力格……"索米娅低声唤着我。她哑声说:"难道有永远活着的老人么?"

而我已经悲恸难禁。我已经分不清究竟是在为奶奶,还是在为自己而哭泣。我想到自己把匕首扔在地上时对那老人的蔑视,也想到自己捂着被踢伤的小腹挣扎回家的情形。我想到荒凉的天葬沟旁那清冷孤单的感觉,也想到自己把皮袍披在索米娅身上时的柔情。我想到那红霞,那黑马驹,那卑污的希拉,那可怕的分离。又想到了像一柄勺子和一条小猫般大小的婴儿,想到女教师、马车夫和诺盖淖尔湖的清波。我想到自己那已无法分辩的委曲,更想起了那些简直已经无法全部记忆的,使我从一个儿童长成一个青年的许许多多的岁月,想起父亲怎样把幼年丧母的我托付给那个慈祥的老人……"奶——奶!"我伤心极了,只顾把头埋在手里呜呜地哭着。"奶——奶!"我只想拼命拉回那不归的老人,然后对着她痛快地大哭一场。

索米娅轻轻地下了地,往炉膛里添了些牛粪块,然后给我端来一碗茶。

她坐在炕沿上，看着我咽着茶水。喝完了茶，我渐渐平静了下来。

炉火在轻轻地闪跳。暗红的火焰摇动着索米娅映在土墙上的影子，无声地和我们一起默送着流逝的时间。

"索米娅。"我谨慎地用这个称呼叫着她。

"嗯？"她刚才仿佛沉入了遐思。

"你给学校干临时工，累吧？"我问。

"不，没什么，反正我也要干活儿的。一个月能挣四十五块钱呢。"

"昨天，一个姓林的女老师给我讲了好多你的事。她可喜欢你啦。"

索米娅淡然笑了，"她心肠好。"她说。

我又说："达瓦仓昨晚和我喝了好多酒，他也是个好人。"

索米娅没有回答。一会儿，她轻轻地说：

"白音宝力格，你还记得吗？那条伯勒根小河……"

"什么？我们家乡的伯勒根小河么？"

"嗯。"她的声音低得几乎听不见，"还记得吗，奶奶讲过那样的歌谣：'伯勒根，伯勒根，姑娘涉过河水，不见故乡亲人'……奶奶还说过，希望我永远也不要跨过伯勒根小河嫁到异乡去。可是，看来，我还是没能叫她称心。知道吗，那天，我坐着丈夫的马车，离开了咱们住过那么多年的营盘。那营盘光秃秃的，只留着一层青灰的羊粪。蒙古包拆掉啦，装到了车上。钢嘎·哈拉……因为你走了，我把它卖给了公社。那天风刮得很凶，马车走进伯勒根河的芦苇里，风刮得苇叶哗喇喇地响。后来，我们路过了那个地方，那个咱们曾经和奶奶一块烧茶休息的硝土岸上的地方。那时候，我突然想起了奶奶说过的话，想起了她讲过的那个歌谣……我哭了。呵，我想，我到底还是没能逃开蒙古女人的命运；到底还是跨过了伯勒根的河水，成了这白音乌拉地方的伯勒根……"

索米娅终于讲完了。我听着，什么也没有说，从窗棂子往外望去，好像浮云已经褪尽，微微发亮的夜空上，闪着几颗晶亮的星。我转过身望见索米娅黑暗里的面影，觉得那儿也闪着晶莹的光亮。我想伸出手去替她擦掉那些泪珠，可是我没敢。

这时，索米娅又讲了："白音宝力格，那时我猜不出你在哪里，我只记得马车一摇一晃地走在河水里，车轮子溅起冰凉的浪头，溅了我一脸一身。我使劲搂紧女儿，把脸藏在她身子后面。哦，那时我多么感激其其格呀，我觉得只有这块小小的血肉在暖和着我……当然，白音宝力格，这样的话你是不愿意听的。我知道，你非常讨厌我有这么一个女儿……"

"不！"我绝望地喊起来。我打断了她的话，激动地分辩说："沙娜！你错了。我喜欢她，其其格是个好孩子……而且，好像她也、也喜欢我。她喊我'巴帕'。她还知道钢嘎·哈拉。我发现，和我在一块的时候，这孩子就爱说话……"

索米娅叹了口气，我似乎感到她在暗影里惨然一笑。

"你不知道真情，白音宝力格。"她迟疑着，犹豫了一阵，才继续说道：

"是这样的：我丈夫不喜欢这个女儿。去年他喝醉啦，打其其格，还骂她是……野狗养的。后来，啊，女儿就一直盯着我。天哪，一连几天盯着我，那眼神很吓人。我慌了，就悄悄对她说：其其格，你有一个巴帕，现在正骑着一匹举世无双的漂亮黑马在闯荡世界。

我们给这匹马取名叫钢嘎·哈拉——黑骏马。这巴帕就是你的父亲,他的名字叫白音宝力格。会有一天,他突然骑着黑骏马来到这里,来看我们……"

我望望炕上,其其格正拥着一角毯子睡着,小手枕在脸颊下面。索米娅疲惫地垂下了头,吁了长长一口气。

"别记恨我吧,白音宝力格!"她用微弱的声音喃喃着,"我实在没有别的办法。我想,反正这一生再也不会见到你啦……"

我鼓足勇气,向她伸出手去,抚摸着她蓬乱的头发。索米娅佝偻着身子,用双手紧紧掩着脸庞,随着我的抚摸,她浑身剧烈地颤抖着。

过了许久,她猛然昂起头来,用一种异样的、嘶哑的声调大声问我:

"为什么你不是其其格的父亲呢?为什么?如果是你该多好啊……哪怕你远走高飞,哪怕你今天也不来看我!"

我木然地、僵硬地坐着,好久答不上话来,后来,我不知背诵了一句谁的话:

"我不能够……索米娅,你是多么美好呵。"

炉膛里的牛粪火完全熄灭了。灶口那儿早已没有了那种枯黄的或是暗红的火光。可是,这间小泥屋里已经不再那么黑暗,木窗框里乌蒙蒙的玻璃上泛出了一层白亮。不觉之间,我们的周围已经流进了晨曦。

天亮了。

这又是一个难忘的、我们俩的黎明。

8

> 黑骏马昂首飞奔哟,跑上那山梁
> 那熟识的绰约身影哟,却不是她

我在索米娅家的小泥屋里一共住了五夜,从那天黎明以后我们再也没有去回顾那些不堪回首的往事。我想等达瓦仓回来以后再告辞,从各方面来讲,那样都更好些。

在诺盖淖尔湖畔的这个清净的小镇上,我们度过了平和的三天,每天除开照料黑马之外,我就到学校的乳牛圈和伙房后面去,尽力帮助索米娅干点活儿。此外,我把心思都花在其其格身上。我骑马从白音乌拉供销社给她买来新的书包和钢笔,还有一条天蓝色的纱巾。我想暗中帮助索米娅巩固那个谎言。为什么不呢?为什么要让这不满十岁的女孩子心里那一星幻想的火花熄灭呢?就让她继续把我想象成她的父亲吧,我愿一生致力于扮演这个角色。也许,这对于我要比对于她更为重要和迫切。

但是,我已经发现事情将不会那么简单。因为她在更固执地,用那种尖锐的眼神盯着我。她并没有变得更快乐一些或者更孩子气一些。

我想起在城里,我曾在一个朋友那儿看到过一帧他女儿的照片。那是一张寄自美国的、大幅柯达相纸印的彩色照片。照片上那女孩也和其其格差不多大小,她被已经同父亲离了婚的母亲带到了那个极乐世界。在那张彩色照片上,我看到那女孩穿着一件

张承志-《黑骏马》油画

胸前印着"HAPPY"的套头衫，正在起劲地和一群黄发碧眼的小朋友们嬉戏。她笑得真是那么快乐和幸福。我曾感慨，她就那么无忧无虑地忘掉了父亲和自己的祖国。而其其格却完全不同。她衣衫褴褛，乱蓬蓬的头发结成毡片。她吃力地迈着小腿和挥着小手，从湖边提来满桶的水。她令人发笑也使人心疼地抱着比自己小不了多少的弟弟。她默默地接过我买的书包、钢笔和头巾，然后默默地走到一边翻弄课本，她时时用那清澈而严肃的眼神望着我，仿佛在和我的心灵进行着无止无休的辩论。

我懂了，这种留在孩子心灵深处的创伤是不会愈合的，这伤疤将随着他们的渐通世事而流血发疼。我恨透了制造这创伤的丑恶力量，难道还有比这更严重的残害么？

索米娅从那天天亮以后，也忘却了悲伤。当她来到学校的时候，我看见她脸上满是兴奋的，甚至是喜气洋洋的光彩。她走近那头高贵的黑白花荷兰乳牛，亲切地拍拍它的额头。那奶牛转动着闪着缎光的脖颈，聪慧地睁大温柔的眼睛等着她。她蹲下，把木桶放稳在袍襟上。唰，唰，雪白的奶浆一股股射向桶底。其余几头奶牛也慢腾腾地踱过来，围着她站成一圈，等着轮到自己。她挥动着双臂，上身一动一动地摇着，用力地挤着，脸上浮着平和的微笑。我站在圈墙外面看着她，看得出神。下课铃响了，一大群孩子喧闹着冲来，小脑袋在圈墙上露出齐齐的一排。他们七嘴八舌地议论着，争执着，用清脆的童声向索米娅问好。索米娅挤满一小桶，孩子们就震耳欲聋地喊成一片，拼命地朝她伸出手臂。她把奶桶递给孩子们，微笑地嘱咐着他们，目送着他们把奶桶送到伙房。铃声又响了，孩子们吵嚷着奔回教室，圈墙外面像是飞走了一群乱叫的小鸟。

　　索米娅拴紧圈门，又走到住宿的牧区孩子的宿舍。在那儿，她已经用我提来的湖水泡上了一大堆要洗的窗帘和被单。早晨的太阳已经高高升上了白音乌拉大山。诺盖淖尔湖畔的这几排简陋的土房子渐渐显出了平稳的秩序和劳动的活力。索米娅洗着衣服，用湿漉漉的手撩着脸上的散发，随口和路过的人们说着话。阳光照着她黧色的面颊和黑黑的眼睛，她显得安详、自信而平静。不久，白杨树干上扯起了一条条绳子，洗好的床单在绳索上迎风飞舞，像成排的旗子。索米娅吃力地站了起来，轻轻捶着后腰，拖着沉重的步子朝湖畔的泥屋蹒跚走去，随手在地上拾起一段铁丝、几块牛粪和木头。她从邻居的汉族老太婆家里把儿子们吆回来，顺便给那户人家养的一只山羊羔喂了奶。她点燃炉灶，用斧头砸碎茶砖。一家人围坐在炕上，奶茶正在铁锅里沸腾。

　　我长久地观察着她的一举一动。我觉得自己似乎看见了她过去的日子，也看清了她未来还要继续度过的生活。

　　我临行的前一天，达瓦仓赶着马车回来了。那天中午，学校的林老师跑来，把我们全家请到她的宿舍去吃午饭。

　　我们三个大人率领着四个孩子，一一围着她的炕桌坐好。这时，女教师乐不可支地咯咯笑着，满面红光地告诉我们一个消息：

　　"啊呀，你们听着，学校刚刚开完了会，会上决定，把索米娅姐姐转为正式职工啦！嗯，听说是让你专门管理学生内务。索米娅姐姐，知道吗？以后，孩子们就要喊你'老师'啦！"她快活地嚷着，一面飞快地把冒热气的白馒头摆在桌上，"嘿，真高兴呀，哈哈！喂——车老板！你瞪什么眼？"

她朝达瓦仓喊着。马车夫不以为然地晃晃脑袋，端起酒杯，对我说道："喝，白音宝力格兄弟。你瞧，她也能当老师！很可能，明天会派我去当自治区书记。唉！"

女教师摆着菜，骂着达瓦仓说："不害羞！你算什么？除了赶大车就会喝酒。可索米娅姐姐呢，开会时，有的老师说，只要索米娅在，住宿生就不会想家啦。"

索米娅惶恐地、害羞地坐着，不安地揉弄着筷子，忘记了吃饭。她呆呆地看着几个狼吞虎咽的儿女，好久没有说一句话。后来，她仿佛刚刚醒悟过来般失声叫了起来："哎哟！弄错啦……我怎么能，怎么能喊我老师呢！"

她丢掉筷子，双手捂住了脸。可是，我已经在她的脸上看到了一种复活了的美丽神采，那是羞怯和紧张都遮掩不住的、一种难得出现的神采。林老师说笑着，给孩子们添着菜，给我们男人添着酒。其其格一面吃着，一面翻看着一本连环画。达瓦仓喝干一杯酒，就忙着教训一下伺机捣乱的儿子，只有索米娅坐在角落里，独自静静地出神。她在想什么呢？孩子们在吵闹，女教师在谈笑，丈夫在饮酒。她只是茫然向他们投去一瞥，随即又陷入自己的遐思。也许此时她第一次感到了疲乏和劳累，第一次有机会歇息一会儿。她一定正在安详地回想着那难熬的岁月，回想着那些快要淡漠的酸辛了。她的神情松弛了。痴痴的目光像是在注视着什么，那目光里充满了使我感到新奇的怜爱和慈祥。你变了。我的沙娜，我的朝霞般的姑娘。像草原上所有的姑娘一样，你也走完了那条蜿蜒在草丛里的小路，经历了她们都经历过的快乐、艰难、忍受和侮辱。你已一去不返，草原上又成熟了一个新的女人。

在古歌《黑骏马》的终句里,那骑手最后发现,他在长满了青灰色艾可草的青青山梁上找到的那个女人,原来并不是他寻找的妹妹。小时候,当我听着这两句叠唱的长调时,曾经百思不得其解。后来,成年以后,当我为思念索米娅哼起这首歌的时候,我一直认为这支古歌在这儿完成了优美的升华。它用"不是"这个平淡无奇的单词,以千钧之力结束了循回不已的悬念,铸成了无穷的感伤意境和古朴的、悲剧的美。

但是,这一回,当我真的踏着这古歌的节奏,亲身体味了歌中概括的生活以后,我不能不再次沉入了深深的思索。

第二天清晨,我牵着钢嘎·哈拉,告别了达瓦仓、其其格和孩子们。索米娅陪着我,牵马绕过了清澄的、早晨的诺盖淖尔湖水,慢慢地走上直插旗所在地的那条小路。

我尽量开朗地和她闲谈着,讲叙着我在自治区畜牧厅的工作和生活。当然也商量了许多事情,包括怎样抚养和教育正在长大的其其格。

那天早晨,湖面上低低地流动着淡白色的浓雾,天上湿润的云彩拉成长长的薄丝,在峡谷的避风处和湖雾连成一片。只有天幕后面那轮巨大的淡红朝日正在无声升起,把一束束微红的光线穿过流雾,斜斜地投向蓝幽幽的水面。

索米娅低着头走在我身旁,露水打湿了她的袍襟。在小路开始向山坡上伸延而去的一片马莲草地上,我转过身来。我决心不再制造那种感伤的离别场面,于是,我说了一声"再见吧,索米娅",就奋力跃上马背。

"巴帕!"索米娅突然撼人肺腑地喊了一声。

我浑身一震,猛地收住马缰。这是我第一次,也是最后一次听见她这样亲切地称呼我。

索米娅急急跑上几步,双手抓住马勒,气喘吁吁地说:

"我有一件心事,不,有一个请求。我不知道是不是该说——"她满怀希望地凝视着我的眼睛,犹豫了一下。突然又用热烈的、兴奋的声调对我说:"如果,如果你将来有了孩子,而且……她又不嫌弃的话,就把那孩子送来吧……把孩子送到我这里来!懂么?我养大了再还给你们!"她的眼睛里一下涌满了泪水。"你知道,我已经不能再生孩子啦,可是,我受不了!我得有个婴儿抱着!我总觉得,要是没有那种吃奶的孩子,我就没法活下去……我一直打算着抱养一个,啊,你以后结了婚,工作多,答应我,生了孩子送来吧,我养成个人再还给你……"

我震惊地听着她的表白。

我想起了我的奶奶。想起了奶奶总是一本正经地讲述而被我挤着鬼脸嘲笑过的、那许许多多的哲理。奶奶已经长眠不醒,但我此刻相信她一定得到了真正的安宁。我几乎要对索米娅冲动地说:"沙娜,我的好姑娘!你将来一定会像奶奶一样慈祥!"可是我没敢说。而且,这样说也许并不正确。我只是僵坐在马鞍上,目瞪口呆地听着她的倾吐。我觉得,像我这样的人是很难彻底理解她们的一切的。我目不转睛地望着索米娅。那个梳着羊犄角小辫和我同骑一牛的小女孩,那个紧束着腰带朝我奔来的少女,那个红霞中的姑娘,还有那个赶车人泥屋里的主妇,都闪电般的从我眼前掠过。我似乎已经从中辨出一道轨迹,看到了一个震撼人心的人生和人性的事故。——快点成熟吧！我暗暗呼唤着自己。

我放开勒紧的马嚼，钢嘎·哈拉抖动着满颈黑鬃，飞一样地冲向前方，把激动的风儿甩在身后，久久带着一阵远去的嘚嗒。我驰上了地平线，在高高的山岗上扯转马头。在茫茫的草海里，索米娅微小的背影正在向彼岸踽踽前行。再见吧，我的沙娜，继续走向你的人生。让我带着对你的思念，带着我们永远不会玷污的爱情，带着你给我的力量和思索，也去开辟我的前途……如果我将来能有一个儿子，我一定再骑着黑骏马，不辞千里把他送来，把他托付给你，让他和其其格一块生活，就像我的父亲当年把我托付给我们亲爱的白发奶奶一样。但是，我决不会像父亲那样简单和不负责任；我要和你一块儿，拿出我们的全部力量，让我们的后代得到更多的幸福，而不被丑恶的黑暗湮灭。

钢嘎·哈拉沿着开阔的山坡飞驰。畜牧厅规划处的同事们一定已经完成了在旗里的调查。我要快马加鞭去和他们会合，然后去开始新的工作。

此刻，宇宙深处轻轻地飘来了一丝音响。它愈来愈近，但难以捕捉，像是在草原上空的浓郁空气中传递着一个不安的消息。等我刚刚辨出了它的时候，它突然排山倒海地飞扬而至，掀起一阵壮美的风暴，我被它牢牢地吸引住了。黑骏马追赶着它的步伐。接着，从那狂风般的雄浑前奏中，流出了一个优美悲怆的旋律，它激烈而又委婉地起伏着，好像在诉说着草原古老的生活。

那一浪浪涌来的、苍凉古朴的调子叩击着我的心，又伴和着钢嘎·哈拉急骤的蹄音，把我们的心绪向莽莽的大草原传递。在这天宇和大地奏起的浑厚音乐中，我低低地唱起了《黑骏马》，从那古歌的第一节开始，一直唱到终止的"不是"那个词。

当我的长调和全部音乐那久久不散的余音终于悄然逝尽的一霎间，我滚鞍下马，猛地把身体扑进青青的茂密草丛之中。我悄悄地亲吻着这苦涩的草地，亲吻着这片留下了我和索米娅的斑斑足迹和炽热爱情，这出现过我永志不忘的美丽红霞和伸展着我的亲人们生路的大草原。我悄悄地哭了。青绿的草茎和嫩叶上，沾挂着我饱含丰富的、告别昔日的泪珠。我想把已成过去的一切都倾洒于此。然后怀着一颗更丰富、更湿润的心去迎接明天，就像古歌中那个骑着黑骏马的牧人一样。

写于 1982 年

劳动手册

据说，时间不但能使记忆消退，还能改变真实。我不相信。我觉得流逝的时间长河只能冲磨得往事模糊，但不可能改变记忆的本质。

瓜和豆不一样，种籽不一样果实就绝不会雷同。在不断涌动的"老三届"怀旧的思潮中，渐渐地，我感受到了这个道理。

对于记忆来说，有时需要一种证据。文物，就是由于它辨别记忆的作用，而被人们视为珍宝，视为价值连城的东西的。

对于我们浅若小溪的往事来说，有没有证明和判别的文物呢？

对于我来说，有过一件，但是丢失了。

1

插队到了第二个年头,猛地一个"穷"字,跳进了我们大家中间。当然不仅那时,其实直到最后离开草原我们都没有提过这个字——但是,它牢牢攥着我们的褴褛袍子,从来没有松开过一瞬。

我还是探亲在北京,或者是在山西、陕北的窑洞里,才知道居然在我们之外存在着另一种插队——沙龙和沙发,钢琴和西餐,关押的爹妈和开放的女友,一月月邮局的汇款和一天天山沟的日子。

那时我压着心底的惊愕。有一瞬我突然感到汗乌拉队的知识青年们的亲切。我们队的伙伴里没有那样的公子小姐。我们三十个人男是男女是女、快乐大方热情聪明,但是我们的家境大都清寒。阶级属知识青年的每一年,户籍在内蒙草原的每一天,我们都是把劳累换成工分,积蓄到年底再平均成日值——用自己挣来的一分一元,迎送了它们,养活了自己的。

大概还是从插队的第二年开始,由于第一年分红后全队知识青年几乎都欠了债,大家对出工默默地看重了。不是社会教育的什么热爱劳动,而是我们必须养活自己。在我的记忆中,穷冠全旗的汗乌拉队,没有一个人犯懒不接活儿,无非是在干什么活的问题上,有过两种不同的潮流。

一是放牧。在草原上,放牧是基本劳作。在纯粹的游牧业经济支撑的大草原,放牧携带着人的社会地位、邻里关系、技能和经验、人格和名声。在共产党领导下的漫长的牧业合作化时代,一切畜群归集体所有——而唯有放牧权属于个人。放牧权,有谁知道，并非每一个牧民都享有它。干辅助劳动的人，干泥水匠、打井搭圈、挖石头运木头的人，因为没有畜群也就没有尊严，没有发言权甚至受人歧视。

知识青年们为了拥有放牧权，在汗乌拉八十里方圆的草场上，付出了多少劳累呵。羊儿和马牛都是活灵灵的牲畜；若想使它们健康肥壮，人就要以身试寒，人就要白天接以黑夜地意识着它们生活。这对北京生养而且以都市学校为背景的我们来说，是一种近似脱胎换骨的要求。我们能学得十分逼真，但我们不愿蜕变。因此我们一天天劳累，渐渐感到身心疲惫。

再一类劳动是辅助性的，它近似于农民。诸如使锹抡镐搬石头和泥巴，要卖两膀子力气，可是雨雪天可以缩在火炉边。夜里更不用骑马走进刺骨的冷风。都市人比不习惯当农民更不习惯当牧民——因此各地知识青年大多进了这一门。脱了长袍换上短打，种地里的饲料大葱，把马绊了不骑，渐渐地放弃了骑马牧人的飒爽，只会说三句半蒙话，然后粗野地回骂牧民的嘲笑。

——草原世界中的两大类分工，是自古典时代（如果可能随意地把《元朝秘史》记载的十三世纪定为一种标准的话）以来，亘古并存的生产劳动。和那些只因踩了两脚五七干校的泥巴就絮叨不已怨恨十年的知识阶级不同，我们的汗结成了碱，渗进了古老游牧生涯的苦涩长河之中。我们两手黏腻地接生的羊羔，繁衍了北国羊群的一份；我们挖出的井水，今天还在被牛马驼羊饮用。

那每一天的苦累，都记在工分本子上。

2

　　工分本的正式名称是"劳动手册",蒙文与汉字并排印在一个灰蓝色的粗糙封皮上。后来学了蒙文,那个词,那个读作hudelmuri的蒙古词汇,就烙进了我的心里。

　　大队里有个瘸腿会计,一听见人说他是酒鬼就快乐得连连点头。每天醉醺醺的,鬼知道他怎么居然能把我们的底细摸得那么透。在任何一个公社社员的劳动手册上,都密而匀称地排列着他的手迹。他的阿拉伯数字写得非常漂亮,使我们(老牧和知青)这些卖力气的不能不叹服。第一年的年终分配时,我没有在意。但是第二年,我读着瘸会计娟秀的一排排数字,读出了那行间潜伏的一股冷酷。

　　每月借支十五元,全年共一百八十元。探亲借支二百元。冬季卧羊(屠宰过冬食用羊)六只,大四小二,大的每只六元小的每只四元。借羊皮八张缝袍子,每张皮折价三元……

　　然后是工分。放羊:一月份二十天,每天七分;二月份二十三天,每天七分;三月份二十五天,每天七分……剪毛:六月份四次,每次六分。修圈:十月份共五天,每天五分。浚井:一月份两次,每次三分。打马鬃:五月份一次,七分。装大车一次:四分。运草:八月份二十六天,每天七分。运硝:一月份六天,每天八分……

　　细细地读着,心里漾起了反感。难道我只挣了这么一点工分么,对醉眼蒙眬的瘸会计的怀疑膨胀起来。有人掏出纸笔,一副数学家的神色，开始核实。但是没有用；漫长的一年时光里曾经有过的每一次花销——包括在队部开会时吃过的一顿羊肉面条，笼头断了的时候从仓库割下的一根皮条，都清晰地被折合成一个小小的数字，被瘸会计潇洒地抄在那小册子上。

一年的劳动挣下了上千的工分。若是我们的大队像邻居白音图嘎大队那么富，一分折合三毛钱，那么扣除一年支出的几百元后，分红可以有四五百元。但是我们队名叫汗乌拉；我们空有卖不出去的两千匹马，但是没有人家白音图嘎的十万羊群——我们的劳动日值，一天八分只有六毛多钱。干了一年，入不敷出。知识青年因为探亲路费数目大，第一年几乎人人欠账。

——合上小本子，粗糙的灰蓝封皮上蒙文的 hudelmuri debder，和"劳动手册"四个汉字，静静地并排望着自己。不由得叹了口气。有生以来，那是头一次面对沉重的生活发出的、大人气的叹息。

3

今天时隔二十几年，我固执地忆起了那个灰蓝封皮的小本子，更不知缘由地想着那两排铅印的字，hudelmuri debder 和它的译文"劳动手册"。我多么想重读一遍啊，再也没有比它里面的排排数字更真实的报告文学、游牧经济学、人类学和社会学。也没有比它更深刻的日记。我的草原履历，我的牧民史的每一天包括休息玩耍没有"劳动"的空白，都不差毫厘地一一记录在案，写在那灰蓝色的封皮里面。

那时的我们是那样勤奋。一群羊一个白天只有一个放牧工，七分；我们住在牧民家抢着放羊，结果却无意中在和自家的哥哥或阿爸抢工分。意料到积极劳动背后的利益分配，是一年之后的事——但是应当赞美那时的牧民是豪爽大度的，他们更感兴趣的是教会我们放牧。只是瘸会计的算盘一分难加，最终知识青年纷纷离开了牧民家，时称"出包"。我敢说汗乌拉队当年的新老牧民都更看重了情分；同住期间争着干辅助劳动补充收入，被生产驱逐出包时也没有伤害感情。

早期每月二十多天的放羊记录，意味着我哥阿洛华在寻觅其他活计。后来打井拉草的记录多了，意味着我在礼让。在草原上，我用蒙语教过一年小学，讲课日子每天七分；和几名知识青年伙伴单独接过一群羊，日夜各七分——不过，当年并没有像今天一样计算。那时不在乎。

最难忘的一次苦活，也许是1970年冬天，去邻近的宝力格公社陶森队拉硝。那是一次雪原上的重体力劳动。夜夜铲个雪坑，和牛一块露宿在冻土上；刨开厚冰，一锹锹挖出恶臭的硝泥。牛累垮了，鼻绳拉断也卧地不起。没有热饭。啃一块冻得铁硬的骨头。后来，我把它给我的感受写成了一篇追述那雪路的小说，但是我忘了说明一句——只有受那样的苦，才能挣到几个八分。

今天才觉得应该准确地记录工分数目。今天我觉得，毫厘不差的工分记录，说明我们曾和边疆底层的牧人同属一类。我们仰仗着一分分记录下的沉重劳动，养活了自己，维持了社会。在轮番的严寒酷暑中，马匹承负着我们牧人，我们承负着时代的命运，没有丝毫的特权。

那些岁月像流水一样，没有谁能记住漶漫的一点一滴。那些岁月周而复始，虽然沉重但是更单调。我们渴望更加多彩的生活，于是我们离开了。走时我们只知本质流淌在自己的血液里，而忘了带上那灰蓝封皮的记录。

4

现在才感到深深的遗憾。但是，并不是因为丢失了自己青春的文物或阶级的证明，我才抱憾不已——我只是想一天天地回忆。灰蓝封皮的劳动手册已经丢失了，所以我的回忆也就不可能再清晰。一切依然如故，往事迷蒙如水，结论简单果决。我不仅没有带回灰蓝封皮的劳动手册——也没有带回一天天一年年的草地的hudelmuri，我不该奢望带回汗水和艰辛，不该强求带回褴褛和饥饱，我应该记着带回来而且不断地继续从草原补充的，是劳动的启示。

其实骑着马奔跑或者穿着毡靴跋涉雪路的感觉从未消失。以前我以为它是一种感情带来的幻觉，我没有琢磨它的滋味。

现在我觉得一种轮廓在清晰起来。

Debder 也就是本子并不重要，重要的是蒙古语中的 hudelmuri，即劳动一词的内涵。在我的感受中，它携有着强力、劳累、野外、下层的气息和魅力。它动荡不已，不知驻足，就像二十岁的青春一样。它虽然和养家活口的谋生结合在一起,但是它的本质是动,是活鲜的生命。

向总是絮叨着"老三届"、"知青",争论着往事是浩劫还是不悔的旧日朋友道别,我更愿寻找新的激动。

其实,在一个透明无形的、新的手册上,我们的一举一动已经被记录。留恋那个灰蓝封皮的本子,是因为昔日的劳动在今天显出了珍贵——明天或者在最终回忆的时刻,人们会怎样判断他们今日的行为呢?

我只能判断自己。我的马儿正在泥泞雨雪中迈进。生命虽然衰老但是它鼓动得更热烈。我要远离怀旧的合唱,为了明天那感动的回忆。

1995 年 5 月

袍子经

　　世间有一个流行,不知从什么时候起潮起潮落,经久不息。近些年来人们从西方国家认同了它,并且以大致是肯定的语感,把它译为"时尚"。而据我看,把西方之 fashion 译成"时尚"多少缺了一股俏味儿;不如使用"时髦、流行"等语更形象,也不如后者更具对风潮的审视与批评的用语余地。因为"时髦、流行"的基础内容,常是以历史和文化形态为根据的,人群的服装。

　　我也曾经被卷入一次时装大潮。只不过服装是蒙古袍子,舞台是千里草原。回想那时,我们对袍子的着迷和喜爱,远远超过今日都市里的红男绿女。那才是不仅风靡社会,而且蚀入骨髓的大 fashion,它如同魔法之衣,穿上以后,就永生都脱不下来。

1

到达草原的最初几天，我们的中学生的眼睛被夺目的色彩灼烧得几乎疼痛。大草原的色彩还不仅仅是绿色；它沉重起伏，奥深几重，草叶风声都带有一抹富裕。和自然相呼应，人的色彩也毫无窘穷的因素，我记得自己痴痴注视着那些踩过泥泞、踢着草梢的马靴，注视着五颜六色的镶边袍子——难道这是一穷二白的中国，难道这是那个蚂蚁般奔波在水库工地、穿着臃肿的黑棉裤的群众吗？

第一瞥往往有震撼的力量。后来我们很快就穿透了表皮，开始被生存的真实教训。但是第一眼瞥见的异族情调，以及那从骨头到皮肉的自由浪漫，却即时地被烙上了我的眼睑，左右了我一生的视点。

和南部相比，乌珠穆沁的服饰非常鲜艳。外行人所说的蒙古袍子，其实有至少两个以上不同种类。南部黄蓝各旗和苏尼特一带的袍子是"三道边"，据我们乌珠穆沁人看来过于单调。我们是在那个滥用了红色的年代的，唯一使用锦缎妆饰的地区——我猜能与我们并列的，也许还有维吾尔人坚决不向裤子投降的裙子、以及藏民缝在皮袍边上的拉薄豹皮。

锦缎是当时牧区向内地追求的唯一奢侈品，用来缝成乌珠穆沁袍子的镶边。一般说来男子尚金红，女人用银绿。六十年代不言经济，袍子上用的金银缎镶边也窄得很。

和一些比较有板有眼的社队比，我们大队发给知识青年的马鞍衣裳都是旧的；但正因此我们队的伙伴们打扮起来后完全乱真，而且因此在心理上也更多一份皈依牧民的倾向。

当然，像季节一样，袍子是从夏季的布袍子（蒙古话叫"特里克"）开始的。我最开始穿的是一件灰蓝色的绸面布袍子，给我的时候已经有些破旧了。但是它肥大合适，样式是地道的乌珠穆沁式。可以说我穿着它学会了骑马和放牧生活的初级阶段的一切本领，完成了对游牧生活方式的认同和习惯。

先是秋天的淫雨，然后是次年夏天的曝晒和各种摩擦撕拽——抱牛粪、睡野外、大雨浇透后再烤着骄阳蒸干、粗野的打闹、危险的落马、唰地跨上马鞍与鞍钉的磨砺——我的第一件蒙古袍子被磨烂了、撕破了、穿旧了。插队草原的翌年，当季节刚好轮回了一个周期以后，我暗暗吃惊地发现：自己已经两颊粗糙，袍子已经破旧褴褛，我变了。

蜕下的壳后来不知丢在哪里。可能被我家的莲花嫂子当了襁褓——第二年五一节之夜，她生下了被后人喊作五一的女孩。

蜕变期的人，若是没有那张照片，只怕也会从记忆里丢失吧。幸亏那时我们有一台一百零三元的上海牌相机，有一天模仿《静静的顿河》的插图，一人照了一张"格里高利"，而我那张，后来被我多次印在自己的作品集上。

我非常喜爱那张摄于二十岁那年夏天的，旧袍长竿，马吃草，人年轻的照片。它记录着那个时期的一切细节，特别是它记录下了我们变成牧民的纯度和自然。而那一切的重要，不用说当时的我是没有留心的；理解那一切要耗用漫长的时间和经历许多体验。

我的少年时代

第二件袍子是布面的羔皮袍，蒙语叫"伽布卡"。由于北方游牧民族的奢侈和装饰习惯，发给我的这件伽布卡上，用的是不耐磨挂的团花紫色丝面——它的光鲜艳丽的时候早已过去，在随我进入的繁重牧业生产中，丝一根根抽落着，终于掉下一块圆圆的团花。一个月后又掉下一个。冬春的雪季结束时，前襟已经没有掉面，露出光板的羔皮。

这件使用八十张羔皮才能缝起的伽布卡，要在后日重新掉面子——后话不提，先记一下我的第三件袍子，蒙古草原上传统意味最浓的厚羊皮大袍子——"德勒"。随着一年时光的流逝，种种肤浅的表象以及经济骨架人际关系都已经浮沉稳定，穿着八张大皮的德勒的我们，渐渐也落在了自己的阶层位置之上——毫无疑问，由于没有作为游牧生产的基本细胞，即家庭的支撑，由于我们只是单身的劳动者，更由于我们的收入过于简单而支出却难以节约，那时我们成了一种总是在贫穷边缘挣扎的牧人。

用古老的牛粪青烟熏成鲜黄色的、崭新的大羊皮袍子，在呼啸的白毛风中，在茫茫雪原的踟躇蹒跚中，一天天变黑、油污、抽缩、压薄了。

毡包的小小木扉被推开，猛地卷进寒冷的风雪和冻僵了的牧羊人。冷得已经骨头麻木，人不顾一切地靠近炉火。但是在这种时候突然闻到一股刺鼻的怪味儿。

翻来覆去地找，没有发现失火的地方。最后才看见——袖口或肘弯处，羊皮袍子抽搐了一块，抽搐的中心已被烤焦。

很快烤坏的羊皮就破成洞。听任蒙古草原冬季的寒风灌进那个破洞，是难以忍受的。不补上肌肤会冻伤，所以我学会了用羊皮在袍子上打补丁。

羊皮补丁的缝法不难。剪一块羊皮，再把这块皮子四圈的毛剪掉。然后挖掉皮德勒上烤煳的皮子，包括挖掉那些虽然没有焦黑，但是已经抽搐的部分。缝时，针脚缝在剪了毛的一圈上，让羊毛堵住洞。

蒙古女人缝东西是倒拿针的，她们的补丁和原来的袍子合为一体，在褶皱处一块起伏；但草地上的单身汉打羊皮补丁却学不会那种倒拿针的漂亮姿势。我们不过是胡乱把皮子钉在洞上，往往缝得羊皮揪扯着不再熨帖，穿上这种补过的羊皮德勒以后，贴身经常走着一丝嗖嗖的凉意。

我的这件皮袍穿得黑乎乎的，究竟上面打着多少个羊皮补丁，已经不能算清了。只记得直到第三个冬天它还陪伴着我；那时它又黑又油，前襟完全撕烂，羊毛从破洞里露出来，新补的皮子一块连着一块。

但是它为我抵御了蒙古草原可怖的严寒。羊皮的保暖性是奇异的，哪怕是滴水成冰地冻三尺的三九四九（蒙古牧民是数九的），牧民们在羊皮德勒里面也是精身赤膊。知识青年们大多贴肉穿一件衬衫，顶多有人穿一件绒衣。由于后来它粘涂了过多的油腻，以致几次在雪地露宿，我都觉得风没有把它吹透。

在成为牧民以后的第二或者第三个冬天，我觉得这件德勒变轻了，也变薄了。记得那时总费力地回忆第一年臃肿如球，爬不上马背的情景，而且心里感到不可思议。

语言在嘴里说得愈来愈快，袍子在身上穿得愈来愈破。但是在那些与马儿、蒙语、袍子、羊群共消长的岁月里，我们的身心发生了巨大的蜕变。从体质到关于美的观念，内蒙古，赋予了我们在日后才懂得的强大基础。

2

在冬雪还在继续加厚变硬的时候，我的裹在那件黑黑的羊皮袍里的心，已经在幻想来年自己要争取的形象。那是不折不扣的爱美，有时幻想得居然心里作痒。

草地俗言：男要俏，一身皂。我一直盼着好好挣下工分，来年夏天到公社供销社买二十尺黑布，让嫂子和额吉给我缝一件漂亮的特里克。而且领口的里子，一定要用天蓝色，我甚至存了一小块天蓝色的布。在右胸的扣子，要设法搞到两颗银制的。然后一身黑，骑一匹黑马——关于黑骏马的发想，虽然主要来源于游牧民对于马的观点，但也有一部分是为着与这种黑袍骑手的形象相和谐。

——遗憾的是，缝一袭黑袍的愿望最终也没有实现。黑马虽说骑过，但那是哥哥阿洛华的。我拥有过黄马、青马、海骝马、白马等若干匹马，但是没有在名义上拥有过黑马。袍子也一样，虽然穿过数不清的纯粹牧民的特里克伽布卡，但是真的买布的那一次，却没有买到黑布。尤其在刚刚离开草原后的头几年，我一想起这一点心里就禁不住如涌的缺憾。在生命的青春时代，我最终也没能够看见自己可能的、也许是美的样子。

不仅黑，还有白。那时的乌珠穆沁，在夏季流行镶金银边的白布袍子。可能风习一度成为过传说。后来，有一位蒙古族作家向我打听：听说乌珠穆沁穿白袍子？我很得意。但八十年代归省探亲时，牧民们却说：那是因为穷啊，现在谁穿白色！弄得我愕然无语。

其实白袍和黑袍一样漂亮。它们好像对立，却有相通的本质。夏季草原上驰过的尚白骑手，连影子都显得轻捷明亮。如果鞍上的黑衣给人一种难以捉摸的美感，那么乘马加白衣则给人一种年轻夺目的光彩。只是，对往事和历史不能苛求，当年我们没有太多的追求漂亮的余裕，那时我们达到的，主要是在粗陋穷困中，体会一些特殊的美。

比如，在穿戴着三张大羊皮缝的皮裤、八张大羊皮的德勒、十几斤重的一双毡靴、头上还必须戴皮帽的隆冬，男子们流行把袍襟系得高于膝盖。可以说男女的着装区别，就在于袍襟在膝上或是没膝。邻队吉林宝力格的小伙子们把这种时髦发展到了过分的地步——他们在严冬腊月，把巨大的羊皮德勒整个提到腰以上，让前襟后摆仅仅遮在腰下一丁点儿，刚好遮住一个屁股。这么一来，袍子在他们的屁股上头兜成一个硕大的袋子，垂挂着把腰带完全挡住。

刚刚和他们打交道时，我们觉得吉林宝力格人的打扮，乃是一种草原二流子的样子。我们队里的蒙古牧民也骂他们："xinji——"，意思大致与汉语的"德性！"相当。但是，时髦的力量是不可抗拒的，不知怎么搞的，我们也莫名其妙地把袍襟愈提溜愈高，尾随上了吉林宝力格那伙现代派。

只有五十岁以上的老者，才把腰带系在胸下腰上，让袍襟垂过膝头。由于对老人的称谓之中"阿伽"偏多，因此我们把那种穿法称为"阿伽式"。用这个词议论年轻男性时，含意当然是嘲笑的。顺便提一句，长久以来，鉴于舞台上的蒙古舞蹈或演唱，着装大多属于半男半女的"阿伽式"，直至半裸的风习浸染，他们才把袍子提得高了起来。

那时除了吉林宝力格的时髦外，使人时而感叹的，是女人的身材。

在都市，风衣或者连衣裙的精致剪裁，可能相当大地掩饰人的身材。而冬天草原上的三张大羊皮的皮裤，和八张皮的大德勒，却无论如何也应当消灭一切胖瘦和体型，把人类一律变得臃肿。

但是不然。甚至冬日包裹上厚羊皮以后，草原的竞美才刚刚开始。习惯，还有严寒，使人的动作仿佛比夏天还敏捷——而动作既然不能干扰，那么，人的美显化的仪态，就可能显现了。剩下的只是大自然赋予的躯体。

乌珠穆沁总使人回味无穷，总使人感到神秘的一个原因，也许是它的牧民们内部——那种体质构成的丰富。

有时不能不为积雪的勒勒车旁，为昏暗的牛粪火对面的那些女人的身影赞叹。在弯腰铲起一块隔年的燃料时，在跪下挤着带犊的乳牛时，在拉过客人递来的马缰时，有一些女人的腰肢奇异地在厚羊皮里面被勾勒出来。决没有一个人在冬天议论过这个话题，但也决没有一个人没有觉察这一点。她们本人更不会谈及，甚至我猜她们根本不曾意识到这一点；冬天毕竟是冬天，严酷又难熬，人只求取暖。左邻右舍都穷，哪一个都是光板羊皮，黑污褴褛。

奇怪的是，就像木船帆船入画而军舰轮船不入画、泥屋石桥入画而楼房铁桥不入画一样，乌珠穆沁冬季穿着大羊皮袍子、但是却修长姣好地在雪地里忙碌的女人身影，使人不仅难以忘怀，而且回味不已。

仿佛是一个错觉，又像是一个思路。我觉得无形中接受了一种启发。无论人怎么贫穷，如果美就不会湮没。而且，那样存活下来的美更富有韧性。

3

天真的我们，那时常常天真地做事情。比如有一段时间，我们纠缠着老人"访贫问苦"。

在汉语中，"贫"和"穷"两个字含义是不一样的。"贫农"传达的感觉，决不能变成"穷农"。但是这个文字游戏在蒙语中完全不存在；翻译成"贫牧阶级"的蒙语，其实就是穷牧民，它只是一个描述的词，并没有汉语中暧昧、粉饰和转义。

我那时从观念到语汇，都不懂得这个道理。访贫问苦时作时辍，终于到了第四个冬天。

经过了四番酷烈的巡回以后，服装的时髦被自然和生存两条鞭子抽打得跌到了边缘。其实我们在濒于边界的时候正临近一个转变：是振作起来寻找新的形象，还是在衣不蔽体的日子里消沉。

有一次，和李仲祺一块在一个老大娘家里喝茶，闲谈中又问起了"贫牧"的事。

"穷牧民是什么样的？……嗨，过去的穷牧民，就和你们一样呀！"她打量着我俩的破衣烂裳，感慨地说。

接着她抚摸着仲祺的缕缕飘扬的布条条，嘴中啧啧有声。仲祺的伽布卡已经烂光，除了后背、胳肢窝、领口上下以外，完全露着千疮百孔的光板。偏偏原来布面又是红色的，烂剩的布粘在皮板子上，见风就飘起来。

然而仲祺毫不在乎，雄赳赳地在营子间昂首阔步，在马鞍上浑身红布条飘飘。那时文化的潜意识已经顽固地形成了，我们都觉得不穿袍子就无法乘马，所以仲祺也一样——只要他的烂红袍还能用带子系在腰上，他就一定要穿上它。

然而老大娘注意的不是文化而是穷富。她抚摸着，拨弄着仲祺肩头的红穗穗，唏嘘着叹道：可怜呀，yadao hun，真和过去的穷人一样呀！

——我感到新奇和震动。她口气散漫地使用的 yadao 一词指的是单纯的穷，这个词丝毫没有阶级的意味。我心目中的一个框架在她的声音中崩溃，而另一种新鲜的东西却开始滋生。

她揭破了那时大部分乌珠穆沁牧民的生存真实和本质。在最艰难的时候，我们已经沦于浑身褴褛，几乎就要危险地失去一切，包括或美或丑的基础。但是，正是在那个边缘上世界曾经一瞬间赤裸无遗，让我们瞥见了它的底层深处。

——不用说我们每天都在为摆脱 yadao 而劳作，尽管 yadao 是受我们尊重的阶级。我的那件紫团花丝质伽布卡后来重新换了面子，用的是深蓝色的咔叽布。后来我把它带回北京，由于长久不穿，母亲把羊羔皮拆下来给我做了一件短大衣。1985 年去乌珠穆沁玩时，我又把它送给了我的一个卡车司机朋友。

冬春穿的大羊皮德勒，在分红后也新缝了一件，但是羊皮是从公社买来的。综合厂熟皮子时不像牧民用酸奶子熟，那几张羊皮被熟得变脆了，破得很快。后两个冬天里我轮流穿两件皮德勒。正当我渐渐为自己设计出了自己以后的冬季服装——里面穿一件二羊剪茬的大羊皮袍，外面套一个叫作达哈的山羊皮外套——的时候，大学招生改变了我的这条着装之路。

黑衣黑马的向往虽然没有实现，但在夏季的绚丽日子里，我随意穿着"家里"的特里克。东乌旗有一些队的知识青年与牧民之间，实现过相当深的家庭关系。穿着哥哥或嫂子的袍子，骑着毛皮闪亮的马儿，腰带在胃部以下厚实地扎紧着。绣着金银边的前襟堆在鞍鞒上，后摆压在胯下，沾不上马汗。那样的装束和骑马的方式浑然一体；穿上那种飘逸的蒙古袍以后，再骑上马会有说不出的快意和舒服。然后是颠簸散漫，然后是优越的心情和一天天养成的自由野性。

至今我还没有琢磨透彻，为什么北亚的游牧民族服尚长着，而中原农民们却穿戴短打。难道是因为，穿着长袍在马鞍上的那种奇妙的舒服感觉吗？

1981年我回去探亲时，额吉和嫂子给我缝了一件天蓝缎子面的漂亮特里克。串门时，嫂子总是卸下几颗镶玛瑙的大银扣子，让我换好后再上马。

这件袍子现在就挂在我家的衣柜里，夏天的有些日子里，我常常忍不住要使用它追寻什么的欲望。我常披上它，让它宽阔的

张承志 -《乌珠穆沁的司机》油画

三十六年后又在这个营盘上

袍襟一直垂到脚面。腰带当然也在，原样带着当年在草原弄成的褶皱，我舍不得熨平了那些皱纹。

在短打的重重包围之中，我有时也会偶尔照镜子。双手拉直橘黄色的厚缎子腰带，把它摆在湛蓝的袍襟之前。我比划着，在那时琢磨着一种分寸。当然不要"阿伽式"，但是否把袍子穿成吉林宝力格的时髦样子呢？

但更多的时候不是穿，而是盖上它躺下。牧民在各个季节都是以袍为被的；在炎热的夏季午后，赤裸着肉体，把游牧民族的特里克盖在腰间。冰凉的袍子触感清晰，硬硬的镶边和银扣子摩碰着肌肤。那种时候会有一股静静的快感和喜悦袭来，我说不清它带给我的感受。

1995 年 11 月

启蒙的历程

关于插队草原经历对我的宝贵,我已经写了半生。

确实——半生的笔墨,没写尽它对我的滋养和启迪。

如今在流行一个词:双语。没准倒是我,在它尚未流行也没被污染的时候,比较早地使用过它。大约在1991—1992年之间发表在《新疆政协报》上的《夏台小忆》里,我提到一个额鲁特蒙古和俄罗斯移民的混血小姑娘诺伽。在那篇散文里我写到了一个"和父亲讲蒙语的额鲁特方言、和母亲讲俄语",因为从两三岁时就和异族的邻居娃娃玩在一起,所以说起维语、哈语"如母语一般纯正"的小姑娘。

我还特别提及了她的夏台小学。那所小学"比北京大学还棒",因为它同时使用维、哈、蒙、汉4种语言授课(包括每一门课),不同民族的儿童可以自由挑选想学的一种。

后来在长篇散文《夏台之恋》(1994)中,我使用了"bilinguist、双语持有者"这个词汇。我讲到一个回族一个维族、从孩提儿时就滚爬玩耍在一起的两个小孩：

两家都有一个一两岁的光屁股的小男孩。说他们是小男孩不如说他们是个小动物。每天，除了吃和睡他们可能爬向各自的母亲以外，他们与各自的大人毫无关系。他们日出而始、日入而息地天天玩。当然，大人也根本不搭理他俩。夜里，两家的房子由他们随便睡哪家，亲妈不会去找。两家的女人早就习惯了在吃饭时，给爬到跟前的两个都盛上，而且决不能偏心——否则天下就要大乱。……他俩无疑将是真正的bilinguist，双语持有者，对彼此对方的语言精通得入骨入髓。

如今看来，我显然还不够啰唆。我并没有写足他们对彼此的语言理解得入骨入髓的原因。

那原因就是——玩在一起、滚在一起、用唯有婴儿才会说的那种所谓牙牙学语之前的"语言"，吱吱呀呀地"说"在一起。

我想强调：造就双语，必须经过如夏台桥头两个小孩那种自然的共同生活阶段。只有那种和平与平等的比邻而居，人才能获得某种语言本意的感受。后期的、学校的、被迫的语言学习，不能与那种孩提交流相提并论；因为那是"人与人初次对话的语言，一点没有被污染的语言"。

我还忘了多啰唆几句：使用四种语言授课的夏台小学，乃是一院子四学校或一校四学；在用天山上的松树圆木榫卯拼接造成的校园里，学生和教员、授课语言和使用教材，麻雀虽小，却有四套之多。学龄儿童与他们家长的愿望，毫无异议地享受着民族政策的保障。

如今我常感慨：别看这么几句，能写出它来，还是靠了我那一段要紧的经历。

若是没有在二十二岁的年月、在异族异语的内蒙古、在风雪酷寒的乌珠穆沁草原创建过一座马背毡房小学，并在使用蒙语的人群中担任民办教师的经历——我不可能写出上述那么几句。

当然，若是没有亲爱而辛酸的汗乌拉大队游牧小学的"巴赫西"（bahxi，教师）的体验，我也不会醒悟包括母语的权利、双语的含义，以及教育与民族等话题的重大。

（a）

如今，恐怕已经很难让人相信——比如知识青年中流行的不是颓废和想家，而是革命和立业；不是破罐破摔，而是心气未褪——那样一种精神状态了。今天，偶尔哪怕是与革命前辈发生了思想的相碰，也很难让他们听懂我们当年的革命口号——真的，连我回忆着也觉得恍如隔世，究竟什么才叫"在根本利益上为人民服务"呢？

如果今天漠不经心地回想，当年被我们傻兮兮地认为可以划入马克思所谓"人生的需要"而不是"谋生的手段"的劳动，也就是值得为之一拼的活儿——可以列出打井、盖房、中草药种植加巡回医生等不多的几种。再数下去，就是小学了。

而盖房子，也就是定居点的泥水活儿，究竟是一项百年大计还是一场对古老游牧文明的破坏，也许将要迎对愈来愈多的质疑；

而打井,虽然算得上一种有效劳动,但是它也会被机井和其他手段取代。只有学校——它牵扯复杂,一言难尽,将会令人长久琢磨。

在那个只争朝夕的时代,没有谁思考许多。我只是在脑子里略微转了一下念头,就投入了行动。

那时我想:这可是亘古未开的草原。教育从来只在城里,至少只是在庙或公社坐落的镇上存在。若是经过我们的努力,在汗乌拉四野茫茫的大草原上建起一座学校——该是多有意义!

所以,虽然当孩子王与我的形象实在偏差太远,我还是没能抗拒诱惑,接受了"老师"这个被定为中等劳动、每天只记6个工分(满分是8分)的活儿。

要紧的是,无人指导更无人援助的我迈出的第一步,若有灵感——当时的我当即决定,既然是我来办小学,就要教蒙文!

可能是因为前一年放羊时,一年里我都满怀兴致,抱着一本蒙古国出版的蒙文《怎样经营牧业:给牧民的建议》,在山头上消磨时间。在空旷无人的山里,羊群只顾嚓嚓吃草,我懒懒躺在草地上,睡一会儿读一会儿——也许就是那时学得的一点蒙文,给了我一种野心?

总之,我一人刻钢板(当然是在公社公立学校的蒙古族老师指导之下),印了一本薄薄的"乡土教材"。蒙汉对照,有题图,记得编第一课"doron jüg-es ulān nara mandla——东方红太阳升"时,我对"东方"不用口语 jüüntei 而非用文绉绉的 doron,觉得很别扭。

其他的课文记不清了,但我永远记得刚开始教过的第一排字母表。蒙语的字母表,叫作"查干陶勒盖"(čangan tolgai),意思即"白头,白脑袋",指蒙文7个元音与一个个辅音逐一拼读而形成的音节。后来才知道,这套音节表与日文的五十假名之间,有一种阿尔泰语言系统的惟妙惟肖。

在鞍子已经备好,即刻就要上马的那时,我明白字母表"白头"并不好对付。加上元音它一共16行,但是掺杂着专门拼写外来语,比如"牌子"(paizi)要用的p、"前线"(farant)要用的f。我编着小小二十页的油印教材,心里却盘算着怎么绕过它们。不用说,对一切老牧老外都拗口至极的z、c、s、zh、ch、sh,那几个怪母乱码,从开头我就没打算碰它们。如今也明白了:既然我有意躲开了这一组字母,也就避开了把大量外来语强加给蒙古儿童,并破坏他们童贞语言的罪过。

白头音节表对蒙古儿童来说,常用和必须学会的,算算只有13行。

回到自己插包的家里想寻求点安慰,哥哥却来吓唬:

"你记着:巴雅、乔玛、乌兰夫,全大队就这三个小孩最调皮。你要是能对付这三个,就能对付所有小孩;你要是对付不了他们仨,就别当这个巴赫西!"

巴赫西(bahxi)就是老师。在以后的岁月里,我与这个词纠缠得难解难分。

我躲避着zh、ch、sh,刻着钢板,根据囊中羞涩的那一点蒙语库存,选择着蒙汉合璧的课文。

哪怕三个尚未谋面的小妖再厉害,信心却在增加——如今写来已经是个语言学问题:阿尔泰语系的语言比起汉语,有一种令人惊异的简单易学。只要学会一行,继续三行五行都触类旁通。

只要学会一行元音再添上几个辅音，白脑袋便突然变为私有，任谁是文盲也都可能突然读出来。只要读出来，照狗画马，就可能描下来，也就是学会书写。三个小魔头的事儿另说，重要的是：十三行白脑袋一目了然，背诵13行白头音节表，不应该太难。

啊、哦、咿、噢、欧、喔、呜。

我暗暗念过一遍。前一年在山上放羊时，我一小会儿就背下来了，还用芨芨草棍写得滚瓜烂熟。这就是一行，小孩们背熟了，就等于学完了元音。在清华附中的外语课上，无非也就是这么一遍而过。啊哦咿噢欧喔呜，我要是担心发音不准，随便把一个过路的牧民揪下马来，让小孩跟他念，保证就准了。

这本乡土教材被我遗失，实在是一件大大的憾事。但是第一节课的情景，比钢板刻写的课文更加令人难忘。

（e）

一个牧民居然堵住蒙古包的小木门，端端地盘腿坐着，注视着我们——"听课"。我知道，他大约是来找碴儿的，看我这个moo kyata（臭汉人）在教他们的小孩什么。而我们小学的儿童，在那一天却唯有喜悦，毫无一丝复杂的念头。

我举起一根柳梢条，朝黑板一击：

a～

孩子们拼命地摇着脑袋，喊出了最初的第一个"白头"：

A～～

我威严地下令:"巴雅!把这个a,写到黑板上去!"

巴雅跳起,按着乌兰夫的脑袋,两步跨到蒙古包哈纳墙上挂着的小黑板前。他一边把长着两个牙的a嗤嗤地往黑板上写,一边回头问:

"巴赫西,写几遍?"他显然见过公立学校里的黑板默写。

我考虑了一下:"写7遍。哎,写直!别写弯了!"

我想让他们从第一次就习惯"七"。因为元音一共七个,而蒙文字母表的每一行,都是七个查干陶勒盖白头。习惯七,背下七,一张口就给我喊出七个音来吧!我要让你们天天背诵七七四十九遍,一直到你们早晨从皮被里钻出脑袋,一张嘴就是一串白头字母表!

巴雅费劲地写着,粉笔嗤嗤地在墨汁刷黑的木板上打着滑。

我悄悄回头一瞥:嘿,堵门"听课"的大汉,已经增加到三个人。两侧各有一个扒着门框,还有一个在往里挤。戴皮帽子的大脑袋忽左忽右,挡住了门框射进的阳光。三颗头呼哧呼哧地喘气,六只眼睛瞪着黑板。他们全神贯注,忘了自己是大人,更忘了自己不是学生。他们比写着的巴雅还紧张,好像生怕粉笔在黑板上一打滑,写歪了。

七个差强人意的a写完了。巴雅的小脸蛋红扑扑的,兴奋地回到毡包对面的孩子堆。一旁,乌兰夫喊了起来:"巴赫西!我也写!……"

我已看出了乌兰夫争强好胜,决定因势利导。我盯着这个据说是小魔头之首的乌兰夫,提出让他上黑板的条件:

"你要写,就要写直。要是写弯了的话……把一个写弯了,要在本子上写七个！行么？"

"扎！"他冲上黑板。他写着，我在一旁随口说教：

"白头学会了，蒙古话的书不管有多少都能学会。查干陶勒盖是蒙古书的额吉、泉眼，是书的根子。不学会查干陶勒盖，蒙古的字和书你就学不会。不会念，不会写，一辈子你走着日子过着，书和写你不知道。"

一转身：听课的只剩下一个。目光和我一碰，好像害臊似的，他慌忙地也离开了门框。

那不过是一九七零年初冬的一天，我草原生涯中平常的一天。那天我口似悬河，却暗觉在强打精神——本来我的愿望，是蓝袍黑马飞驰雪原，而不是当个孩子王。在黑板上画白头，本该交给某个文静的谁。只因没有这个谁，我才被套上了缰绳。但恼人的是，在亘古草原上教一群懵懂未开的儿童念查干陶勒盖，又确实比在雪地上追逐羊群多了一点意义——就是这可悲的意义，它使我一生都勉为其难！它使我放弃了多少散漫的快活，又使我的轨迹，拐了多大的一个弯呀。

按照随意定下的方针，我们汗乌拉大队民办学校的冬春校舍，只是一顶灰旧的毡包。计划在四个牧业组里轮着转，每个组教十至十五天。这个穷办法，不知被谁起了个好听的名字，叫"巡回教学"（toirin jāna）。

大队派了一辆大车，把毡包卸在了第一组驻牧的薄勒嘎斯太山谷中间。

车走了，我仍骑着马站在雪地上发呆。

忽见一辆牛车缓缓驶来。

"说是在学校门前,一家要倒下一车牛粪呢。"那个嫂子一边把牛卸下来,一边对我笑眯眯地说。我听得一怔,咦,我没这么要求呀。

就这么,每家都运来了一车燃料。毡包也被他们支了起来。第二天上午,当太阳把雪原晒得暖和一些的时候,山梁上出现了一些孩子,像旱獭一样摇摇晃晃地走来。

他们慢慢走近了,每人都喊我一声"巴赫西"。我听着,这个词儿给人的感觉很特别,心头掠过一种说不出的滋味。

汗乌拉小学,就这么诞生了。

小孩们每天从四面八方跑来上学。上课时我的马就撒在包外吃草,每天晚上我换一家过夜。

在课间喝一次茶。白头表念得太无聊,我就把腰带在他们身上捆一个十字花充当摔跤服,让他们在雪地上摔跤"上体育课"。看看太阳差不多离西边的山梁还有一丈高,我用簸箕端来雪块,倒进锅里,烧开一大铁锅茶。虽然我早有自备,喝茶时,每个孩子还是都拿出一个小口袋:"巴赫西,这是阿嬢给你带的茶。"我则抖开一个个小口袋,把懂得惦记老师的女人们送来的炒米和碎砖茶,再分给她们的孩子。

没有牛奶,我们一直喝的只是黑茶。令我至今耿耿于怀的是,甚至到了后来——到了我们有了大队部的泥屋校舍以后,万恶的管理员仍拒绝给我们批一只羊吃。

几次我对他讲得口干舌燥,但他丝毫不为所动。到最后我也没能让孩子们享受学生的特权,像开会的干部一样,煮一锅喷香的羊肉，在念够了查干陶勒盖之后嚼个痛快。

连一只羊都没给我们吃过……当年我常因此恨得咬牙，如今却觉得别有滋味。管理员拒绝时的冷漠神情是难忘的，那神情刻进了我的心底，但我却佯作未曾觉察。

也许今天他会感到害臊？对这所马背毡包小学执行的母语尊重，对它不管多难也坚决推行的蒙文教学，牧民们缺乏敏感和珍惜。我明白，出于一种深刻的怀疑，即使我已经大张旗鼓普及查干陶勒盖，他们仍在冷冷观望。而我——既然骑上了马，就不是为了后退。

我们注定实行的，只能是清贫的教育。就像毡包外踏破积雪缓缓吃草的羊群，学校在那个彤云低沉的冬春之交，默默求生般地运行。除了日后自己种的胡萝卜带来的欣喜之外，我们从未有过牧区该有的"以肉为食酪为浆"的享受。

好在正是一个清贫的时代，孩子们对物质的匮乏毫不在意。由于他们对毡房小学的兴趣，唯因这一点——第一组的十几天教学不仅顺利结束，甚至可以说大获成功。

结束那天，我让孩子们排队。碰巧知识青年们合买的相机在手，我想照一张纪念相。

不知为什么队就是站不成。男孩们挤着看我手里的相机，女孩们在一堆叽叽喳喳。骆驼倌德吉格勒的女儿索米娅在抽泣着哭。一问才知道，原来，这个漂亮女孩一听要照相，着急自己褴褛垂丝的袍子太破，突然忍不住哭了。

至今我还留着这张照片。

磨蚀太重的画面上,驻扎在薄勒嘎斯太山谷的第一组儿童们个个皮袍黝黑脸带冻疤,神采奕奕地望着我。看不清小美人索米娅究竟是破涕为笑,还是仍在抽泣。

(i)

七个元音都教完那天,我发狠下令,要孩子们背熟背死,背它个口干舌燥、背到太阳下山。背!念!一百遍,一千遍!背到自己的骨头也能记住,背到连你做梦时被阿伽阿嬢一把抓起来问"查干陶勒盖是什么",也能睡着把白头一个个念出来!

大约二十年前,在《听人读书》里我曾追忆过一次:

那天我费了半天劲总算把蒙文字母的第一行"查干讨勒盖"讲完,然后我下令齐读。……

那天一直到散学好久我都觉得胸膛震响,此刻——二十年后的此刻我写到此处,又觉得那清脆的雷在心里升起了。

那就叫"朗朗书声"。二十来个蒙古儿童大睁着清澈惊异的眼睛,竭尽全力地齐齐喊着音节表。

"啊!哦!咿!噢!喔!……"

这是我第一次听见有人对我读书,那些齐齐喊出的音节,金钟般撞着我的心。

那一天我如醉如痴,我木然端坐,襟前是蜿蜒不尽的乃林戈壁,背枕是雄视草海的汗乌拉峰。齐齐发出的一声声喊,清脆炸响的

1970年我与汗乌拉小学的孩子们

一声声雷,在那一天久久持续着,直至水草苍茫,大漠日沉。

厚厚的积雪融化着,草根在雪层底下露出来。融雪——所谓春水,在蚀空的雪层下汇成看不见的小溪。

当年的他们,其实根本就不是小妖怪。在汗乌拉小学辛酸艰难的创业史中,小巴雅始终不渝地追随着我,从未有一次动摇。乌兰夫的情况稍有复杂,原因在他的父亲与我插包的家族之间旧有一些费解的矛盾——但也迎风化冻。一次白毛风中,放学后我去他家过夜,风很凶,我抱着他九岁的妹妹巴依拉。只因乌兰夫对他父亲说了一句"老师抱着回来的",那位一直不友好的牧民政治家,好像就决定不再矜持。晚饭后,寡言的他似乎觉得不该睡得太早,独自微笑着,取下了哈纳墙上的四胡。

须知,那一夜他以胡琴伴奏唱出的,居然是在那个年代违禁的《钢嘎哈拉》(黑骏马)。我当然没有错过机会。我不露声色,掏出墨水冻住的钢笔,把飘渺的旋律,还有几句能听懂的歌词,记下了几句。后来在很长一段时间里,我反复在各种场合对各种牧民尝试着套问、追挖、对证,最后终于洞悟了这首古歌的思路。我琢磨再三,筛选判断,认定了一套歌词,并做出了对它的翻译——当然都是后话。

乌兰夫不过只是"hiitai",有点气盛而已。至于小巴雅,则是天生的忠诚之士。

白毛风迷漫的十多天教完,第一组散学了。毡包要搬往第二组了,孩子们蹒跚踏着雪,纷纷回家。

巴雅拦住我:"巴赫西,我不回家。我跟着你走,一直到第四组,我都学!"

我说:"晚上你住哪儿呢?"

"到了第三组,我住胡勒根·阿布盖家!……"他朝我抬起清澈的眼睛。

他的胡勒根·阿布盖(hulgan abgai,姐夫),就是我的哥哥。乌珠穆沁姑娘在出嫁时,要认给她梳头的人为父(很像我后来知道的,西海固回民中流行的"尼卡妈")。我在草原的嫂子出嫁时的梳头义父,正是巴雅的父亲、著名的套马手查布干齐。

——也就是说,这小孩在提醒我:咱俩是有"关系"的,按道理讲,巴赫西你和我是一家人。

我故意问:"那第二组呢?"

巴雅被问住。他着急了,好像生怕被我否决:

"住这儿呀。住学校的包!巴赫西,我和你住在一起不行么?"

我有些吃惊。

当时不过是随口的漫谈,此刻写着我却几欲落泪。

巴雅成了我的私人伴当后,一般都充当我们小学的唱歌起头人。我犹豫过,还是放弃了引入清华附中式的"课代表"一词、让它成为巴雅头衔的念头。他是个唱歌的天才,童音清脆如同铃铛一样。

汗乌拉小学最拿手的,是童声齐唱《毛主席著作像太阳》。那首齐唱是靠巴雅的领唱练出来的。后来我们搬进大队部泥屋的校舍,一旦有客人路过,我常叫孩子们排队,给他们露一手。

别皱眉,最数那首歌唱起来能显示蒙语的妙处。那些表现着乌珠穆沁美妙的发音、前后音节的衔接与连读、语法成分绕弯儿跳出的轻灵、包括政治话语被蒙语童声带来的一种忍俊不禁……说实话，莫说知识青年，连老牧也很难唱准。我真想在这儿尝试敲开汉语的桎梏，哪怕徒劳地拆开句子逐节解释。那种非乌珠穆沁蒙语无法传达、非儿童齐唱不能唱准、非巴雅起头唱不出滋味的歌，我再没听过另一首。

多少年来直至此日，我常常独自一人陷入回味，过瘾一般哼起它的细节。巴雅的脸蛋，连同他清脆的嗓子、发音和连接，都招之而至。ajil sorolga-du qiglelte bolna，嘿嘿，"工作学习有方向"！

传说中的另一小妖乔玛（乔里玛的昵称），更是个罕见的人物。

"巴赫西，巴赫西！打人啦！他打人！"乔玛来告状。

"谁打人？"我问。

"Ama ner-tei！"

嗯？我莫名其妙。细细一问后，不想长了见识。ama ner-tai 即"叫阿玛名字的"，也就是一个和他的父亲阿玛同名的家伙打了人。阿玛是他父亲的尊称，大名门德，所以阿玛的同名人自然是门德。我于是找到元凶——八岁的门德，多少吓唬了几句。

我收拾着门德，却琢磨着乔玛。好一个乔玛，我瞟着他，心中暗暗称奇。他连在打架的时候，都严守着不直呼父名的古老规矩。

——只是，我还没有认识到古训涉及很宽；风俗规定不仅对父母、包括对兄嫂也一样必须严守尊称。可能是沾染了北京的陋俗吧，那时知识青年对平辈一律都直呼其名。我是一直到很久之后，才暗自掌嘴，对草原哥哥改用了尊称的。在追悼哥哥辞世的散文《阿尔善》里，我写到过这一点。

总之，待到热清明（halun hangxiu）那股新鲜的长风，嗖嗖地嗞着铁硬的、散落草原的冻牛粪和积雪，视野里大地的颜色开始发黑。天穹之下，万物都次第变色、消融和变干——到了蒙古话叫做"大地变黑了"的时候，局面打开了。

传说的三小妖，有如《西游记》里的"有来有去"或"奔波儿灞"，都成了我名符其实的马前卒——我的白马"亚干"和后来夏季骑的一匹三岁"噶什德勒"颜色的生个子，都由他们牵了去饮水。

中坚分子其实并非我的死党。就本质而言，他们只是一些学习的喜爱者。后来就不止他们仨了：女孩索依拉，还有三十年后成为汗乌拉牧民首富的白音宝力格，也加入了我的圈子。

从那个融雪季节至今，谁能想象已是四十年弹指而逝！当年的孩子，居然都已年过五十。

真的，岁月和时间，简直无真实可言。只有朗朗的书声持续地在我心中清晰轰鸣，只有它留了下来，只有它是真实的。

（0）

一头牛还给了大队，黑污的毡房也送回给沓嵩的管理员。到了新绿涂染的五月末，小学校迁徙到了大队部。由传奇的李庆哥一把瓦刀盖起的大队部礼堂旁边，三间西屋归了我们。

温暖的黄泥小屋顶上，红旗抖着强劲的旷野烈风，啪啪发出脆响。我们转入了定居和住宿制。

在牧区，因为孩子居住太分散，从来学校都采用和清华附中

1969 年我与小天使

一样的寄宿制。总靠着一座毡包"巡回",每个小孩轮上的上课时间就少得可怜;必须靠寄宿制把羊赶成群,学校才像个学校,学生才不至于十五天是学生、五十天是野孩子。

其实我更喜爱游牧式。在巡回四个牧业组的冬季,我只需带着小孩们大念白头字母表、烧一锅黑茶、让孩子们绑上我的腰带当摔跤服在雪地上滚,连我自己的食宿都用不着费心。我能更广泛地接触牧民,每天都会有一点新鲜感和小收获。

而潮流从来向往体制,连古老的草原也不例外。不集中到大队部,学校好像就不是真的。于是,一待接羔季节结束,我们就迁到了大队部——汗乌拉小学的第二期历史正式揭幕。

寄宿制的孤立与麻烦,当时我并没有意识到。我只是忙碌着,修门窗、弄来一点水泥磨炕沿、求能人巧匠李庆哥为我们盘一个好烧的灶,还要物色不久要添的炊事员。

我们的三间西屋,一间是厨房兼办公室,另一间大屋兼做教室以及我和男生的宿舍。

夹在当中的一间是女生宿舍。

第一个住宿的夜晚,我心里忐忑不安。"板升"(baixing,房屋)和蒙古包就是不一样,在包里完全不必在意女孩们横躺竖睡,而在这种有墙有炕的"宿舍"里,必须男女有别——空气的味道不同了。

这时出现了小小年纪的索依拉。

她好像没有看见慌张无计的我,而是一边忙着铺开毡子,一边把一个最小的女孩揽在怀里。

"扎，我揽着你睡，巴依拉。睡喽……"

在这里写上巴依拉的名字，是出于无奈。实在记不清四十年前那一夜的细节了。那一夜，她揽在怀里的，究竟是布德家的巴依拉还是另一个谁？不，记忆如水洗过一样空白。但我牢牢记得索依拉语速快快的、温和的声音。那个才十二岁的小姑娘，说话的口气简直和我家额吉一样。

冬天，蒙古包里的大人们是把孩子揽在怀里睡的，藉以度过乌珠穆沁严寒的冬夜。索依拉，她在家里恐怕还要大人揽着睡呢，此刻却挺身而出，代我照顾了最小的女孩。总之，索依拉的出现，使得刹那的危机，平稳地一滑而过。

"哎，意达玛，你把那边的被子拉一下……"

突然得到了救援的我，在一旁依着泥墙听她曼声说着，悄悄独自目瞪口呆。我甚至想到这女孩会很快长大，变成一个伟大的母亲。

她在我们短暂历史中的作用，很像奇迹故事中的小天使。由于索依拉的加入，小学潜在的一个漏洞被悄悄补上了。与游牧式教育不同，寄宿制的第一件麻烦就是女生的事，而索依拉从天而降，轻轻拂去了忧愁。

大约是1981年回草原时，我专门约上巴雅去看生病的索依拉。她生孩子时受了风，面容憔悴。我甚至不理睬她家里别的人，径自把索依拉叫到门口，和巴雅一起照了一张相。对着相机时，我们三人都默默无语，好像都在琢磨以前的事。

在定居的日子里，最开心和难忘的事有两件。一是春季的捡羊毛，二是秋天的刨萝卜。

一旦要转入定居的寄宿制，我小心翼翼地提出了一个小孩每月3块钱生活费的方案。万没想到，遭到的是坚决的拒绝。

你家的孩子不吃饭吗？

但是这么问没用。

其实仓库就在隔壁。只需给我们扔过来一只羊两袋子小米，就什么问题也不存在了。但我已经写过，大队上层的神情，难以捉摸。

李庆哥看我为难，就指点说：不就是几块钱么？捡羊毛呀！

每年的剪羊毛季节到来之前，只要天气热得早，满草地就都是羊群匆匆经过时、被草梢挂扯下来的羊毛。

第二天，我已经把著名的善拉车儿马"特勒根·豪"借来，套上了一辆轻便车。

我率领着巴雅和另两个孩子，走向了大队部周边的草原。

孩子们在草地上蹦蹦跳跳，车上支起的一个铁噶厦（栅栏）里，羊毛渐渐堆了起来。

第二天继续赶车出发，换个方向再捡。孩子们捡羊毛，得心应手。我决意在开学前，捡满一噶厦，卖它一百元，让学校自给自足。

同时，我在队部北侧的空地上，开始挖一块小菜园地。这劳动就不是孩子们能胜任的了，看见我汗流浃背挖着，路过的闲汉都过来帮几下。

随着铁锹一次次插入亘古蛮荒的处女土，草根被锹刃喳喳切断，黑土一块块仰面翻起。孩子们乱喊着，不知是在把土块打碎，还是把挖开的土又踩实。这种活儿,他们显然干不好。

最后还要在四周挖成一米深的防畜沟。不知费了多少力气,菜园里终于播种,种下的,是从北京寄来种子的胡萝卜和大白萝卜。

捡羊毛的行动在第三天出了事。

我看孩子们不仅对捡羊毛,而且对驾车都无比喜爱,而且特勒根·豪又是一匹老实得出名的儿马,就在第三天把马嚼子交给了巴雅。

不知怎么回事,也许那老马对小孩驾驭忿忿不平?它突然闹起脾气,连踢带跳,疯了一般拖着车飞奔起来!车上的噶厦颠得哐哐响,噶厦里的羊毛猛烈扇动,当车跌撞着冲过我眼前,我瞥见了车上巴雅吓得惨白的脸蛋,他已经哇哇嚎啕,只知死死地扳住车架子。

一骑马正从远处朝这边缓缓走着。

我气急败坏地朝那人影大喊。那时我害怕极了,万一孩子从车上摔下来……我不能思想,只顾朝那个救命稻草般的骑马人影大吼大叫。

那骑马的人影停住了。

接着人影改变了方向。远处那骑马人显然明白了。静静的大队部附近,午后暴晒的草原上,只有他和那辆疯马车,他看得一清二楚。

骑马人疾驰起来。

惊了的特勒根·豪也撩开四蹄飞奔。

我茫然绝望,心里一片空白。万一要是孩子出了事,万一他们被摔下车来……这小学,就算完蛋了!

就在那时，骑马人追上了马车。遥遥似乎看见他一俯身，特勒根·豪站住了。

我膝盖一软，跌坐在草地上！……

骑马人牵着马车，缓缓小跑着过来了。一个和善的青年，骑在一匹大汗淋漓的黑马上对我笑着——他就是乌力记，民兵连长桑吉的弟弟、我的学生白音宝力格的哥哥。

当时我哪里知道，这个骑着著名的桑吉黑马突然出现在下午草原上的乌力记，这个勇救惊车的乌力记，后来会和我发生怎样的关系？

捡羊毛出的这一场危险事故，使我马上放弃了这项经济建设。几天捡回的羊毛，好久都没人理睬，堆在角落，渐渐变得脏了。等到有一天，把它运到公社综合厂卖的时候，我才发现应该趁羊毛干净早卖：每斤相差一元多呢。

我们的一噶厦羊毛，卖了人民币八十多元。这是一笔巨款！当年富饶的乌珠穆沁就是这样，只要你动动手，不管是人或者学校，活下来并不难。

八十个图鲁克（元），保证了我们汗乌拉小学实行了短暂的免费教育。我不再对短见的大队领导费什么口舌，决定不收伙食费。管理员不给我们隔壁仓库挂着的羊肉，我深夜飞马跑到公社农场，驮来了一袋子干菜。

写着忽然发现：把羊肉锁起来的管理员，正是我的小天使索依拉的老爹哈达。事情怎么能如此巧合呢？也就是说，老父亲在和我勾心斗角，小女儿却在与我共度艰难。天使所以降临，没准只是因为她被打发领着弟弟速德巴上学。父亲难道不想让自己的孩子吃肉么？孩子难道全然不知大人的复杂么？

这种老爹冷淡儿子同党的例子，还能举出几个。若细究，巴雅和乌兰夫都能算在数内。

不过，当时我并不问为什么。事情既然开了头，我只是想干到底。

（ö）

定居大队部以后，特别是靠捡羊毛有了一笔八十多图鲁克的储备之后，虽然有过一丝喜悦，我却不能心情轻松。插队已进入第三个年头，我们已经是民族问题专家。我深知，由我一个人同时教蒙汉文，决非长久之计。

冥冥中，像有一只巨手在拨弄。

一天傍晚，一个骑马的人从白音呼布缓缓下来，在我们学校门口下了马。

此人乃是公社那所拥有初中部的、东部乌珠穆沁数一的公办学校校长。他是一位慈祥的老者，名叫孟克吉勒伽拉。

晚上他就在我们学校过夜。

在教室兼男生和我的宿舍的大泥屋里，我与孟克吉勒伽拉校长抵足而眠。哦，那一夜多宝贵，孟克吉勒伽拉校长是那种上一个时代的蒙古知识分子，朴素、熟悉牧区、蒙古气质。

老校长拿着我刻蜡版印成的蒙汉合璧"乡土教材"，沉吟着，对我居然天涯地角一个人教蒙文，感到惊奇。

"蒙文也在教着呢……"他喃喃着。

我于是向他倾诉了全部心事。

我说:若是只教几个查干陶勒盖,还可以,但是,我不可能一直把蒙文教下去。而且,不光是能不能、会不会的问题。您一定明白,不应该由我一直教蒙文。所以——不能从公社给我们派一个蒙古族老师来么?

一边的土炕上,老校长沉吟着。

他显然对我奢望的、派一个体制内的公办学校蒙文老师、摇身一变为和我一样身份的要求不感兴趣。他的思路,另在一处。

"我们的一个学生,不,现在不是学生了。不知他……他的学习么,倒是很好……"

他解释后我明白了。有一个他的学生,正好从公社学校肄业或者毕业,学完后回到了大队。老校长以为他最合适,并可以向公社和大队推荐,让那个青年和我结为伴当,出任汗乌拉民办小学的教师——如果他愿意。

——前面已经写过这样的词儿:"冥冥中巨手"、"奇迹的小天使"。今天回忆着更只能坚信,拨转一切的神,确实是存在的:老校长孟克吉勒伽拉夜宿汗乌拉介绍的那个他的高足我的搭档,不是别人正是那个骑着汗乌拉草原著名的黑马五兄弟之一的桑吉黑马、突然出现在那个下午疾驰追上失控的马车一把抓住了惊马的乌力记!

那天下午,乌力记若是不出现,巴雅可能摔伤。若是摔得重了,骚乱会平地而起。事故会膨胀成事件,我会心气全无,我会破罐破摔,索性关了这晦气透顶的小学!

那一夜后,乌力记若不同意出马,我可能会对自己以异族之身执教牧区的行为,愈来愈感到不妥。事实上就是不妥,迟早矛盾会爆发——哪怕我正在大教蒙文字母表、坚决实行着母语教育。

但是乌力记出现了!

唉,当年的过分艰辛,常使我们忘了知恩、忘了巧合与费解的身边事。如今我却愈来愈觉得乌力记的出现,充满了一股蒙古味儿的神秘感。后来我从未见过他骑马,那个下午他却骑着桑吉黑马。他是草原上罕见的书呆子,那天他却猛如将军勇擒特勒根·豪。他与我甚至毫不相识(我当牧民的三年时光他一直在公社读书),却在要紧的时刻,肄业回来为我解忧。

不觉得奇怪么?

一定是孩子们银铃晨钟般的朗朗书声,击破了亘古混沌上达了天聪,于是万能的创造者就在我们快要顶不住的节骨寸口,降下了援助。

乌力记,当年我觉得他是一个那么平常的人、和他合作是平常事的桑吉的弟弟乌力记——如今勾起我强烈的想念。

他与我一起伴当,毫无龃龉,一直到我离开草原。包括后来又有一个来当小学炊事员的女知识青年,我们一直忍着艰辛、没有背弃、直到最后。

不觉得奇怪么?

——我不断地使用"伴当"一语,是因为这是原汁原味的《蒙古秘史》术语、十三世纪对nöhör(朋友)一词的官方翻译。它有严峻的约束力,结为伴当的两人,要以性命担保誓不背叛。当然,无论我与乌力记或者我与巴雅的关系都远不至于那么严肃,但今天回忆着，我们又确实没有过背离。

1981或是1985年回草原，我家（蒙古哥哥的毡包）在大队部北边的一个小山包旁驻夏，乌力记的毡包就在巴克噶布奇勒——离我家不远。

乌力记后来和我们的一个学生纳日娜结了婚，生的儿子在汗乌拉是数一的人才——漂亮、团支书、摔跤手、还会写诗。我因他是我伴当的儿子，破例走后门，为他和蒙古族作家立格登搭过桥。后来据说他出了一本诗集。

乌力记来看我。

要知道，这个沉默的家伙，来看你，就是来看你，一句多的话也不说。

累得我费力地找话题，从牲畜到家族。但他回答都是一个字或两个字的短语。

"牙牙？赛哪。"——牙牙么？好呢。

"牙牙"，是他们家族对他哥、原民兵连长桑吉的称呼。

"玛拉？玛拉赛哪。"——牲畜吗？牲畜好呢。

没话了。

我俩枯坐半晌，直到他问：

"去我家么？"

"去呀。"

骑上摩托屁股，一块到了他家。

纳日娜端上茶，接着擦啤酒瓶的嘴。我坚决拒绝不喝，乌力记就示意纳日娜算了。

接着的时间,虽然不算完全的枯坐,也只是一场礼节性的访问。虽然确认了我俩不一般的关系,但没说什么有意思的话。

"你知道成吉思汗时候那个者勒蔑吧?"——他挑起的话题,连蒙语都是最拗口的!

"早忘了。秘史里,我只对锁儿罕失剌,还算熟悉些。"——哼,因为我在一篇小说里把锁儿罕失剌抄过几段。

"你熟悉锁儿罕失剌?知道他后来怎么了吗?"

"死了。"

"没死。"

于是沉默的乌力记,开始了滔滔不绝。"锁儿罕失剌,他——"

不说话的人一旦开了口,比沉默不语更可怕。看得出,乌力记目前全心关注的,是古代蒙古史研究。他急着见我,不是为了叙旧,而是要对我这个据说在北京的民族研究所专门研究蒙古史的老友,讨论些他的学术观点。

我听得头昏脑涨困意袭来。他却愈发认真神色严肃。我恍然大悟:乌力记并不接受别人把他当作一个业余分子,他对自己的史学观点充满自信!……就这样,宝贵的重逢,被一场毡包学术浪费了。

全都怨他,也许也怨我——我们这一对"最后的伴当",没能完成一次推心置腹的长谈。既没有评论1971年的民族关系,也没有言及小学创业的感想。

也许在潜意识里,我们都想回避。是的,桑吉黑马和特勒根·豪、老校长的留宿和刚毕业的学生、神秘的巧合,虽然都是皆大欢喜的话题,我仍明白:回避才是我们的本意。话题、时代、和心情，实在都过于庞大沉重，竟使得谁都不想面对一个偶然的对象，让思想迎对艰难的交锋。

唯在此刻，写着这一篇散文，我心里在唤着老伴当。喂，乌力记，其实你我只是汗乌拉的两个牧民，在求生的劳动中萍水相逢。我们教孩子们学习白头字母表，并不比放羊更轻松；我们让草原上新生了一座小学，也并不比接羔更辛苦。

唯有一个残剩的问题想向你确认。

乌力记，喂，nöhör！在那个遥远的夏季，当你追上那匹狂奔的惊马救下孩子之后不久，随即公社和大队便要你当那学校的老师时，你不觉得事情过于巧合、你不觉得事情有些神秘么？

不，老伙计，你可别误解。我是想说，冥冥的存在，神助的降临，并非只为你我、更不是为了我个人的缘故。我琢磨良久，最后断定，只是为了普及教育于底层，只是为了让我们懂得尊重母语的意义——幽玄暗中运动，援助无声降临，不露声色，毫无音响，甚至我们当事人都没有觉察。

(u)

教育和启蒙，也许达到的，不过是我一个人的被启蒙。至少，那一段差强人意的经历，使我扎实地体验了语言的含义。

比如算术课。

乌力记来了，我不再为白头表费心，只管把算术对付了，有时可以偷闲看点书。

但是，哪怕是小学一年级的算术，也就是一加一五加八，想用蒙语讲得准确清楚，也并不容易。我们知识青年的蒙语都是成年后才打来的半瓶子醋，用它对付只知习惯说法的乌珠穆沁儿童、且要不失师道尊严让小孩觉得巴赫西无所不能——就需要一定的机敏和本事。

为行文方便，我还是省略蒙文的拉丁转写（虽然这会使我的一小批蒙古族读者觉得非常不过瘾，而他们的细读对于我价比千金），尽量不用语言学论文而用文学散文的方式表达：

"巴雅，你说：五加二等于几？"这里有一些别扭的格助词。我嘴皮舌头别扭地说着，同时更竖起了耳朵听。嗯，巴雅的乌珠穆沁惯用形，是这样的一个句式：

"在5上，要是添上2的时候……就成了7！"

好嘞，记住啦。马竿梢头一转指向索米娅的时候，我已经套用了巴雅的句式：

"在6上如果添上3的时候成了多少？索米娅你来算！"

索米娅眨着她的细眼睛，算了一会儿：

"在6的上头，又添上了3个……巴赫西，我算的话，可能，是9吧？"

"Yag tārje！"完全正确！我大声总结道。

接着再让他们轮流一个个地把10以内、继而20以内的加法，练了一个滚瓜烂熟。我帐下的小兵，除了一个布赫朝鲁（他虽然1+2=3但是5-2=10），个个脑袋机灵好使。所以，尽管课堂语言有点孩子腔，但简单加减的目标，被我们毫无困难一扫而过。

哦，就像白头字母表排到了 U，蒙文就读出了味道也渐渐开始变难了一样，我的故事写到这里，对今日在无视与歧视他者的文化毒气中被熏昏的读者来说——恐怕品不出味儿也太难了些。

但正因此才必须把它写完。

还不是靠着算术课的现买现卖，我对蒙古语言的认识，更多是在与牧民及其孩子的耳鬓厮磨，尤其在草原夏夜的"讲故事"中——日复一日地积累、近半个世纪地发酵、又突然一瞬地感悟的。

——离家谋食的一伙男人、漫漫长夜同住一个窝棚或泥屋。在不仅没有电视也没有收音机的时代，这些卖苦力的劳动者，晚间的调剂，就是"讲故事"。

究竟这是一项古老的习俗，还是一种严峻政治气氛下枯燥劳动的调剂？我倾向前者，但说不准。总之，一旦泥屋里吹了灯，黑影一隅就有谁懒洋洋地唤道：

"呵咿，讲个故事吧！"

所以，我们的男生宿舍熄灯以后，孩子们也要求着：

"呵咿，巴赫西，讲个故事吧！"

记得我讲过"半夜鸡叫"。但后来听了孩子们讲的，我不由得害臊不已。我讲的真是味如嚼蜡、嚼隔年的枯草！如今沉吟着，我感到了一种文化的自愧不如。除了表达的局限，我发现：汉语的故事都不是韵文。而学生——别看他们小小年纪，肚子里却早已装了好几套押韵的好故事。

正是幻想的夏季。

静夜的蓝空，当孩子们娓娓道来时、当潜沉的文明浮现时，显得特别深邃。

乌兰夫语速快、口气平淡，全然不懂绘声绘色。但是，就数他背下的故事多：

古时候，古时候，有一匹生来就死了父母的马驹。他觉得最是自己的命苦。他周游四方，先见了一匹马。它就问啦：
马哟马哟你好吗？
马回答：
冻透的嚼铁含着
沉重的鞍子背着
沟里山上跑着
——我有什么好呢？

在大炕的这一头，我听着，心眼在一丝丝地开窍。蒙古夏夜的小学大炕，远比研究生院更富有学术味儿。原来蒙古的歌谣，压着一个头韵。这么齐整，这么巧妙！冻（hüldü）、沉（hünde）、沟（hündi），都是 hü 字头的词儿。啊，巧妙的白头音节啊……

乌兰夫当然没发现我听得入迷，他只顾按照套路，背诵着讲。此刻让记忆力衰退的我忆起全套押韵的蒙语原文，已经有些困难了。比较牢固地刻进了我的大脑皮层的，只有那些最形象的句子。

比如当马驹遇上山羊时，山羊自我形容的句子"皮嘛数我的薄，奶嘛数我的稀"；遇上人家的媳妇时，那女人讲的"天蒙亮时起来喽，去挤牲生的乳牛"，都使我过耳不忘。还有它遇上牛，照例问了"牛哟牛哟你好吗"以后牛的答言中，有一句：

鼻孔犄角被扯着
黑米的长途走着
Hamur ebür as qingana,
Hara buda ayin de yabuna

——使我窥见了古代。这一句,简直是一幅逼真油画。

鼻子(hamur)和黑米(hara buda),两个词当然都是清脆的 ha 字头。且不说牛鼻子痛感的真切,使我惊奇的是黑米。前一年(1970),我们刚刚吃过供应的黑米,那是一种没去壳的小粒糜子。

我留意到了:那个冬天对国家供应的这种带壳粗粮,牧民们不仅没有不满而且啧啧地像是赞叹。牧民们尤其女人们的神情,像在享受某种历史的片断。

灰旧毡包在那个冬季里弥漫着浓烈的香味。用铁锅炒熟、抱着木杵春掉谷壳、泡进滚开的茯茶——三部曲的麻烦,搅着一股罕见的米香。灾年穷队,没有奶茶。但黑茶黑米吃在嘴里的口感,却是焦甜喷香。

"黑米的长途"(hara buda ayin)这个词组,使 1971 年的我宛如目击一般看见了古代游牧草原的一个画面——游牧民族赶着牛车,千里颠簸风餐露宿,南下陌生的农耕汉地。为着什么呢?为补充经济的空阙,为运来果腹的黑米。

韵律之外,语言的另一个极致也许是黑话。这也是我在当汗乌拉小学的巴赫西时,懂得的一个语言学道理。

哈,幸亏我在当上孩子王之前,也曾与大队里的二流子们过从甚密。而且,若不是有一次大巴伊拉一脸坏笑地问了我一句"你不去井上打水么",而且把这个句子的阴险变形教给了——我这个巴赫西会在孩子面前摔一个大跟头,摔得威风扫地。

那天,居然是一个女孩,笑嘻嘻问我道:

"巴嘘喂!其嘘喂 哈嘘喂 呀嘘喂 呗?"

我吓了一大跳!

简单说,这是一种只说词儿的开头、隐着后半截让人猜的语言游戏。具体说,小黑话只变词首,加上"嘘喂"。把单词第一音节加上古怪的"嘘喂",造成不同的暗指。这样,一句问候语能转义为下流话。人说着,等着对方猜,也引诱对方摔进恶作剧的陷阱。

谢天谢地,那天女生说的,只是最简单的"老师你去哪儿",她用的词儿,方向诱导简单,并没有危险地藏坏。

我思索了一瞬。

首先要让他们清楚知道:小小黑话,老师也懂。

于是我用同样的句式回答:

"比嘘喂 脑嘘喂 温嘘喂 呀,脑嘘喂 温嘘喂怪布勒 俄嘘喂 巴嘘喂那。"

(我读书呀,不读书成傻子啦。)

一声呼啸!兴奋的孩子们围住了我。嘘喂嘘喂,吵成了一团。

二流子大巴伊拉曾对我说——他们在公社学校鬼混时,一旦发现老师懂,就没兴趣闹了。我的这一伙也一样,嘘喂了一阵后,兴趣就转向了别处。

黑话隐语,不能让它在学校使用。可看作语言游戏的"嘘喂",也以不让它流行为妥。唯有乌兰夫的故事,我大加赞赏竭力推行,但孩子们对它的兴趣却不大。

那个故事,不知能不能按照我理解的蒙古民间文学规律,以马为题,给它命名为《孤儿马驹》——至今我仍在捉摸它的思路。正是孩子们不喜欢的地方,深深吸引了我。

是的,徘徊其中的一股魅力,从那时便精灵附身一般再也没离开过我。蒙古民间文学的宿命论、韵律感和概括力,加入了对我的启蒙。以后它又在整整半生里,支持了我的文学观念。

秋天先期而至。

听说远处饲料基地的小麦穗已经黄了,我们小菜园里的白萝卜和胡萝卜,也到了该刨开土看看的季节。

刨萝卜,就像小学的祭会盛典。孩子们满心喜悦,我抡开了十字镐。绿盈盈的萝卜秧子被孩子们扯开,热腾腾的黑土壤被翻了身。美滋滋埋在土壤里的白嫩的大萝卜突然显露出来:一根挨着一根,像孩子胳膊粗,白莹而鲜活。成功啦,长成啦……被喜悦迷醉的我,开始把大白萝卜塞进麻袋的时候,忘了留意萝卜的长相。

大白萝卜不单是白嫩水凌。它们没有一根是直的,如日本的练马大根——而是全都折了一个直弯,像一角锯下的窗框,像一个木匠的直尺。它们向下钻入土壤,又都在15-20厘米处拐了弯,在地下贴着生土,改为横向生长。

我恍然大悟:开荒翻地时,只能挖一锹深。但是我不懂——种萝卜要种在垄上。我不知道农耕民族早有高招:下种前先把土培成一条条高出地面的土垄,让萝卜先钻过土垄,再接着往下钻。

农民给萝卜留足了深度，可并没费力气。

我的铁锹翻过之处，土松软了，萝卜可以钻土入地。但是钻了顶多20厘米，下面都是原初生土，毫无缝隙，异常坚硬。萝卜头顶不动了，只好拐弯横着走——于是长成了直角萝卜。

终于我懂得了"处女地"的含义。

后来，我在日本有一段时间以讲演为打工，常常靠讲些牧人掌故换钱来战胜生活难关。后来讲出了解数，每当讲到直角萝卜这一段，从无例外，准能引起哄堂大笑。送给人们一个笑话，再回到自己的心事。我没说，那是我一生发挥个人能力最酣畅的阶段。

如世上的游牧民族，这是我一辈子唯一的一次染手农业。新奇与拒否，喜悦又敬远的心情，实在是令人烦乱。

这些萝卜究竟被烹饪成怎样的食品，我已经记不清了。秋季之前小学已经有了一个女知识青年来当炊事员，只记得她烙的焦脆的小面饼，但忘了她怎么烧的萝卜。留在我记忆里的，只有蒙古小孩们在萝卜地里的身影。

——他们弯着腰，踮着脚，屏住气，在萝卜地里一遍遍穿梭。开始我没留意，后来看见小手攥着一把胡萝卜须，我才明白他们在找没被收走的小胡萝卜。刚翻过的土壤，被他们用小手又翻了不知多少遍。一直到天色昏黑，那些弯着腰、一步步试探的身影，还在地里转悠。

令我日后深感后悔的有三件事：

第一是那天没有干脆把胡萝卜发给大家，让孩子们一天五根，啃个够吃个口滑。第二是让他们整个夏天都追着踢一个破篮球胆，却把一个从东乌旗抱回来的、美丽的黑白花足球藏起来省着！第三：我们有八十图鲁克巨款,为什么不花几块钱买一只肥羊,让孩子们狠狠地饕餮一顿?!

(ü)

一九八一年,离开近十年之后的重返草原,是在六月之初。天气还非常冷,夜里要盖两条皮被。

有一晚消息传来:大队部演电影呢。

看去!心里浮起六十年代式的兴奋。我喜欢马拴在背后,人躺在草地——瞭着银幕上埋地雷的民兵、找地道的日本兵的感觉。

不过十年之后的演电影,不是像以前那样在草地上,而是在大队部的土坯礼堂里。

黑影里,我盘腿坐在毡子上,仔细辨认电影的蒙语台词,一个黑影爬过来,推了我一下:

"巴赫西!您好好地去了来啦?"

我定睛看了几秒。哪怕你有了成人的身架,嗓音并没有变:

"你,是乔里玛吧?"

他唻唻地笑。

又有一个黑影爬过来:

"Bahxi! Bi hen-bei?"(老师!我是谁呀?)

——你是道尔吉!

黑影纷纷挤过来。一个三十来岁、嗓子沙哑的女人,孩子抱在怀里,一直挤到我鼻子前:

"巴赫西！您看，我是谁呀？"

——你是……我的奥音哈达！

爬来一个胖胖的妇女，她一字一字说得很慢：

"Bahxi……Bi, hen-bei？"

——你是娜仁花拉？

响起一阵喊："不是！她是色布勒！……"

居然半数猜错了。

当然也还有一半猜对了。那一晚的看电影使人记忆弥深，黑暗中当年的孩子们挤着我，低声嗤笑。我们在土坯礼堂的正中坐成了一个圈子，摸着黑，自顾享受团圆般的重聚。寒冷初夏的草海，好像空气一样在包围着，那一晚已经没人看电影了，它成了阔别十年之后、我们汗乌拉小学的"校友会"。

谁能扳转时光？

黄羊的硬角若是折了，谁能追着接上它？

十年前北京大学来东乌旗草原招生，我们去公社打听消息。我推开公社办公室的门，正看见书记罗布桑金巴在和两个陌生人谈话。他说着话一眼看见我，顺口接着说："你看，这是我们的老师！他一个人教蒙文！连蒙文都教！……我们可是把最好的都推荐给你们啦！"

我愣了一下，这话使我感到意外。

罗布桑金巴书记几乎不认识我。他怎么会知道我们汗乌拉的事？在封闭无助的草原，公社的镇子是多么遥远啊。

反应过来是以后的事。后来我多次回味：罗布桑金巴的那句话，像是把我朝北大的南校门使劲推了一把。猜测也是在以后。我猜，不仅孟克吉勒伽拉校长、大概在那排平房办公室的蒙古族干部中间，我教蒙文的事儿被相当地议论过，而且能估计他们议论时使用的夸赞口气。

哼，早知道我直接上公社要一只羊吃！我不以为然，忿忿不平。事情过去以后，我对人的议论失去了兴趣，更不在乎哪怕公正的评价。我另钻牛角，把小学的一切当成自己的私事。

也是在那个十年之后——以后更年复一年，我勒马伫立，凝视着小学的废墟。不知什么时候刮起的又一股风，否定了草原民办教育的思路。教育以质量的名义再次集中到城镇，牧区的小学全数关闭。连公社那拥有初中部的、孟克吉勒伽拉校长经营多年的学校，也眼见着走向了衰败。随着对城市的短见的向往，牧民们纷纷去东乌旗寻觅住处。对游牧技巧老谋深算、自古充当牧业指南的老人，残生的新活计是"看学生"。我上大学后又坚持了多年的乌力记一声不吭，转身恢复了放羊的旧业。我们的小学——当年我在蒙文课本上刻印的是"汗乌拉学校"而不是"汗乌拉小学"，没有写那个"小"字是表示没准会办初中的野心——它那么薄弱，在一阵强风过后，化为了乌有。

我独自单骑，站在古尔班·火特格前的一片废墟前面。

身后两条宽阔的长川，它们向西北和东北分别引向白音呼布和吉林宝力格。头枕着虽不雄峻也渐渐浩莽的山地、紧挨着两个小湖使用着三眼水井的，是我们大队的阿勒翁·格勒（alvan ger），公事房、大队部。我们亲爱的汗乌拉学校，曾占据过它的西屋——如今是一道黄土的矮坡。

那天我有说不出的感慨。当然也不想和人说什么。我只是骑马草草走过那块萝卜地，没有多看它痕迹模糊的防畜沟。那道黄土矮坡让人无法凝视，以后我甚至不愿看它一眼。

在草原知识青年的持续怀旧中，常听邻队的知识青年讲，当年他们打的井如今还在用、牧民夸奖井的水好等等。也就是说，我们这追求"在根本利益上为牧民服务"、要变劳动为人生需要的一伙，比起只把劳动当谋生手段、只是随波逐流的同伴，简直是从一到十的背运。散漫地遐想着，只觉不仅若有所失，简直已经羞于提及。

没错，就像乌力记扭头就回家放羊一样，我也只在心中固守自己的牧人身份。以后多次重返草原的日子里，我喜欢躲在哥哥家里休养，顶多偶尔率领巴特尔出门一转。教育质量？哪怕未来把汗乌拉的小孩都弄到上海去念书，与我又有什么关系呢？

唯有乔玛提起启蒙的话题。

我在研究生答辩那一年，乔玛陪母亲来北京同仁医院看病。焦加（我们称他母亲焦加）指着肿得睁不开的左眼说：把我的左眼拿掉呀，保住右眼就行。我小心翼翼，不敢翻错一个词。而同仁的医生却不耐烦地说：要摘除右眼，才能保住左眼！于是焦加大怒，骂这家医院"什么也不是"，一跺脚回去了。答辩期间我顾不上许多，也没能送他俩离开。

我去看焦加，心里很惭愧。

大约焦加在从北京回来的翌年失明。乔玛，这个当年连打架时都记着不直呼父名的小孩，那一次好像想借酒吐露。他喝得醉醺醺的，唱着一首我不会的苦味长调，歌子叠唱一句"什么是你的啊我的"，撩人心事。

听见他说"养大我的是阿爸额吉，教我书和写的是老师"的时候，我不接他的话茬。但我数了，他说了两到三遍。

八零年前后，有一阵乔玛热衷宗教，居然来信问我能不能给公社的庙里找一部《丹珠尔》经，还要买大量的香。当然，哪怕别字连篇，我俩只能用蒙文通信。这个"香"字，他是用专拼借词的、乌力记教的白头写的。

既然他这么看重启蒙的老师，以后我每次回草原，总要到乔玛家住一夜。我不谈教育的话题，只是美美吃一顿他的妻子兼我的学生意达玛做的羊肉面条、和北京式的白糖拌黄瓜西红柿。

可以这么说么？在体制崩溃的时代，由初生之犊的我们，进行了一场歪打正着的教育。乔玛的话并非只是礼貌。查干陶勒盖，蒙文字母表，一种古老的民族语言的传承——千真万确只是由于对异族的情义，由于时代的使命感和游牧文化的感召，才轻轻写下了它的第一笔。

当年我们的小学，由于也教过"毛主席万岁""东方红太阳升"等几个汉语句子，所以学究些说，或许也能算一种双语教育？

但已经该指出，汗乌拉小学的双语教育，不仅教师以民族语为教学语言，而且母语教育是一切之上的最高原则。

虽然那时我不会用拉丁转写、不会像今天按照蒙文字母表的顺序把 a、e、i、o、ö、u、ü 排成本文的小标题——但我已不想妄自菲薄。随着体制与秩序的重建，随着对他者文明的无视与践踏的流行，汗乌拉小学的意义在浮现。我第一次意识到那时自己获得的启蒙，并彻骨地感到了一种——六十年代的水平。

如今我懂得珍惜了。

1972年春上大学前夕

居然，我们在那么闭塞的时代与环境中，就有意识地警惕同化，就知道选择母语教育是人的权利，而且快乐地潜入它的深处。虽然，我们喝的是黑茶、从来没有羊肉吃、连一个月三块钱的生活费都收不上来——但我们懵懵懂懂，若有所悟，雪地跟跄，走过了那么宝贵的一段路。

1972年的春天，在记忆里已经漫漶模糊了。唯有巴雅的送别，点缀了那个向大学出发的、残雪灰白的日子。

我骑着马去各家道别，回到等候我的知识青年毡包，已是半夜。我是在喘过气来、端起茶碗后才看见巴雅的。

他酣沉地在背后睡着，盖着皮被。

听说那天他从早上就闹着要来送我，家里犟不过这十二岁的孩子，只好把放羊的马给了他。我喝着茶，不时回头望望他。在我一生经历的送别中，这是难以忘怀的一次。我想和他说点什么，但他呼呼大睡，直到次日天明。

早晨，巴雅醒来了。

他只看了我一眼。大概是想着家里等着放羊的马，他着急了。

急忙喝了几口茶后，我给他备好马。等他扳住鞍子时，我把钢笔递给了他。这支钢笔很特别：因为我敲断了它的后半截笔筒，露出套着墨水囊的金属管。冬天只要把金属管顶在烧红的烟筒上，结冻的墨水就化开了。

巴雅把笔塞进怀里，翻身骑到鞍上。他低着头，听我说了两句好好学习之类——那是我最后的巴赫西话语，慌忙打马走了。我站在门口，听着他噗噗的蹄音渐渐模糊，好像听见了一个声音：

"第三组，我住胡勒根·阿布盖家！……"

此刻我打着键盘，也听见了那个声音。我总在反复咀嚼，试着调换语序和单词。那个铃铛般的童音，与时光的流逝无关，音质一丝也没有变。

经过了多次的直面废墟，我终于做到了对那道黄土低坡熟视无睹。

我骑着马在它的上面仔细踱步，分析哪里是厨房、哪里是索依拉带着女生睡觉的小屋、哪里是替代了桌椅又兼着男生及老师床位的那一盘大炕、哪里是我的行李卷的位置。

自从离开这儿去了北京大学从事了考古专业以来，这是我唯一的一次——对自己遗址的考古。

但考古也快干不成了，因为这道土梁已被周边的牧草侵蚀，显得难辨边缘。草海永远在吞没一切痕迹，包括废墟。

此刻，波澜远去的草原空旷而宁寂，人的心绪，飘忽而自由。一垛巨无霸般的云团堵住半边天，荫下的草海凉风习习。

我已无心究明历史，更不打算总结什么教训。一切不都将这么消逝么？像草海淹没了废墟，像泥屋还原成土壤。何止我们汗乌拉小学，就连革命和令人怀念的大时代，不也都一刀两断一去不返么？

一切都化作了废墟，并不意味着人心也漂白归零。不，人心在最终获得的丰满，几乎超过了盈溢的草海。往昔的启蒙那么真实，它每天都在发酵膨胀，催动着人心的酿造，于是便有了《孤儿马驹》，以及我的文学。

啊！哦！咿！噢！欧！喔！呜！……

大象的巨牙若是断了，又有谁能再接上它呢？

笼罩四野的神明！唯你在创造和控制，你不仅使大地牧草由黄变绿，唯你与时光同在，唯你尽知，洞晓表面与内里的一切！

不仅文学，在流水浸漫一般的时光中，我想乔玛和巴雅他们的心里，也时而会掠过小学的残断往事。虽然他们懒散惯了，不善表达，但潜意识里，他们也一直抚摸着折断的羊角象牙。

我们游牧与母语的小学，把查干陶勒盖的顺序、把由上向下的书写、把人与学习的大义禁忌，镂蚀雕凿一般，刻进了我们的心里——是的，我们。不单学生，获得了一种最深刻启蒙的，正是我自己。

时至今日，我唯想感激我的创造者。

若是我不曾在异族与母语的环境中重生再造，那么我不仅不可能拥有与巴雅乔玛的一连串故事，还可能出落成一个无知的"智识阶级"，愚蠢且狂妄，对他者的文明毫无感觉，也读不懂——此刻我写下的这个故事。

2012 年 8 月 8 日

小节号依照蒙文字母表顺序
文中蒙文拉丁转写经青格勒博士校过，特此致谢

那一年的白灾雪原

我没有经历过赶尽杀绝的"铁灾"(temur-jud)。

这个词,即便在乌珠穆沁也只在1972至1973的冬春之交用过一次,而且被我躲过了。

我只在1970年冬,经历过寻常的白灾。

那种灾年固然恐怖,但还在限度之内。牧民们也有凭经验和贮备,应对它的余裕——解释一下:所谓白灾是指雪持续降下积厚,牧草被封在白秃秃的雪壳底下而牲畜吃不到嘴的灾年。相反,一冬干脆不下雪,使牲畜一冬不能解渴使人的锅里也无雪化水的冬季,因为大地上没有白雪覆盖,按牧民的语言描述"地是黑的"——所以叫作黑灾。

与黄蓝红三原色的绘画理论相悖,一对黑白是游牧世界的两原色。解释这一对观念很费事。

1：雪

对我来说，记忆牢固的只是那个白灾之年的印象。

确切地说，最初发觉积雪已经封闭了道路，牛车已经闲置不用，雪原上来回奔走着马拉的"切勒格"（小雪橇）的时候我还毫无感觉。后来政权（公社和大队）似乎无声瓦解了，有经验的牧民率先出走。就在人心惶惶之际，我们得到了自己插包的"家"的指点、获知了不冻青营盘的情报，于是独自一群走场，搬家到了额仁戈壁的时候——我才确认了灾年。

以前向东眺望，在传说是额仁戈壁的远方，有一座船帆一样的山影蹲踞在地平。问时，有人叫它冬根海勒汗，有人称它冬根敖包。如梦一般，我们灰黑破旧的毡包，已经扎营在冬根大山的西麓。

这里有三个青营盘（古和·努特格）。它们是过去谁家在冬春驻营的旧盘，地面有尺厚的硬羊粪层，护着下面的土壤永久不冻。需知，冬夜里羊群卧在上面是暖和的。若是入冬就冻透的夏秋盘，何止寒冷难熬，一夜间牛羊会被自己的粪尿冻得粘在地上！

这是宝贵的秘密。

那一年牧民们对这样的知识彼此保密。我们悄悄搬来，备足粮草，安上另一件宝贝——抽火凶猛的铁皮炉子，开始越冬。

素日的平原，如今是难渡的雪海。最初，我不信骑马不能跑过平地，可一蹦子冲出去不久，马腿就噗通噗通陷进深雪。随即甚至不能拔足了。

张承志－《夜雪原》油画

前面是延伸的、一望迷蒙白硬雪壳。早忘了到对岸山头之间有没有深沟，谁也不敢说雪有多深——那时人突然害怕了。

单骑拉着切勒格，人们沿着连绵的山顶赶路，去几十里外的公社镇上买粮。用铁锹挖开尺宽的小径，每天羊群排成单行走上山顶吃草。以前仇恨闯入我们地盘吃草的马群，现在盼着马群来一夜刨碎雪壳，为了羊群在后面跟着吃个半饱。没有谁患上雪盲，人人都戴着墨镜，四眼儿们则在眼镜上套上黑套镜。夜晚把削下的羊肉贴在烧红的烟筒上，羊肉吱吱冒着青烟刹那间烤熟了，一口把喷香的肉塞进嘴里，立即觉出力气在体内聚集。

连续相接的山峦顶部，由于风大没有多少积雪。羊群啃着低矮的绒草，虽然不能任它们饕餮餍足，也算差强人意。我呢，常常把骆驼牵着让它横着挡住风，然后靠着毛茸茸的骆驼，用皮袍袖口压住翻开的书或隔月的《参考消息》，多少读上几页。

走场，还能使枯燥的牧人日子至少开阔些地理感觉。不管怎样，恼人的地平线被突破了，视野里出现了新鲜的山峦风景。

还结识了新的朋友。一个白音图嘎大队的老人慷慨地送来燃料，我们和她家、包括她家的知识青年（一个西语系教授的女儿）结下了友谊。

羊群能不能吃饱，是天下第一问题。决不能在我们放牧的苏鲁克（集体畜群）里发生牲畜的倒毙——是那时知识青年的理想、革命、和做人的首要问题。

每天归牧回来，我们（偶尔来串门的牧民一样）都不住眼地从背后打量羊群的肚子：若是羊肚子横了出来，大家就会满意，因为羊吃饱了。

没有刮起白毛风的雪原生活，大体是安详和宁静的。只要盐茶米油（点灯的煤油）四样东西贮备充足，封闭的草原甚至给人幸福的感觉。

但一旦稍过边缘，雪原便露出本相。那时，静谧的恐怖使人永志不忘。

由于春季骟羊的不彻底，几个漏网的小羊耙子作孽，就在雪最厚硬的月份里，一些母羊生羔了。哪怕蒙古包里匆匆搭起了棚圈，哪怕人和羊羔挤在一起睡觉，但无计无力，倒毙终于发生了！

那是命中的煎熬，我们只能眼睁睁看着可怜的小生命饿死僵硬，再忍着一刀刀剥下羔皮，等着秩序恢复上缴羊皮时，再接受嘲笑和侮辱。

此外，后来接近春天时又被狼袭击一次，羊被咬死了六只或八只。由于这些，后日在北京上学时（1972）听说谈虎色变的"铁灾"过后，我家在额吉率领下居然没有一只牲畜死亡——远远地，我真服了。

那时我的牧民意识还丝毫未褪。独自在北大的文史楼，我咀嚼着这个消息。我琢磨着他们的消息，和体验过的那一年做着比较。摊开的考古讲义里，浮现出一连串灰污硬雪和羸弱牲畜相叠的画面。

2：狼

第一声狼嚎传来的时候，谁也没有在意。白灾的乌珠穆沁，狼嚎狗吠，时常伴随。

由于它们的"隐身",已经败给了它们一次:

因为天气很好,羊群就在不远的山坡对面,我还是谁回家喝茶。等茶喝罢了回到羊群,一眼瞥见几头死羊血肉模糊躺在雪地里,喉咙和屁股被残忍地撕开了。散乱的羊群呆呆站着,瞪着我一动不动。不知它们刚经历了什么,每一只都那么表情惊恐。

但那一夜的狼嚎很快就使人听着不对劲。太近了——狼嚎一般是不易判断远近的,但那一次实在近在耳际。有一声还伴着踢开雪块的破碎声和紧张的厮打声,"嘎呜呜~呜呜~",嚎得近在耳边。

那时没想起来害怕,倒像是大大愤怒了。当然我们也明白不可能去揍它,门外的夜,是一派无涯的混沌。夜已深,但四野并未黑透。雪夜的黑暗不是黑的,是不透明的浓浊浅黯。

地上雪的反光只在五六步,再远就是一堵墙般四围逼近的浓重白幕,而就在那片混沌后面,我不是听见,而是一瞬辨出了一些环绕影子,比狗古怪,比羊灵活。突然,那堵夜幕黑墙上亮起了一簇簇绿莹的光。

是狼!……人们一声大喊。

这时才发觉羊群早站立起来,它们显然知道得更早。此刻它们紧张地呼呼响着,哗地拥过来,又呼地挤过去。

不知有几条,但这是一个狼群。包门外的寒冷都似乎消失了,我们与狼进行着无语的对话。

它们好像在威胁:让开!只拖走几只羊!

我们也像固执地回答:想咬羊,先过人的一关!

我们在门口吼叫跺脚,那时人陷入兴奋,居然丝毫不怕。人比狼更早地疯狂了。

忽然谁大声喊道，点火！烧报纸！狼怕火！

一两张整页的报纸被团成一团，点燃后使劲扔到天上。黑蓝夜空上的火球美极了，它鲜艳地哗啦抖响，把静卧的雪原一刹照亮。在那一刹那绿炯炯的狼眼熄灭了，但报纸烧完熄掉，它们又围了过来，绿火狼眼，又幽幽地点亮了。

我们扩大着地盘，手抓一团熊熊的火，狂喊着向狼群冲去。看不见，也听不着，但无声之间狼群迅疾退后了——这些阴险的暗藏者，这些凶残的敌人，从那一刻我懂了它们畏惧火焰。除了最开始辨出过影子之外，我再也没看见它们的实体。

只有那惨烈的狼嚎，不依不饶地纠缠着。它交错回绕，阴森瘆人，与我们这座孤零零走场异乡的毡包对峙。

我们轮流举着闪跃的火焰，怪吼大叫着，一次次冲向对面的混沌暗夜，把火球使劲扔向隐身的狼群。地盘愈来愈拓宽了，狼嚎里听出绝望的音色，不像刚才那汹汹的要求了——我们敞开蒙古包的木门，哪管寒风涌入，让铁皮炉里的牛粪火也红通通对着雪夜，盼着能借火势，让狼群死心走掉。

绿光看不见了，唯有凄厉的号叫还死缠不弃，如一个仇敌的宣言。亢奋中的我解下系在车辕上的马，不备鞍子跳上光背，举起一大团点燃的参考消息，"嗷~呀~"怪叫着，向那堵夜墙驰去。

依然没有看见它们。我扯着马嚼子转了一圈，报纸烧完就一蹦子跑了回来。也许根本就不是狼群，一切只是恶意的幽灵？

也许可以说那一夜我们战败了狼群？但是光天化日下七八头羊被咬断喉咙又掏出肠子——成了我们痛苦的失败回忆。

日子久了,记忆磨褪,细节渐渐漶漫。后来连那绿幽幽的注视,也只剩下一个概念。在我当牧民的岁月里,如那一夜狼群逼近,亲身实地,直面威胁的局面,没有再次出现。

我也参加过亘古传承的合围捕狼,《蒙古秘史》把那种围成的圈子称作"古列延"。沿着一线连山围成巨大圆圈的数百牧民,大概都有过类似的体验,也都怀着仇恨或痛苦。我忘不了那一年在冬根海勒汗山麓下血迹斑斑的惨烈图景,心里也种下了狼即死敌的牧人观念。它们永远卑鄙地隐藏着,准备发动凶残的偷袭——我留意着,握着火种,准备与它们一决胜负。

3:驼

除了敌人,还有朋友,更有性命相托的伙伴。

也是那一年,那个白灾之冬。快进春天的时候,我们已经从额仁戈壁那块宝贵的不冻青盘搬家回迁,准备回到我们的原籍进入接羔季节。一只冻掉了耳朵的褐色花羊,和一条冻掉了尾巴的小狗崽——跟在勒勒车的后面。

终于重新进入了我们汗乌拉队的边界,在布东古修以东驻营。记得那时,冬季将尽的雪层,已经硬得像铁了。

我骑着苦累一冬的骆驼回家。

暮色中视野很不清楚,山峦和地平都变了,白蒙蒙的很容易迷路。

骆驼一步一哼，不时转头叫着，好像在向谁申辩。一个冬天里数不清多少次降下的积雪，被白毛风裹挟和堆积，填平了所有的沟壑也拉直了处处的斜坡。原来的地形，早被遮蔽了。

噗磕地重重一声，骆驼踩破了硬硬的雪壳，一条腿直直戳进了雪坑。这头金毛驼其实岁口很小，它惊吓了，嗷地一叫，想猛使劲抽出腿来，但同时另一条腿又噗嗵一声踩漏了硬雪。挣扎几次后，小骆驼的半个金毛松暖的毛茸茸身子，就陷进了雪坑里。

我跳下驼背，手拉着缰绳，喊着吆着，让它不负重自己走。

我鼓励着、吓唬着它，一次次让它鼓起劲拔出腿来。前一阵，我们一人一驼，在布东古修山梁旁铁壳般的雪野上，一步一陷，挣扎走着。

它只成功地挣了几步，但愈走愈进入了低凹的深雪地带，坚硬的雪壳一次次被踩塌。我的小金毛骆驼，它停下并开始哀叫，雪太深了。

不像异乡的冬根海勒汗，这里是我们的领地，每道山梁我都大致熟悉。平日里我常纵马唱着歌跑下这道低矮的缓坡（布东古修意即大的山梁），从未在意它的几米高度。而此时，雪沿着北侧的斜面，一直填平到山梁之顶，平地造出了恐怖。

其实多处的积雪至多不过一米（当然沟里莫测其深）——但它已足够充当我们人畜的克星。平地就是天堑：羊群可以勉强在雪壳上行走到被马群趟碎牧草露出的山顶地带吃草，人可以骑马一步踏着硬壳一步陷进雪坑好歹过去；可怜的是牛，前蹄不能刨、牙齿不会啃的牛，天生只能吃露出的草——白灾里，饿死的牛是最多的。

骆驼呢？我居然忘了骆驼怎么吃草！……谁都没留意观察骆驼。由于它们的忍耐，由于人只向它们索求。在灾难里，别的生灵都依赖着人，但是人却依赖着骆驼。

此刻我孤身单驼，眼前的雪地是无法渡过的海。

噗嗵！呜~噗嚓！嗷~~挣扎跌陷中，骆驼精疲力竭了。我拉着骆驼的鼻绳，雪壳大致能经得住我，有时我也一脚踏破，这样吃喝跌倒一步一挣地，到了我猜是布东古修斜坡正中的地方，骆驼拒绝再走。

此刻我才头一回仔细打量它。这头老实的金毛小骆驼，从去年11月起每天负重已有五个月。金毛早没了光泽，干枯得像块黄毡子。我明白，它已殚精咳血，每一根筋肉都拔净了气力。

此刻它一动不动，神色安详，甚至不那么烦人地叫了。它的四腿都没入深雪，雪堆到了它的肚子。它只探过头，左右闻闻雪地，像寻找露出的草。

天迅速地黑了。

它纹丝不动站在雪里，已然不能拔出哪怕一条腿来。我无计可施，一旦拉扯鼻绳，它就低下眼皮、摇着头嗷嗷哀叫起来，不知它是在抗议我，还是害怕临近的前景。它企图用哀叫声抵抗，不管是对我，还是对身下的冰冷。

不知是它哀叫得特别，还是我自己心惊肉跳，我突然悟到危险近在眼前。动物比人看见的更多，连最愚笨的羊都是这样。我不知是不是听懂了小骆驼的音色，但念头在心里绕了一个圈之后转过来了：现在不是骑骆驼走，而是怎么救出这头骆驼。

夜幕迅速降着，天越来越黑了。

慌乱中我决定先回家去拿铁锹，给骆驼挖路。天马上就会黑透，只要入夜，我担心会找不到这个地点。

摔倒了慌忙爬起，拼命朝着家的方向，我连走带爬。四野静寂无声。以前听说过的一夜冻断了马腿的故事突然被想了起来，金毛小骆驼这会儿正站在雪坑里冰冻着四腿，我心急如焚。

待我叫上人扛着铁锹，吭哧吭哧地踏着深雪来营救它，上下六合四顾漆黑，已是低头不见衣襟。

这是一个连星光也没有的黑夜。

骆驼在哪儿呢？向左走没有，往右绕也不见。奋力踩着雪跌撞着，分不出高低上下，视野里只有暗淡的混沌一片。什么坏事都聚齐了，居然就在自己的家门口，迷路了！

那时不是害怕而是气急败坏。在雪窝里停住脚，我凝神屏息静听：偏偏此刻骆驼却一声不叫。急得冒汗的我一把抓下皮帽子，大声喊叫起来——可恨的骆驼还是无声无影！

一个骑马人缓缓地从黑暗里走出来，徐徐靠近了。

是小孩儿阿迪亚。我们同声喊："看见一匹骆驼没有？"

"看见啦，那不是么。"他若无其事，随手一指。

我算彻底服了牧人的眼睛了。不单是远视，他们都长着天生的透视眼。

"在哪儿呀在哪儿呀"一气乱喊，最后还是靠了阿迪亚，我才被领着走过一段糊涂路，到了骆驼跟前。

它安静地原样站在雪里，看见我们，好像只微微哼了一声。铁锹立刻挥动，就这么，一条尺半宽的小径，渐渐引着骆驼腿迈开了步,离开了布东古修的恐怖斜坡。

阿迪亚一直没下马,跟在一旁看着。显然我们和骆驼的一切,于他只是一场小小趣事。

不可思议的是,离开险境后骆驼反而嗷嗷地叫开了,多少年过去了,骆驼的哀叫依然声声入耳,但我并没能辨出它的音色。更不用说神情。当夜天太黑,它使劲摇晃着脑袋叫时,我看不见它的模样。

不节制的话可以这么一直写下去,可是该结束了。

春天的结尾是"哈伦杭秀"(热清明),一过了它,就融雪了。

沿着每条大的山梁都出现了一条陌生的河,哗哗喧响着奔流。这是季节河,我又从生活中学了一个地理词汇。白灾后我真地蜕了一层皮,浑身褴褛,蓬发破靴,大声说笑着,有了点老牧民的滋味。

前面已经写过一句,由于1972年进入大学,我躲过了擦肩而过的一次"吐木乐·召德(temur-jud)"。至于以后,命中是否还会与真正的"铁灾"相遇,就只有上天知道了。

2016年春 Fatima 打字

2017年3月27日北归途中完稿

粗饮茶

自幼看惯了母亲喝茶。她总说那是她唯一的嗜好，接过我们买来的茶时，她常自责地笑道：怎么我就改不了呢？非要喝这一口！

那时太穷，买不起"茶"，她只喝"茶叶末"。四毛钱一两的花茶末，被我记得清清楚楚。后来有钱了，"茶"却消失，哪怕百元二百元一两的花茶，色浊味淡，沏来一试满腹生疑。干脆再买来塑料袋装的便宜货，与昂贵的高级花茶各沏一杯，母亲和我喝过后，都觉不出任何高下之别。苦笑以后，母亲饮茶再也不问质地价格；我呢，对花茶全无信任，一天天改向喝绿茶或者——姑且说："粗茶"。

提笔前意识到：以中国之辽阔，人民之穷窘，所谓粗茶之饮一定五花八门不胜其多。我的一盏之饮，也仅限于蒙、哈、回三族的部分地区，岂敢指尾做身，妄充茶论！

1

在尝到蒙古奶茶之前，我先在革命大串联时期喝过藏族的奶茶。后来我才懂得他们比蒙古人更彻底地以茶代饭。藏民熬茶后加入酥油，这个词又在北亚各牧区各有其解。当然说清楚游牧民族的黄油、酥油、奶油不是一件易事，难怪日本学者总听不懂；因为他们对这些其实是奶制品的油只有一个词描述，而且是外来语：butter。加酥油的茶拌上炒青稞面，就是使伟大的吐蕃文明温饱生衍的糌粑。汉人们吃不惯，觉得酥油茶是惩罚，因此住一阵就溜，始终完成不了他们掺砂子的大业。而酥油还算奢侈；第二碗糌粑是用"达拉"拌的，达拉就是脱脂后的酸奶。一般人们一餐两碗糌粑，一碗用酥油一碗用达拉，——然后再慢慢喝茶。

蒙古人的文明可能并非与西藏同源，他们喝奶茶时不吃面，吃米。与粗糙的青稞面对应的是粗糙的带壳糜子，蒙语译为"黑米"。主妇用一个铁箍束住的圆树干挖成的舂筒，装进炒熟的黑米，有空就捣。那种家务活儿很烦人，插队时我经常被女人们抓差，抱着杵，一边捣一边问："行了吧？"——在奶茶里泡上些新舂出来的黑米，刚脱壳和炒得半焦的米，使这顿茶喷香无比。当然，我们不像高寒的西藏；我们还往茶里泡进奶皮子、奶豆腐。有时比如严冬泡进肥瘦的羊肉，喜庆时泡进土制的月饼。

蒙古牧民的奶茶用铁锅熬。砖茶被斧子劈下来（大概蒙古女人唯此一件事摸斧子），再用皮子或布片垫着砸碎。茶投入滚锅，女人一手扶住长袍前襟，一手用一只铜勺把茶舀起又注回锅里。

加一勺奶,再注进,再舀起——那仪态非常迷人,它如一个幻象永远地印在了我的记忆里。然后投进一撮盐池运来的青盐。

蒙古牧民用小圆碗喝茶。儿童用木碗,大人用瓷碗。景德镇出产的带有透明斑点的蓝边细瓷碗,特别是连景德镇也未曾留意的"龙碗"——最受青睐。吃着饮着,空腹饱暖了,疲乏褪去了,消息交换了,事情决定了。

那一勺奶举足轻重。首先它是贫富的区分,"喝黑茶的过去",说着便觉得感伤。今日若碰上个懒媳妇没有预备下奶,倒给一碗黑茶,喝茶人即使打马回家时,心里也是忿忿的。

字面意义的六十年代,我在草原上的茶生活,基本上靠的是无味的黑茶。奶牛太少,畜群分工,牧羊户没有牛奶。蒙古牧民不能容忍,于是夏天挤山羊奶——也许是古代度荒的穷人技能。奶茶都是在牧民家喝的,而且集中在夏季。春黑米,饮黑茶,那全套旧式的日子,大概只有今天流行的民族学社会学的博士们羡慕了。当年的我们并没有在意,历史特别宠爱我们这一代,它在合上本子之前让我们瞟了瞟最后一页。

即便在炎热的骄阳曝烤之后,蒙古牧民不取生冷,忌饮凉茶。晒得黑红的人推门弯腰,脚迈进来时嘴里问的是:有热茶么?

待客必须端出茶来,这是起码的草原礼性。对白天串包的放羊人,对风尘仆仆的牧马人更是如此。而寻求充饥的男人则必须有肚子,不能咽吞不下。还需要会一种舔吞嚼的饮茶法,漫谈时舒服地躺在包角,半碗茶放着不动;要走时端起碗,把它在虎口之间转着,舌头一舔,奶茶一冲,嚼上几口——炒米奶食的一顿茶就顿时结束。然后立起身来,说完剩下的几句,推门告辞。

我就学不会这种饮茶法。有时简直讨厌炒米。我的舌头每舐只粘一层米，而碗里的却愈泡愈胀，逼得人最后像吞砂子似的把米用茶冲下胃。而且不敢争辩。因为不会喝茶，显然是因为没挨过饿，闯荡吃苦的经历太少。

今年夏天我回去避暑，一进门就是一句"空茶"。这是我硬译的，也可还原为"空喝"，就是不要往碗里放米、奶豆腐，只喝奶茶。其实阿巴哈纳尔一带风俗就与我们乌珠穆沁不同，人家把奶食炒米盛为一盘，听便客人自取，主妇只管添茶。我曾经耐心地多次向嫂子介绍，无奈改不了她的乌珠穆沁习惯。

习惯真是个不可理喻的东西。北京知识青年里有不少对，移居城市两口子还遵从奶茶生活。一次我去东部出身的一对知识青年家喝茶，发现他们茶里无盐。我惊奇不已，这才知道东部几苏木的牧民茶俗不同。我们均是原籍西乌旗的移民家住熟的知识青年，茶滚加盐决不可少，居然和他们旧东乌旗残部再教育出来的知识青年格格不入。

蒙古奶茶的最妙处，要在寒冷的隆冬体会。不用说与郑板桥"晨起无事，扫地焚香，烹茶洗砚"——相反。其时疾风哀号，摧摇骨墙，天窗戛然几裂，冻毡闷声折断。被头呵气结冰，靴里马鬃铁硬，火烤前胸，风吹后背。嫂子早用黄油煮熟小米，锅里刚刚熬成奶茶。抽刀搬肉，于红白相间处削下一片，挑在灶筒壁上。油烟滋滋爆响，浓香如同热量。吃它几片以后，再烙烤一片胸杈白肉，泡在米中。茶不停添，口连连啜。半个时辰后，肚里羊肉、黄油饭、滚茶样样热烫，活力才泛到头脚腰背。这时抖擞精神，跳起穿衣，垫靴马鬃已经烤干。系上帽带，抓起马嚼，猛一推门，冲进扑头盖地狂吼怒号的风雪之中。大吼一声：好大的雪啊！随即大步踏进风雪找马。

其时里外已被寒风侵透，但是满肠热茶，人不知冷——严酷的又一个冬日，就这样开始。没有料到的只是：从此我染上了痛饮奶茶的癖习，以后数十年天南地北，这爱癖再也无法改掉。

2

刚刚接触突厥语各族的茶生活时，我的心理是既好奇又挑剔。对哈萨克人的奶茶滋味，虽然口中满是浓香，心里却总嫌他们少了一"熬"，——哈萨克的奶茶是沏兑的。但是很快我就折服了。

伊犁牧区的柯扎依部落，在饮用奶茶时的讲究，不断地使人联想到他们驻牧地域的地理特性。他们显然接受了波斯，甚至接受了印度和土耳其或地中海南岸的某种影响。一只造型优美的大茶炊是不可少的，旁边顺次排开鲜奶、奶酪、黄油以及一小碟盐。另一只是浓酽超度的、事先煮好的茶。当然更不可少的是主妇；她继承了古老的女人待茶的风俗，把一撮盐、一块黄油、一勺奶皮子、一碗底鲜奶依序放进碗里，然后注入半碗或三分之一碗酽茶。最后倾过大茶炊，滚沸的开水冒着白烟冲进碗中，香味和淡黄的颜色突然满溢出来。

然后她欠身递茶，先敬来宾，再敬老者。她在自己喝的时候，留意着毡帐里每个人的碗，随时放下自己的碗，再为别人新沏。这一点，女人在这种时辰的修养和传统，通行北亚诸族毫无区别，我猜它古老之极。

常有美丽的少妇蹲在炊前待茶。但是用无聊的汉地文人的把戏是行不通的，她们不会接过话头，大多根本不答。最后一角的老者接过话题，让答问依主人的规矩继续进行。

第二碗下肚以后，头上汗珠涔涔。这就要补充关于碗的事：哈萨克牧区喜用大海碗。我尽管在早期用蒙古龙碗对之质疑；但是后来，我懂了，让滚热的奶茶不仅暖和肚肠，还要让它使全身发汗，让人彻底从内脏向四肢地松弛暖透，最后让心里的疲惫完全散尽——非用柯扎依部落的这种大碗不可。

在天山中，一名骑手或游子目击了过多的刺激。梦幻般的山中湖已经失去了，但从雪峰上远远瞥见了它。鞍上已经没有叉子枪甚至没有一把七寸刀子，但在小路上看见了野兽。冬季暖日，看见大块的积雪从松梢上湿漉漉地跌下，露出的松枝和森林都是黛青色的。牧场如此峻峭，道路如此险恶，从亲戚家的老祖母的乃孜勒回家一路，有那么多大大小小的事情发生。事情经常令人不快，而天山如此美貌——矛盾的牧人需要休息，需要用浓浓的香奶茶把累了的心泡一泡。

在新疆走得多了，我被哈萨克的奶茶逐渐改造，以至于开始为它到处宣传。也许是由于疲累的纠缠，我变得"渴茶"。我总盼望到哈萨克人家里去，放松身心，喝个淋漓痛快，让汗出透，让郁闷发散。北京有两家哈族朋友，他们已经熟悉了我的内心，总是不问时间地，在我敲门进屋以后，马上就开始兑茶。

哈族式奶茶的主食不是炒米，是油炸的面果子包尔撒克，这个人人都知道。哈式饮茶更重要的是音乐；毡房挂着一柄冬不拉，奶茶几巡之后，客人就问到这柄琴。他并不说弹。主人递给他后，话题便转到琴上。不知不觉谁弹了起来，突厥的空气浓郁地呈现了。他们是一个文学性非常强的集团，修辞高雅，富于形容，民歌采用圆舞曲的三拍子。这样，在天山北麓的茶生活就不单是休憩和游牧流程的环节，它在和谐的伴奏中，发育着丰满的情调。

视野中又不仅仅是单调草海，而是美不胜收的天山。蓝松，白雪，无论沉重或者欢快总悄然存在的美感——所谓良辰美景对应心事，所谓"四美"，好像差一丁点就会齐备。

那时禁不住赞叹。茶后人们都觉得应该捧起双手，感谢给予的创造者。我的慨叹还多着一层，我反复地联想起蒙古草原，想着我该怎样回答这样的经历。

最后是个砖茶的输入问题。砖茶是农耕中华和游牧民族之间的联系。古语有"茶马交易"，一句千钧。确实，唯有这句概括本质。其余比如"绢马交易"就未必影响远及牧区奥深；宋与西夏之间的"青白盐之争"更是地理决定历史。一个游牧社会，尤其是一个纯粹的游牧社会，它可以不依存农耕世界繁衍和生存下去，只要给它茶。

不穿绢布可以有皮衣。不食粟米可以"以肉为食酪为浆"。茫茫草海虽然缺乏，但并非没有盐池。草原蕴藏复杂，自远古就盛行黄金饰具和冶铁术。

——只是，生理的平衡要求着茶。要浓茶，要劲大味足易于搬送的茶。多多益善，粗末不拘。于是，川茶、湖茶、湘茶应召而至，从不知多么久远的古代就被制成硬硬的砖头状，运向长城各口，销往整个欧亚内大陆的牧人世界。唉，砖茶，包括湖北四川的茶场工人在内,有谁知道砖茶对牧民的重要呢?

同样的青黑砖茶,在蒙哈两大地域里,又受到了不同的鉴赏。

哈萨克人把色极黑、极坚硬的砖茶,描写式地称作tasčai,即"石头茶"。对另外几种压制松紧和色泽不同的砖茶,不作过分严格的区分和好恶。据我看,他们饮用更多的是蒙古人称之"黄茶"的黄绿色、近两寸厚、质地比较松软的砖茶——而这种黄茶被蒙古牧民视为性凉、不暖,比"石头茶"差得多的劣等货。乌珠穆沁牧民坚持认为石头般的haračai(黑茶)性热、补人,甚至能够入药。

3

成人之后又走进第三块大地,在肃杀荒凉的黄土高原度世。我在数不清的砖房、厦子房、土夯院、窑洞和卵石屋里,结交农户,攀谈掌故,吃面片,饮粗茶,一眨眼十数年。

在河州四乡,人们喝的是春尖茶。产地多是云南,铺子里都是大簸箩散装。摊铺主人经营茶叶买卖多是几辈子历史,用两张粗草纸,把一斤春尖包成两个梯形的方块锭子。再罩上一张红艳的土印经字都哇纸,绳儿转过几转,提上这么两锭茶,就是最入俗的礼性。

春尖茶也大多含些土,沏水前要把茶叶先扑抖一番。渐渐泡开的茶原来都是大叶,仿佛没有打砖压型的茯茶一般。我心里有时琢磨,春尖茶和蒙疆两地使用的砖茶,味道不同,源头不一,只一个粗字概括着它们的共性。粗茶对着穷日月。慢慢地,我几乎要立志饮遍天下的穷人茶，为这一类不上茶经的饮品做个科学研究。不过在甘宁青，黄土高原的茶饮多用盖碗子。这种碗用着麻烦，其中诀窍是——有一个伺候茶的人，在一旁时时掀开碗盖续水。做客的不必过谦，尽管放下便聊天扯磨，由着那侍者提着滚开的壶添水。确实那仅仅是添一口水，盖碗子里面，民俗礼节要求碗口溢满。

在清真寺里闲谈最方便：一个眉清目秀的小满拉，永远一头津津有味地听，一头微倾开壶，注上那一口水。若是话题重大，他添水时更加庄重，注水时不易察觉地嘴角一动，轻轻地自语一声"比斯民俩西"。

在农民家炕头上也没有两样，大都是晚辈的家儿子或者侄儿子斟水。女人不露面。似我一来再来的客，日久熟识了，女人不再规避，也只是立在门口听。她若倒茶，要先递给自家男人，再转给客。贫穷封闭僻壤，民风粗粝。一旦有缘和那些农民交了朋友，便觉得揪面片子喷香诱人，春尖粗茶深有三味。老人们立在屋角，过意不去地说："山里，寻不上个细茶，怕是喝不惯？"而我却发觉，就像内蒙新疆一样，所谓 xiar、hara 和 tas，所谓春尖和粗细的种种命名分类，其实都是后来人比附。在茶叶和茶砖的产地，一定另有名称和茶农、茶工的职业见解。南北千里之隔，人们径自各按各的方式看待这些茶，其中观念差之千里。若说还有什么相通之处，也许只在一个粗字。

粗茶的极致，是西海固的罐罐茶。

我是在久闻其名之后，才喝到了它的。当然我完全没有料到，这种茶居然与我发生了那么深刻的关系。我还懂了：其实贫瘠甲天下的排名，未必就一定数得上西海固。若以罐罐茶为标志划分，就我陋见，甘肃的岷县也许才是第一？

满掌裂茧的粗黑大手，小心翼翼地撮来一束枯干的细枝。不是树枝，是草丛中或者能算木本的、一些豆细的蓬蓬干枝。架起的火苗只有一股。这火苗轻轻舔着一个细筒（约一尺高、寸半粗细、熏烧得焦黑的铁直筒）的底儿，而关节粗壮的手指又捏起一撮柴，颤颤抖抖地添在火上。铁筒有个把子，焊在顶沿。煮的水，并不是满罐，而是一盅。茶是砸碎的末，而且，是蒙古人称作"黑"、哈萨克称为"石头"的砖茶末子。

令人拍案惊奇的是，如同一握之草的那几撮细枯枝，居然把罐罐煮开了！我判定是因为那寸半的底面积：火虽细，攻一点。惊叹间，火熄了，主人殷勤地立起身，恭敬地给客人斟上。果然只有一盅，罐筒里不剩一滴。

客人推辞不过，持盏慢饮，茶味苦中微甜，呷着觉得那么金贵。火已经又燃起，二一罐罐是我的——主人解释着。而炕上有三四人围坐，都微笑，欢喜这罐罐茶给客人添了个新鲜。煮滚的第二罐又不是主人家的，炕上一个老汉半推着接过杯盏。三一罐罐，四一罐罐，最后的一罐才轮到主人家——又称奇的是：头一罐敬客的茶还没有饮完。

于是大家娓娓而谈。水早已注上，火苗还在舔着罐底。很快新一轮的头一罐，又斟进了客人的杯盏里；怪的是，如此久熬，茶依然酽酽的。我十余年横断半个大西北，住过数不尽的村庄，后来饮这种罐罐茶上瘾忘情，伴着这茶听够了农民的心事也和农民一起经了不少世事——我没有见过有谁换茶叶或者添茶叶。

茶是无望岁月里唯一的奢侈。若是有段经文禁茶，人们早把这残存的欲望戒了，或者说把这一撮茶钱省了。而罐罐茶，它确实奇异，千炖百熬，它不但不褪茶色而且愈熬愈浓，愈炖愈香！

在西海固的三百大山里，条条沟里的村庄都睡了。出门小解，夜空无月，深蓝的天穹繁星满布。四顾漆黑，只有我们一户亮着灯火。爬回炕上，连说睡睡，话题却又挑出一个要紧故事。人兴奋了，支起半个身子说得绘声绘色。"娃！起给！架火熬些茶！"于是乖巧的儿子蹦下炕，捅着了炉子。年年我一来，他们就弄些煤炭，支起炉火。罐罐茶用煤火炖，多少是浪费了些。

半夜三更，趴在炕上盖着被，手里端着一碗滚烫的罐罐茶。小口喝着，心里不仅热乎而且觉得神奇。茶不显得多么浓，只是有一丝微涩的甜味留在舌尖。我们有时压低声音，好像怕隔墙的妇人女子的耳朵听了去。有时禁不住嗓高声大，一抖擞，掀翻了被子。旋即又自己不好意思，赶紧侧着卧下。人啊人，生在世上行走一遭，如此的情义和亲密，究竟能得着几分呢？想着，仰脖咽下一大口，苦苦的甜味一直沁穿了肚肠。

不只是居城，即便乡下和草原，新的饮茶潮流也在萌动。

也许是因为砖茶产自南方，毕竟不够清真；或者是由于品尝口味的提高，——近年来又是由操突厥语的奶茶民族领先，开始了使用红茶煮奶茶的革命。蒙古人同步地迎合了改革，内蒙出现了工业生产的奶茶粉。

我用一个保守分子的眼光，分别对上述新事物怀疑过。但是，红茶熬出的奶茶，澄不出一点泥渣；伊利牌的速溶奶茶粉与乌珠穆沁女人们烧出来的茶相比,不只惟妙惟肖,甚至凝着同样的一薄层奶皮。

不管民众怎样依旧痛苦,不管他们就在今年也可能颗粒不收,从山里到川里,从青海到甘肃,黑白电视,简易沙发,已经慢腾腾地出现在农民的庄户里。"细茶"一词,正在愈来愈多地挂上他们嘴头,就像"haohua"(豪华)成了一个蒙语借词一样。

——历史真的就要合上最后的一页,悄然而生硬。

一个银闪闪的考究托盘递了过来,上面满刻着波斯的细密画图案。盘中有一只杯,半盏棕黄色的、喷香细腻的奶茶,在静静地望着我。红茶煮透后的苦涩,被雪白的牛奶中和了,轻轻啜了一口,这新世纪的奶茶口感很正,香而细,没有杂味。

我沉吟着,端着茶杯心中怅然。那么多的情景奔来眼底。冬不拉伴奏的和平,嫂子铜勺下的瀑布,黄土大山里的星夜,都一一浮现出来。那时我不是在做"诗人的流浪",那时我和他们一起流汗劳累。那时我是一个孩子,不引人注意,在辽阔的秘境自由出入。如今饮着纯正红茶和全脂牛奶煮成的香茶,却觉得关山次第远去,人在别离。

我随着时间的大潮,既然连他们都放弃了黑黄砖茶,也就改用了红茶鲜奶过冬。暑季则喝完全是凉性的绿茶、甚至是日本茶消夏。只是,一端起茶我就感到若有所动。我虽然不多说出来,但总爱在一斟一饮之间回味。

1998 年 4 月

北方女人的印象

从三年前初次闯入这条山沟，忽然一算已经不知来过几次了。这贫瘠绝地的红砂沟里，究竟有什么如此吸引了都会的我，在恍如磁场穿行身不由己的行动中，也一直没有仔细想过。但我并不在这里描写我感到的魅力。也许是人近中年就偏爱了苍凉萧杀的风景，这赤裸山沟里一望伤目的人事景物也许暗合了我内心中的什么吧。

这里是在一种命定的失败之下，辈辈不绝地掀起狼烟烽火的刚烈世界。只算清末民国，也有震骇中外的多少次大暴动大举义。每晚吃完了一碗浆水长面，在泥屋的树叶烧热的土坯炕上合盖着一条黑污棉被，我在昏黄摇曳的灯烛下总是暗自惊异——我正坐在同治农民战争的烈士后裔正中，我正被面对着国民党一个军前仆后继的英雄们敬着，坐在炕正中啊。

春去冬来，不知是偶然还是天意，只要我拐下斑白积雪的山崖，看见这熟悉的山沟正静静卧在一派茫茫雪海之间，仿佛在安详地等着我时，我总是悟到这又是一个冬日。

冬天里的回民山沟像一片峥嵘的海。连漫天大雪也遮挡不住穷窘寒伧，斑驳的村落像黑黑刺破雪层的杂树一样，散布在这个人所不知的世界。像已绝望，但不沉没，它们载着那沉重得压陷了黄土的历史，随着阴晴巡化，随着雪浪积融，仿佛在海中不动地航行。

我的下乡方式简单。我来了，不像别人走了便不会回来；我又来了，他们看待我也不像看待别人。我只是天天和他们在昏黑的土炕上说到深夜，次日在泥屋里睡到日上三竿。我既不做考古研究也不搞文学访问。我在一群坐如黄土动则翻天的粗壮大汉中间呼吸几天，临别时骨子里便添了一分真正的硬气。

有一天我随口扯道：你们能行呢，在这么条干沟沟里住了硬是多少辈子呢，怕天下没谁治得你们这群男子。不想他们嘿嘿笑了：男人割韭菜一般早割尽了呢。我们这搭早先只剩下妇人娃娃。

我忙问：这大山不是祖宗的家乡热土么？

他们解释说，老家籍在陕西哩，籍在甘肃哩，官家赶杀回民的时辰，男人杀的杀了，剩下的妇人娃娃给赶羊般赶进了这条沟。官家封上山再不理睬，想的怕是把女人娃们赶进了一座空坟。后来，妇人家争气，硬是把生下的娃一个一个喂大了，又把娃们的娃一个一个生下来喂上。

有人笑问：张老师，没听说过寡妇村么？

——这是我第一次意识到藏在灶房里门背后的那些主角。我听过的斩尽杀绝太多了。我听过的寡妇村无人村太多了。我因为已经走遍了这片山区所以我才能够震动：一些冥冥之中从不抛头露面的女人们，她们在不断制造着一个最强悍自尊的民族，靠着血的生殖和糠菜洋芋的乳水。

这样就能回忆蒙古了。在草原上当知识青年时我曾经那样地对我插包的额吉——感到兴趣。那真是一种吸引；直至十年里怀着对她的激动写得手酸，后来终于下决心在《金牧场》里写了她一遍，仍然觉得笔虽尽墨未浓——我为自己受到的这种吸引久久不能理解。

只有从宁夏归来，只有心里满盛着一个掩着脸面蒙尘沐土躲在灶房里煮着不见菜蔬的浆水长面的回族女人影子，心思倏地又变成蒙语的自问自答时，我才觉得品出了二十年前自己知识青年经历的一种意味。

一个知识青年插队的往事，到头来是该珍惜还是该诅咒、他的青春是失落了还是值得的，依我看只取决于他能否遇上一位母亲般的女性。

她们永远身怀着启示，就像她们能奇异地怀胎生育。

只要你有一颗承受启示的心，只要你天性能够感受——这样说对那些长恨自己没顶于插队浩劫的人是不是太轻巧了呢。可能是这样，但是我不关心他们的命运。我只关心我的感受，关心源源给我感受的，我远在草原的额吉。

用了二十年时间我总算搞清了，我眼前浮动着她一生中一个个鲜活的形象。十岁的她赤着脚，破袍子上系一根脏花布腰带。稚气未褪的她爬上太高的鞍子放羊去了。

二十岁的她有了第一个孩子。她把孩子裹在一块烂羊皮里听包外呼啸的风暴,她那时已经满脸冻疤神情憔悴了。

三十多岁她数数身边孩子闹成一团数不清楚;她怅惘地望着十岁的大女儿赤着脚,束住褴褛的小袍子爬上马背放羊去了。

四十来岁时她盼着再抱一个真正吃奶的孩子。儿女们大了使她孤单得恐惧,她对我痴痴地反复说着,口气使我感到她把我也当成了一个婴儿。

五十来岁,六十来岁,如今她差不多七十岁了,她把门前的车、缸、毡片绳头把断腿的马失群的羊把烂醉的汉子都看成一种古怪可怜的小宝贝,她眼神里的不安和慈祥使人心醉。她突然接到通知说她当选了妇联代表和劳动模范,但她听不懂这通知,她蹒跚地晃动着白发走去劝那两条狗别打架。

我站在她的身边。一天我觉得自己像个英雄力士般站在她身边时,我突然忆起那年她在山坡上教我骑马;那时她就像此刻正一边爽声大笑一边高声嚷着的,她的儿媳妇一样。

我站在她的影子里看清了所有蒙古草原的女人。我深深地了解她们,我看见她们分别扮演着我额吉的十岁二十岁直至七十岁。

她们像一盘旋转不已的古老车轮,她们像循年枯荣的营盘印迹,在她们酷似的人生周始中,骑手和摔手们一代代纵马奔来了。

冬天快要逝尽时人心会惆怅。望着斑驳满地的残雪,人会觉得一年真的又过去了。雪是一种奇妙的东西;有了她的承浮或者覆盖,一切都是不易察觉的,而融雪时你会看见一种暴露的危险速度。大地在变黑时稳重地位移了一分,你在换装时筋骨肌肤都衰老了一寸。

这时启程去蒙古草地，那里的女人们笑容都疲惫了。

这时启程去回民山区，那里的女人们姿影都佝偻了。

海称儿她娘擦擦汗，她一说到回娘家总觉得是说一种开国盛典般的大事。咋个走法？走给就能行。我从娘家堡子嫁来这沟里，数数嘛娘家一共走给过两三次。都是走着，乘班车要花一个元。不远不远！只有两架山。抱个娃引个娃囔着耍着就到咧。她说完不知为什么不好意思，她说得笑起来时，怀里的娃娃也嘻嘻笑了。说完笑完她就上山了，在斑驳残雪中她的影子像一页飘在海里的叶子。

额吉赶开了那两条狗，转过脸对着我时还是嗔嗔的表情。牧民轻淡土地只是牢牢盯着生命，我和她在一起时总意识到自己和狗呀羊的一样平凡。那个黄，它咳嗽，不是病，我早知道那天东山里跑来的那条狐狸有病。跑一跑停一停难道不是有病的狐狸吗？黄咬了它，那天夜里它咳嗽得我一夜没能睡。听说新来的女医生心肠好呢，你去给我求求那女医生行不行？哪怕只给两片药。我上马求医去了，踌躇着不知人家医生信不信我。我回头再望望额吉时，她点燃了包里的炊火，我觉得那烟雾弥漫的毡帐就像一条小船在草海里飘动。

二十年里我从北方的一角流浪到了另一角。我重复地看着一些女人的生涯，渐渐觉得自己习惯了北方的景色。无论是草地的不尽单调还是黄土的酷旱伤人，我已经从中读到了一种真正女人的最深美色。

没有比这更撼动人心的美了。

太阳从东升起，积雪向西消融。从蒙古草原到黄土高原，从稚气不退的青春到成年之后的孤旅，我也像搭着一条命中的船向西走。尽数途中这渡我浮世的女性已经很难了，说清她们那平凡得无从着笔的事迹已经根本不能。冷眼看着都会里俗红艳绿的喧骚，一个北方的男子有什么好说呢？

也许这片国土，也许这条笨大旧重的老船，也只是因为有了这无声无息的忍辱负重，才勉强维持了它的航程吧。

由于她们的生殖，十亿之中哪怕只有百万，也一定已经有了一支大军。他们会感铭着自己脚下的牺牲，在攻占了自己的彼岸时，涂掉英雄圣人的玷污，刻上她们无名的姓氏。

1988 年 3 月

狗的雕像

在大时代里可以怀念人。司马迁生逢其时,所以总结那雄奇时代时,他的一部部列传写得笔下生花。愈节省笔墨愈韵味无穷;《刺客列传》只是用残墨写了几位不能不写的"恐怖主义者"——二十个世纪后不知为什么连中国的电视台也操着一股盎格鲁·撒克逊式的正统秩序维护者的腔调,念出"恐怖主义者"几个字时带着一种判死刑的味儿,——但那《刺客列传》却是伟著《史记》的压卷之笔,永远地发射着难言的、异端的美。

活不在那种时代则容易怀念狗。比如前苏联就制作过一部狗电影《白比姆黑耳朵》,让人感动不已。近年来狗电影、狗电视、狗文学不用说养狗之风都长盛不衰,不能不认为其中深藏着人类的时代感和潜意识。

在日本,连狗都知道在东京涩谷车站前面有一只狗的雕像。不用说,带着一个动人的狗故事;人与狗两相离散,主人一去不返,那狗便死死地在那儿等,一直等得死在它与主人约束的地方。日后,日本人为了抒发忠诚和宣扬这种死而不渝的品质——在涩谷为此狗铸了铜像。至今凡约会在涩谷的人都流行把地点定在狗像前边，以表示自己也那么忠诚；至少能做到不见不散。

在东京挣扎着的百万外国人对那条铜狗大体上态度淡漠。大约是在那儿住得多了，发觉只是给那条日本狗做了宣传，而事实上日本人也并非那么守信用。于是，怀念故乡狗的现象就产生了。

狗的回忆，有复杂的动机也有复杂的联想。世上狗文学的主流大致上是吹嘘；比着吹自己的狗的奇、猛、忠、灵。不节制的例子，有描写狗不仅跟狼咬而且跟豹子咬的。而我见过的狗却都很平常，平常得像一堆土。

那是在乌珠穆沁，我在那儿插队的第三年。不用说，牧人家都有几条狗；我家的几条狗中，有一条名叫吉里格。这种狗名字其实不算名字，草原上吉里格这个音类似于狗的通称也类乎一种唤狗的声音。

吉里格可没有那种斗虎斗豹的奇遇记，有没有直接与狼厮咬过，也弄不清楚了。它只是一只忠实的北方牧羊犬，壮健多毛，脑壳硕大，浑身是黑色，喜欢卧在包的正南方——监视着一切走近的异己者。那一年它大约是十七八岁，已经老得不能再老了，眼睛呆滞、瞳孔混浊，嗅觉也已经失敏。牙齿软了，额吉每天留心给它弄些稀食喂。它搂着一块骨头左啃右啃咬不下肉来的时候，额吉默默地蹲在地上陪着它。那一年不仅仅是狗虚弱的一年。我插队住进的这一家牧民，因为说不清的复杂家族关系，在政治上正处于一个或者光荣地留在革命阵营、或者危险地陷进牧主阶级的边缘。草原不动声色、但是阴沉地把一种薄薄的恐怖气氛送过来,让它弥漫在我们家那顶灰旧毡包的四周。

——不是那时身在其境,不是那时身困其间,今天我是绝对无法体会也无法总结的;那时我们被身份和地位而鞭挞,我们这个家族包括我这名插住其中的知识青年,都在忍受人类最卑鄙的本性之———歧视。

谁都知道、但谁也不说的东西最真实。

那个冬天来我家毡包串营子的人依然很多。我们包里的成员,包括刚刚四岁的男孩巴特尔,神色中都有一丝小心翼翼,有那么一点逢迎和胆怯。有两个例外：一个是我,刚满二十岁的我那时虽然感到压力很大但是心中不服,受不了那些趾高气昂地来串营子的牧民。对他们我冷淡而怀着敌视,但那座毡包不由我做主,说透了我是这个包的缘分更远的客人。一家之主是额吉的独子阿洛华哥;他那赔笑脸说奉承话的一天天的日子,真叫我讨厌透了。还有一个例外是吉里格;它老糊涂了,忘了世态和处境,有时会突然闷头闷脑窜出来,咬住人的毡靴不放。它的牙齿已经没有劲头,齿尖也没有了锐利,所以一般是能吓人一跳、咬人一疼,而不会咬出血来。

真是那样：人弱得没有说一句硬话的勇气,狗弱得一嘴下去咬不出血来。然而这一切并没有突发事变,并没有戏剧性和什么特殊性,日出日暮,四野茫茫,积雪平静地随着寒风变厚着,一切都循着秩序。当一天天都是有苦说不出来时,那苦也就无所谓苦了。

1992年冬,当我从日本回来的时候,我猛地悟出了我与那一家蒙古牧民之间情分的缘由。

　　在东京每当路过涩谷，我都绕过去看看那条铜狗。看着它时心里想起了吉里格，我变得怀疑一切编造的狗故事，我觉得我这种心情与涩谷聚集的各国流浪汉们非常相似——因为在他们的神情中也有一丝对那铜狗的隔阂。

　　在那里能看见各种外国流浪者。

　　最谦恭的表情属于孟加拉人，最自尊而因为无法施展而显得拘束的是伊朗人，无畏地唱着歌，跳着舞以求掩饰自己的孤单和慌乱的是拉丁美洲人，为着一个共同的目标，挣日本的钱，大家五湖四海地走到一起来了。人群中最隐蔽而一眼便可以发现的是中国人，当浸泡在歧视的空气中的时候，中国人是不唱歌、脸上也不会出现好斗的自尊颜色的。

　　我想着狗的事，趁无事好做和这些流浪汉们寻机攀谈。孟加拉人要攫住每一口食物，但不涡泯的善良天性使人微微心动。拉丁美洲人跳成一个盾形，故意不理睬世界，愈没有人扔钱他们唱得愈凶，艺术原来是穷人护心的盾。

　　我和一个伊朗小伙子偶尔闲谈起来。凭着伊斯兰教，我们能互相信任地谈。他被一个日本警察奚落了一顿，原因是他向警察问路，那警察先把他问了个底儿掉。进入日本的伊朗小伙子大多用旅游签证入境，然后四处寻觅重体力劳动——日本人借他们一臂之力解决劳动力不足的困难，再随心所欲地收拾他们。我和他聊得很痛快，聊海湾战争，臭骂美国佬。这时，有几个醉醺醺的穿西服的日本人围住那群拉美歌手。一个醉鬼不知为什么亢奋了，搂住那弹吉他的小伙子又蹦又跳，其相丑恶难以形容。

我和那伊朗小伙子停住了闲谈，看着狗像前那歌摊。我们都有点紧张，都不知那几个拉美歌手会怎样。在这个世道，人心很像火药库，爆炸只需非常小的一个火星。但是，歧视如果有强大的贫富为依据，歧视会被社会接受。爆炸是一件非常困难的事，因为背叛了的社会太冷了，不给你一个炸的温度。那拉美吉他手腼腆地、好不容易甩开了穿西服的。他也一样，在这样的世道里人没法子炸，哪怕被人"调笑"一通。

我看着这一幕，猜测着换了我会怎么样。伊朗小伙子盯着这一幕的眼光阴沉，我一时无法判断这十二伊玛目派的青年在想什么。

那一年我家最怕客。准确地说，是我和额吉两人厌恶客人。那个冬天的客人中，有不少人有那么一点像涩谷狗前面的西服醉鬼：说他坏似乎又没有坏到该揍他，说他不坏他一丁点儿一丁点儿地欺负你的心。额吉是一切的原因，因为她的出身问题（她已经是老太婆了还是逃不开出身！）弥漫而来的不祥空气，压得我们喘不过气来。

整个冬天我心情烦躁。冻硬的牛粪绊着脚，羊群渴盐硝已经急得啃围毡和车辕了。天空一连两个月阴霾不开，不下雪，只是白毛风刮得积雪一天比一天硬。下午四点钟羊群回盘，我们忍着冻忙着圈里圈外的活。最后忙碌完了钻进包门时，冬日的草原已经漆黑了。这种时候人全心全意想着的只是热腾腾的羊肉面条；而往往在这种时候不速之客报门进来了。如果是能称之为朋友的客，人谁都不乏好客之心，更不用说牧人。但是若来一种心理上怀有一分欺主之意的客，那一天唯有的喘息和暖和就算完了。

七十年代初,草地上很盛行这一套。成群结队到了一家门口,进门后热热闹闹地扯皮,气氛快活融洽。而主人多是四类分子、牧主富牧——贵客临门赶紧张罗还唯恐不及,谁还会去计较微乎其微的心理!

我曾在一篇小说中写到过这种天天迎接欺主之客的人,他每个月打发这些来客要用一二百斤粮食(《北望长城外》)。不用说,这一套是轮不到我家的,因此那时和以后很久我都没有认真思考过人性的这一面。

我住的阿洛华哥家轮上的,是近似歧视的一种交往。我当时只是极端地反感,但是狗咬刺猬无处下嘴,像那个在涩谷卖唱的拉美小伙子一样。然而,老狗吉里格可是不管有刺无刺,该下嘴就下嘴。它老透了,老得失去一切判断和分析的能力,老得鼻头眼睛粘糊糊分辨不清,它只凭一个大致的好恶,并且本能地行动。

那一天是个晴天,羊群疲惫地走不远便大嚼起来。中午我哥来换我回家喝茶,我就离开了羊群。

拴马时看见牧民 A 的马,配着他漂亮的银鞍。我进了包,看见额吉正在招待 A 喝茶。我端起茶碗顺便坐在门坎上,和 A 问答了几句。

这一天的 A 和往常没有什么不一样的地方。喝着茶,扯扯天气膘情,草场营盘,半个时辰后他告辞了。

吉里格突然一口咬住了他的腿。

A 惨叫(该说是惊叫)时,我们都没有弄明白发生了什么事。一向蹲踞在毡包南线面对辽阔原野的吉里格,不知什么时候守候在门口,而且似乎等候一般把大黑脑袋紧凑着门槛。很久以来,它不吠叫了，有时无缘无故地低吼几声，嗓音浓浊，分辨不清它的心情。它闷声闷气就是一口，咬住了 A 刚刚迈出门槛的靴子。

我反应过来以后马上想到的是：A 不会受伤。吉里格的牙齿已经全坏了，以前我也曾被它咬过一次，毡靴筒上只被它的牙床嵌出几个小坑。但是，A 似乎受了不可思议、无与伦比的巨大惊吓和摧残，他好像被咬漏了脑壳，那藏着已经很久的邪恶一下子泄了出来。

他抡起马棒打狗时，我的嘴角还残留着一点笑；额吉甚至还带着歉意地替他呵斥吉里格。"滚开！……你这疯狗！……打，狠狠地打！"额吉喊着。

但是，打狗的客一旦动了手，就不仅仅只想出一下气或挽回一点面子了。A 打了几棒以后，发生了一个倏忽间的变化；他动怒了，决心要打个痛快，打出威风来。

我特别记牢了这个瞬间闪过的变化。这就是那种谁都知道、但谁也不说出来的真实。A 与我家住得太近了，他和我哥的往来太频繁了，草原上今冬阶级复查的风刮得太紧了，四下里议论我们这个包的时候那敌意太明显了。A 并不是自动与我们住得这么近，草场是官们划分的；他和我哥并不是朋友，接触多只是因为住得近；他是无可争辩的贫牧成分，他犯不着让那股蔓延的敌意也沾上自己的身。我牢牢看清了他要抓住这个碴口与我家来一场矛盾纠纷；尤其今天是晴天，家里只有老太婆一个人。

一两分钟之后，A 怒吼的词汇已经变成"杀"，他咆哮着：一定要杀了老狗吉里格。

他抡圆了马棒（乌珠穆沁的鞭子都有一截圆木棒，有些人则用长马棒当鞭子），疯狂地打狗了。吉里格看不清楚，所以躲闪很慢。棒子重重打在老狗的肉体上，发出噗噗的钝声，狗看不见，便不躲闪，我听见它喉咙里咕噜噜地低声吼着，声音又粗又重。

　　第二次我遇见那位伊朗小伙子时，他是单独一个人。涩谷狗像前人很多，日本学生们正等着黄昏降临，然后去寻欢作乐。我和他谈到十二伊玛目，谈到中国境内的塔吉克。他的父亲和哥哥都是完成了朝觐的哈智，他对此很自豪。我问他是住在城里还是乡下，他说现在住在德黑兰，小时候在乡下放羊。

　　说着放羊的时候，我们都瞟了一眼那条铜狗，谁也没有说什么。

　　还扯到女人，伊朗人在日本都是单身打工，不带家属。不管合法的工或是黑工，他们的目标是挣上一笔钱就走，谁也不与这个国家过多纠缠。这一点与中国人非常不同。伊朗人只要日本人的钱，他们要做伊朗人；而中国人没有这么简单的原则。他反问我，为什么有那么多中国女人在日本，"她们都坐上出租车了吧？"他问。

　　我们都笑了。这是个挺惟妙惟肖的描写，虽然有点尖刻。但是笑了一下就作罢了，我和他都心神不定。半晌，他说，他要回伊朗去。

　　我问：工作没有了？

　　他凝视着我，点点头，接着又说道："没有房子住。"

　　我无法回答一个字。劳动力缺乏的东京，自由租赁房子的东京，我们实在是太熟悉了。谁也不说、谁都清楚的是人对人的歧视。一个岛国居然歧视诸如波斯、中华那样大的古国，我们也曾奇怪和不解，但世界就是这样。

——那是我最后一次见到那位伊朗青年。我俩没有去说不愉快的事，我不愿追问他怎样被不动产商人拒绝租房，也没有追问他怎么找不到工。我俩能找着快乐的话题，更重要的是，在彼时彼刻，在那群男女包括那条铜狗中间，我们俩之间的平等和尊重是真挚的，没有染上一星肮脏的歧视病。

那天分手时，我觉得，狗的雕像不应该如此，因为忠实的狗遵循的是一种人类学不会的原则。

身躯高大魁伟的伊朗——波斯小伙子消失了。我和他的邂逅已经结束。在灯光闪烁的涩谷，他的背影非常俊美。这美消失了，但是没有被歧视人的世道玷污。回到他动荡而贫穷的故乡以后，他要负起沉重的生活。但那生活毕竟不会这么压迫心灵，我想着不禁为他松了一口气。

伊朗人的思想是正确的。忍受妻儿分离的苦楚，挣它一笔钱便一去不回，不留下一丝一毫的情感。一切都寄托给自己的、像人一样的生活。高原的牧羊犬和美丽纯洁的波斯女人在等待着，在离开之前确实无需回顾。

他根本没有再看那铜狗一眼。他住在都市但生于牧羊人之家，我猜他一定也曾养过几条出色的好狗。在我和他之间这种似有似无的交往中，他从来没有提起铜狗一个字。

勃然大怒、复苏了体内对我家的蔑视的 A，可能不再认为吉里格是一条狗。衰弱的吉里格已经不会躲了，一动不动地立直身子，低垂着黑毛茸茸的大脑袋。马棒打在它的背上，打得它一晃一晃，但是它不会躲，不逃开。它浊哑地呼呼吼着，那声音——后来我久久回味过，但至今我不能讲明那声音里充斥着的，究竟是愤怒、是绝望、是抗议、还是轻蔑。而A愈打愈轻狂、愈打愈滋长了欺负人侮辱人的快意。"杀了它！杀！杀！"他单调地骂着，充血的眼里闪着罕见的凶光。

不知这一切都是怎样发生和转变的。A从吃惊（也可能还有疼痛）到发怒打狗，再到决心杀狗欺主——其实是杀狗斗主，他要制造与我家决裂的斗争——仅在一两分钟之间就完成了。同时，在同样的瞬间里，额吉也从吃惊、道歉、呵斥吉里格，而突然地转变为要救吉里格的命。

白发苍苍的额吉死死扑在吉里格身上，把狗压倒，用身体护住了狗。我万万没有想到，我简直不能想象，她居然会有这样的举动。

A无法下手了。他举着马棒，围着额吉转着，寻找能下手打到狗的缝隙。但额吉拼死地伏在地上，掩护着吉里格，A被瓦解了，虽然他还在骂骂咧咧——这是他这一类蒙古人的伎俩。他显然被震惊了，但他还要掩饰，他不知如何收场才好，所以只好尽着一张臭嘴唇不停地动。

我看见，侧面山岗上，笔直地冲下来一骑马。阿洛华哥发现了家门口的动静，他赶回来了。那匹马笔直地冲下陡坡，溅着一条垂直的雪雾。

这就是我，刚满二十岁时的我目击的一次打狗欺主。这也是我第一次面对面地看到对人的欺侮。那时我没有懂得这种罪恶源于歧视，我更不可能想象当时我认为已经被压迫得气闷的牧民，在未来也可能去歧视别人。

这件事刀刻一般留在了我的心上。不论岁月怎样淘涮,直至今天我无法忘记它。也许,连我自己也感到古怪的、关于我和那位蒙古老人之间的感情,全是因为这个基础。有朝一日,倘若她的后代远离了那种立场和地位,或者说倘若他们也朝着更低浅、更穷的人举起马棒的时候——我和他们之间的一切就将断绝干净。

阿洛华哥马到门前,为 A 造成了下台阶的机会。他不用尴尬地对着一个褴褛的老太婆举着马棒了,但是他可以同儿子继续斗。

我没有介入。我哥的囊脾性早叫我烦透了。他是绝不敢一斧子、哪怕是一鞭子抡向 A 的。隐隐伴随了他多年的低下地位造成的软弱,使他也练就了一副嘴皮子。他只敢说,绝不敢动——两个汉子吵了个天翻地覆,吵到太阳下山,A 累得回了家,但是不仅没有惩罚也没有决裂,一个月后 A 又恬不知耻地常来常往了。

A 来串营子时,不敢用头往包门里钻,而是用屁股拱开门,倒着进包。我看见他就恶心,不过,这种人太多了,我后来也就司空见惯。

其实吉里格睬也不睬他。吉里格对 A 如鲁迅所说,采取的是最彻底的蔑视。A 以后每次来串包,都换不来一声狗叫。吉里格远远蹲在包正南方的草地上,正襟危坐,凝视着茫茫的草原。

吉里格终于衰老得到了那一天。

那是后来,有一次,它摇摇晃晃地觅食。那天太阳照得很暖。后来它晃荡回南面那片草地上,卧了下来。吉里格晚年的日子大致天天如此,在阳光下昏睡,因此谁也没有留心。

次日,它还卧在那儿。

再过了一天,它仍然卧着不动。我询问地望望额吉,额吉没有说什么。它那身漆黑的毛被风吹拂得掀动,我无法猜测它在做什么。

吉里格就这样,渐渐地溶化在我们家南方的草地上。黑毛皮溶蚀了,变得浅淡模糊。我们仍然不去惊动它。最后,应该说它消失了,那正南方草地上只剩下一个架影,像一丛芨芨草,像一个黑黝黝的土包。

翌年那儿真的出现了一个土堆,上面密集地长着蒿草。那一丛草比平地高出一具狗身,永远地留在了我驻过青春的营盘上。

以后几年,甚至十几年后我骑马走过那里,眺望旧营盘时,总是能清清楚楚地望见那一丛草。

写这么一个平淡的狗故事当然不合时宜。不过我早就决心写写这件事。时宜是否引人堕落我不关心;但是一个新秩序正在这个世界上形成,流行的时宜也许使人忘记这秩序可能压迫自己,因为它公开打着歧视的旗帜。

这一切方兴未艾,再写下去人会说这是故作危言。共鸣的消失,再次证明着人的变与不变。

离开那条铜狗的伊朗小伙子,离开那条铜狗的我,都迎着生存、孤立、正义几个壁立的巨大质问。但是我们失去了人的参照却仍拥有狗的参照,我们能够找到答案,制造有美的生存。

无论处在怎样的时代,人类中的美从没有中绝。狗通人性,正因此狗才那样动人地追随,那样始终不渝。

1992 年 12 月

匈奴的谶歌

1

出兰州几步之遥,挡住西去交通的,是从乌鞘岭开始渐次隆起的、那条黝黑形影勾人哀思的嶙峋山脊。

它从古到今,都是一条著名的山。名字古老深奥,叫祁连山。

右手是大沙漠:

蒙古牧人一辈辈地,总是唉叹水不好、惊呼沙如天,他们的骆驼疲惫得连声哀号。他们心里满是绝望。他们随眼见而命名,给为沙漠取名毛乌素(恶水)、腾格里(天),给河流取名哈拉乌苏(清水)、查干木龙(白江)——亮晶晶的,沙漠就在右手的地平尽处,如一根闪烁的白线。

但大沙漠并非完全没有水草。沙窝子，是一种小湖清澄、碱草密伏的概念。了解这一点挺重要，因为即使在沙漠里，也依然走着一个沙漠化的步子。

左手是青藏高原：

早已使人疲惫的、千里万里的焦渴风景突然中断了，虽然还看不到高原的本相，但是寒气已扑面而至。判断不出山有多高，但它的一线连峰粗砺漆黑。遥遥的它一改淡黄的地貌，缓慢地从地平矗立升起。山腰有黑黑的牦牛，在稀薄的绿草上踱步。

举世闻名的吐蕃——西藏高原，在这里露出了边棱。

在东端，它弯成一个团状，如一座半环的团城，似搂抱似挤压地，断然截断了黄土高原。然后居高临下，把凛凛的寒气放了过来。

——我已经几次走过这里？不知道。只算进山住到一种特别的人群之中，也可以数出那一年在北麓的裕固牧区，这一次在南麓的门源县。南北都有灿黄的油菜花，都有拦河断流的淘金客，都有黑黑的杉树林，鹅绿的夏牧场。

那十里金灿的油菜花，朴实又奔放，实在令人喜欢。而一簇簇直瘦的青海云杉，不知为什么使人觉得凄凉。

向西越过了这块楔入的藏山，左右翼豁然开朗了。

那一年我在公路的左翼，也就是山的北麓，结识了一个黧面黑马的藏民汉子，他叫巴达玛。后来到了右翼，在沿着弱水的沙窝子里又认识了骑铃木摩托的蒙古孩子，是红乌珠儿。此刻，他们两骑马拦着路等着我。

隔不远独自立着一个白马的骑手。他们介绍了才知道，是一个远方阿克塞的哈萨克,名叫盘山纳里。

沿着山脉的道路笔直。大走廊,夹在流沙黑岭之间,把门户敞开了。

2

祁连,一个研究了一个世纪也没有懂的山名。是匈奴语么?或者是什么语?这个词几乎与古代史一样古老。在与史料的纠缠中,有学者最后认定它就是天山;也有人考证它可以与阴山同提并论。

与这山脉孪生一般,同时出名的是河西走廊。

但是我猜,哈萨克的盘山纳里也好,藏民的巴达玛也罢,哪怕就是刚刚路遇的那位二十一世纪的扎红小辫的红乌珠儿——在他们的观念里,草原并没有分成山脉和走廊。存在的只有牧场,只是祁连山脉和山北的巨大"浑地"(hundi,长川)。

山脉瘠薄;北麓的耐冷云杉,南麓的灌木和草地。然后愈朝南,草愈不好,半秃半旱地,一直到西藏的冻沙漠。

长川也是斑秃的;虽然可以在沙窝子里寻找扎营地,但是流沙逼近着,恐怖的没有声音的传说大漠,此刻就横亘北方。

我想在沙窝子寻一位老者,却遇见了骑摩托正放羊的红乌珠儿。这个头发如毡片朋克、牛仔裤破烂的蒙古新牧民,给我细致指点了与祁连山北面相对的这道平川和包围大川的沙漠。我懂得了这里和长城北部的沙窝子一样,它依然有草;沙窝子里有积水的淖儿,有富盐碱的细草。再远的那边,他指点着喃喃说,是蒙古国的牧场。

那边是我的家乡,他说,那边是骑骆驼放牧,他们的毡包,就扎在沙子上。

红乌珠儿的意思就是红小辫。他骑姿散漫,脑袋后头的小辫上扎一根红布条。和蒙古本部的同胞一样,这小伙子喜欢歪歪地斜坐在摩托鞍上,只要不说话就不停地哼着些粗哑小调。

虽然概念非常不准确,虽然纠缠概念将永远说不清楚,总之他们(包括他朋友盘山纳里的民族)就是"胡",是来自漠北及中亚的游牧民族,是古代匈奴和突厥、准噶尔和哈萨克的象征。

鹰眼的藏民巴达玛勒住黑马,他的笑容如阳光般灿烂。"乔德莫!冈交吉?"他大声地向我致意。

他的马笼头上,在马脑门的部位系着一支牦牛毛的黑缨。我知道,他们因为这个标志,被人称做黑缨部落。这个部落过去把守祁连山北麓的三个山口,所以也被叫作"三山口番"。他们的背后,就是广袤的西藏。

好,你好么?你去哪里?我也问他。

他的鞍后驮着重重的马褡子。他用力拍拍褡子,露出雪白的牙齿:"糌粑!糌粑!"

人一说到自己的食物,那口气总有些异样。糌粑就是青稞,是全部的农业,是藏民自己种植的、与外头世界完全不同的作物。磨制糌粑的青稞,是神慈悯给高寒的青藏大山的唯一庄稼。

然后我们坐下小憩。接着又一起上马磕镫并行。

他驮着糌粑,逆着西行的车队,走马穿行在荡漾的绿波中,走在无边走廊的机耕麦田里。在他的意识中,没有机耕的小麦,只有青稞和糌粑。没有道路,没有走廊,黑马的头一摇一晃,骄傲的黑缨也在一抖一甩。

前后都是繁茂一时的绿波,好像区分不出小麦和箭草。巴达玛的黑马向着东方、走在平坦川原的时候,我有一种异样的感觉。古代的吐蕃人就是这副姿态走向东方的;他们的左手是令人不快的沙漠,右手是黧黑嶙峋的祁连。

他没有去想:若这么走下去,骑着马可以一直走过兰州,走到长安。

他也没有想到:虽然藏不是羌,但是为了和沙漠那边的"胡"对应,他就是"羌";就是古代各种羌人的后裔和代表。

——我的观察开始了。编句谚语吧:都长一双眼,看法却不同。

今年再访祁连山的时候,几个不同民族的朋友被我邀请到了一起。红乌珠儿和巴达玛彼此以前就熟识,遇上一些日子,他们常常在马蹄寺的佛会上见面。而盘山纳里的加入却是由于不打不相识——听说以前有过一次可怕的灾年,大旱草枯人民流散。盘山纳里和巴达玛两家的父辈,有一天,为了争夺山口,曾经剑拔弩张,差点儿打起来。那是一个星期四,盘山纳里就在那一天降生。他的名字是波斯语,意即"星期四的阿里"。

朋友们高兴地聚会。

我们正好来自东南西北四个方向,又恰恰都是牧人出身。投机的交谈真是盛宴啊,那么多的要紧消息,那么多的共同心情!

当他们欢笑吵嚷之时，我打量着我的这几个朋友，我总在暗自思索。古代羌胡两系的差别，相貌、装束、语言、音乐的分界，究竟在哪里呢？

——仔细分辨谁的毡帐应该扎在哪里，谁过去占据过哪里，已是不可能的事了。事事都在变幻。但是，他们又确实大致沿着山麓，在山脉和沙漠之间的狭长地带里，遵守着一条含混的疆界。线虽然看不见，但它就藏在这茫茫西去的沿山牧场里。祁连山又确实是一道古老的界山，它不仅作为一道地理屏障分开了蒙古沙漠和青藏高原，也分开了两个古老的人群集团。

这两个内涵暧昧并不清晰的人群集团，就是"羌"与"胡"。南有羌、霍尔、吐蕃，一脉传承直至今日雪山藏族。北有胡、突厥、蒙古，一片串连遍及欧亚大陆牧民。

边界就藏在是这道山脉的外沿。它伸缩不定，时而避让凹进一块，时而挺进占据沙漠。整个一条山脉，养育着羌胡两系的各种牧人，阻挡着懒懒地也阴险地合围逼近的大沙漠。

边界的模糊，暗示着一个地带的游牧性质。

自古以来，这一对相依于中亚与青藏的游牧邻居，一直把他们繁复的关系，时隐时现地繁衍延伸。他们的传统牧地和势力范围，大致地沿着祁连山脉，时而嵌入，时而错离。

3

在羌胡之外的汉朝，出了一位奇特之士。后来人形容他的伟绩时，用了一个牧人不能理解的词，说他"凿通"了茫茫的西域路。

其实是人的知识局限于见闻。汉武麾下的武士谋臣，对西方极地的世界一无所知。但是天朝正渴望扩张，也正遭受着羌胡的压力。所以他们要穿过混沌，到可能建大功立大业的远方去。

而通向那里，先要穿过祁连和沙漠之间的长长夹缝，人把它叫作河西走廊。

走廊是一个外来的路人观念。

对于我的那些朋友，对巴达玛、盘山纳里、红乌珠儿来说，大山北麓的宁静草滩，是他们得以自古生息的牧场。他们不能相信：这里对一些外界的人而言，曾经是天堑险途和不可穿透的绝域。他们哈哈大笑；当听说需要用黄羊角锥子钻、用铁匠钎子凿、那些人才能走过去的时候。

在长期的交往中，我染上了他们的眼光。我也像他们一样使用眼睛，眺望和打量，并逐渐习惯了这异类的"看法"。

不过，虽然走廊这个词坦白了一种外来的窘态，它依然是掷地有声。没有四极八方俯瞰世界的气度，人不会把如此自然想象成走廊。那是大时代，人不像今天，目如鼠，步如龟。对张骞来说，两千里穿行不过是前奏。那时人有志向，心在边疆，志向懵懂而烈性。

出了祁连山东端的乌鞘岭，我就目不转睛地盯着走廊的尽头。心不觉之间晴朗开来。愉悦令人捉摸。这么一派水草茫茫、羌胡混沌的古老牧场，居然，被一个陌生的行者凿了一个洞，钻了过去。这是发想的差异，还是角度的相悖？或者，那混沌的大漠草海中，埋伏着绊马索、交飞着铁箭头？

突然心里觉得有趣。从年轻时就熟悉的、大戈壁的风，顺着走廊，挟着灼烫和尘沙，凶猛笔直地冲撞而来。烦恼一扫而光。

心迎着风，念想如飞。一百里又一百里地，在飞转的车轮下，道路被嗖嗖数过。不尽的村庄，五十里一堡三十里一铺，顺着地势，一条长线，像是陪伴和导引着我的希望——正向着西方的天尽头缀连伸延。路在正中，疾疾向前。河西走廊，我总禁不住咀嚼这个名称。

不用说，命名者并不是发现者，凿通者不过只凿通了自己的盲瞽。从地理和历史的意义上来说，河西走廊的概念，忽视了祁连南北游牧的文明。它不见六畜，只识丝绸。它只知商旅，不懂驻牧。每逢我沉思于四骑手的鞍上研讨时，就不禁觉得它狭隘而值得商榷。

但我又是那些旅人的同情者。难道不是仅仅在这里，人才能实践奔驰的愿望；难道除了这里，还有哪儿能让人通行？在你我寄生的现世，在这个失义的古国，难道不是只有小人的欢奔，而断尽了志士的狭路么？

流水一律从左而来，流向挡住沙漠的、一些偶然隆出的余脉。若是突然时而水流湍湍，那不久就会在右侧看见一片绿洲。每当从大桥上渡过湍流以后，紧接着就越过一座城池。武威，山丹，名字如雷贯耳。

汉武帝派来的并非和平使者。他派张骞凿通西域的目的，是为了"断匈奴右臂"、为了斩断羌与胡的联系——换一句话：为了隔开中亚蒙古与青藏高原。因为这两块大陆一旦连为一体，天朝扩张的梦就要破灭了。

大陆不是用黄羊角,而是用刀矛被血淋淋撕开了一条缝。沿着这一线伤口,马蹄车轮趟开了一条路。眼前这条路,像是劈开两块大陆的刀伤,又像是缝合它们的针脚。虽然它坦荡舒展,但我辨出了天野苍茫之间,那缝合的伤疤。

车窗外闪过一座扎成八角的黑色牛毛帐。会不会是……说时迟那时快,一个女人抱着儿童,注视汽车的眼神一闪而过。

流闪而过的藏女眼神,有如有好奇的潜语。

汉武帝的河西经略的结果,首先是发动战争,其次是设置四郡。武威、张掖、酒泉、敦煌,著名的河西四郡作为王朝的楔子,钉入了辽阔的祁连山草原。

没有看见巴达玛。当一座相貌古怪的土垒城堡,在几排夹板中被夯筑打着,渐渐出现在这块土地上的时候,你的祖先一定曾经好奇吧?

红乌珠尔,当你的阿巴嘎(父系亲戚)纳和齐(母系亲戚)从北方的大漠家乡纵马驰来,当面前突然一字并排矗立着一座座军州——他们曾经说过什么吗?。

武威已过,张掖在前,极目落日的地平尽头,还应该坐落着敦煌与酒泉。

天善良地降下小雨。通常曝晒生烟的走廊大路,被湿凉的阴云遮着,便于我不转眼地远眺。山影似青又黛,落雨时,远处白亮的反光暗淡了。

4

祁连山丰美么？

我这么问，好像在和他们三个进行讨论。望着山坡上深绿单薄的牧草，我觉得不安。我一问，几个人立即都在心里比较，分析或感觉面对的草地。这是牧人式的学术，说出话来的时候，已经参考了传说、往事、灾难和证据。

显然三个人都心事重重。黧面藏民巴达玛，蒙古孩子乌珠儿，和远方的哈萨克盘山纳里，他们都默默不语。好像，我渐渐悟出了，不存在什么丰美的问题，对于游牧民族来说，只有牧场的宽狭、植被、气候、位置、居民……

祁连山是什么？

那首宝贵的古歌，它抒发又秘默，直白而费解。我在孩童时代就背诵过它，而数十年后再一字字吟味，依然觉得不可思议。

失我胭脂山，使我妇女无颜色
失我祁连山，使我六畜不蕃息

胭脂山就是焉支山。这首歌，它是原文的照译，我不止一次这么想过。强烈的直觉，逼着人这样断言。它简直是一件天生地造的浑然原物，丝毫不见编者的斧痕。无论你怎样吮咂吟味，它是无法匹配的。从情感、用语、格式、思路，都能判断它是古代的遗物。

此刻它跳跃在我心里,我觉得几乎它就要破口哼出。虽然我的下意识——正紧张地在众多的旋律之间,在中亚抑或蒙古的语言韵味之间,晕眩地胡乱挑选着。都说匈奴无文字信史;我看这两句,正是匈奴给自己的悲怆总结。

以前我们总把它当成牧歌时代。

其实它是预言牧歌终结的谶言。

它淳朴简洁至极。我追忆着体验,在哪里似乎遭遇过类似的感受。确实,只区区两句便唱过了从地理到历史的许多事。而两句怎样排列、两句里究竟孰一孰二呢?虽然短短仅两行,但推敲难定。是顺地理排列而来,还是以含意为重点?那么,女人和畜群,又有谁能说清楚哪一个该排在更重要的第一位呢?……

它透露了一个消息:祁连山不仅是匈奴的边界,它还是匈奴的主要牧场。

一条祁连山,如一个巨大的民族十字路口。东西可以望见中原西域,南北能够连结沙漠羌藏。除了东方,三面都是游牧的环绕。匈奴突厥从西,羌霍吐蕃自南,蒙古则由北而来——都如大潮起伏,向着祁连的核心离聚。

好像兴衰运命一样,这些不同的游牧民族,在强盛时他们遮断四面,到了衰败他们又悄然消褪。他们分别充当过一时的主角,在这片荒凉与肥美并存、四通八达又自成体系的大草原里,喂养自己的男女老幼,获取着喘息,代代地生养。

若以乌珠穆沁的标准来观察,作为牧场它寒冷了一点,瘠薄了一点。但是不敢浪言,眼前舒展的草坡和低密的绿草,谁知在20个世纪以前不是茂密繁盛得遮蔽了牛羊;山上碗口粗的杉树,谁知在匈奴人的时代不是搂抱不过的巨木！……

寒冷的林子里流出树根水，它们饱浸着草根的甜味涓涓渗出，淌成小溪、汇成河流。它们本来只是一股股树根水，只漫过牦牛的嘴唇、藏羊的鼻子、在泛滥季节带给草原以沼泽和淖儿——谁能说它平淡无奇？

一条弱水，它缓缓流淌着，一滴渗入草棵便是一片湿土。在它有了余裕的季节，它会一直远流居延洼地，让那天尽头的干涸湖泊漾起清波。它不过是一道夏天才从祁连北麓流下来的雪水河，但是它能在给了青藏的六畜以饱足之后，还穿过山脉和沙漠，越境去滋润北邻的蒙古。

而且，随便在某一个夏初的清爽日子里，一伙阿勒泰山的准噶尔人可以盘算拆散越冬的毡包，由心所欲地到青藏高原的哪里去驻夏。同样，匈奴的大汗也经常考虑，是把宫帐安放在帕米尔的背后呢，还是把它迁到长城边上？

那种雄大的视野，今天已经很难想象了。站在这民族和历史的十字路口，同时远眺中亚、蒙古和西藏、并设想此地是天下中心——然后再观察牧场的话，该说些什么呢？

显然三个人都心事重重。黧面藏民巴达玛，蒙古孩子红乌珠儿，和远方的哈萨克盘山纳里，他们都默默不语。祁连山，它作为天下游牧民族的主牧场，不知为什么今天显得可怜巴巴。

我明白了为什么三个朋友都沉默不言。

因为那不祥的、谶语言般的民谣。

5

汉武帝夺取祁连山——他的语言是经略河西——之后,随着战争停歇下来和进一步的河西经略,出现在黑山岭和黄沙漠之间的,是城市。

最初谁都觉出了河西四郡的特殊。

但谁也没有料到,这群特殊的城市还会繁殖。在这块水和草都不丰足的地方,谁也没料到,日后分娩不止繁衍无度的,是城市。

人们常用"无源之水",来形容没有前途。祁连山流出的不是无源水,四座军城靠的也不是无源水,但说到底——祁连山是一道蓄含水量不大的瘠薄山脉。这些山里淌出的浅河若是断了水,有源就是无源。

由于高寒,它的植被脆弱,漫山麓生长的,只是一层绿苔般的牧草。簌簌地抖响在高寒的风中,它的杉树和圆柏都呈着一种悲凉色,细瘦而单调。窄小的冰川和稀疏的森林分泌涵养的河流,只是一些"弱水"——它们随时会因为烧了树林或旱了夏季,而断了汩汩的浅流。

它们本来没有打算、也没有气力拖拽巨大的城乡之网!但河西四郡筑起来了,密如虫蚁的村屯寨堡冒出来了!

每逢青黄不接,河流母亲便感到乳头疼痛。

而吮吸坚决而贪婪。人修了闸,挖了渠,沿着水流建起堡寨。他们寓兵于农,时而呼啸着挥舞着锄头和军械,扑向企图把畜群赶进庄稼地的南北牧人。

南北两侧的人一直在变:从吐谷浑到吐蕃,从准噶尔到哈萨克。

而移居而来的农民却不变；他们操着粗嘎的甘肃土话，使着二牛抬杠的犁铧。

渐渐地村落星罗棋布。地黑了，草倒了，愈来愈多的黑土被开垦出来。羊群马群不见了，南北的牧人迁走了。

喧嚣纷攘之间，灌溉的古代诞生了。

自古羌胡的高山沙漠之间，出现了最早的绿洲。

同时，乳头干枯、源头枯断的可能，一年年接近着。

在几道细流拖拽的、农耕和城镇的巨网的贪婪吮吸下，城毁人亡的阴影如天上的乌云，愈来愈浓重也愈来愈临近。

我不明白人怎会视而不见——

如今，村落蠕动着簇拥着，河西四郡俨然君王。林子里流出的树根水今天如今是走廊里的渠河，它们被引导改向，分割汇流，成了蜿蜒千里的灌溉水网。

沿着走廊从东到西：石羊河灌溉了武威，黑河养育着张掖，祁连山西部的雪水河，喂养了酒泉和敦煌。

那块城郊的空地里，又是一片脚手架矗立起来，挖土机蠕动着，不知又要盖一座什么。不太像工厂，听说是开发区。烟色的巴达玛，时髦的红乌珠儿，和牵着白马的盘山纳里判断不出那是什么。反正那熙熙攘攘距离他们的日子很远，他们要看好羊，别被陌生人圈了走。

我指着那片方盒纸箱的楼群问，那里盖的是什么。

"一个新的县城？"巴达玛问。

"开发区。"红乌珠儿内行地摇摇头。

盘山纳里一声不吭，凝视着远方。

在望着走廊里的村庄城市的时候，他们的眼神里便如同祖先一样,点燃了一种罕见的热情。虽然保持缄默,但我知道,他们内心的感情很激烈。

若能把城市比成河水,那么在河西走廊里,城市正在肆虐泛滥。

6

为了弄个明白,我走了两次祁连山。一次住进南麓的门源,另一次去了北麓的裕固。从北麓能目击走廊大势,而在南麓能看见最本色的牧区。

车行如飞。"银武威",当看见一座标志城市的牌坊时,我猜出,马上就要渡河了。果然,几股奔腾的浑浊河水,逼得车不敢涉渡。车小心地爬上了高高的大桥。

就这样,我走过了初中读过的河西四郡的第一郡,也初次目击了祁连山雪水灌溉出的,河西走廊上的第一块大绿洲。

心中若有所动。我在颠簸的车上打开了地图。

每一条河,都串着一片村庄网,浸泡出一块绿洲。

若是小河,在浇灌出一块绿洲后,河就会消失了。像东部的河流汇入湖泊大海那样,这里的河流,终止于绿洲。大河呢,我震惊它们居然还精力有余,那么微缓的水量居然还有剩余——不仅轻易造了一片绿洲,不仅龙口总渠截着的水还淌出下游,它们浸流漫灌,流向更远的荒漠,接着造出第二块绿洲!

这种连续制造两块甚至三块绿洲的河水,来自祁连山积雪不多的、黑白斑驳的山岭。每一片二三相连的绿洲,都是些沧桑演绎的去处。

最大的一股水,是灌溉了张掖绿洲群的弱水。

可以想象古代——弱水的上游,因为水清名叫黑河。它先制造了临泽张掖一双绿洲,又顺着走廊,北去救活了高台。居然意犹未尽,它出走廊进沙漠,在滋润了大片沙漠牧场之后,静静注入了居延泊。

就灌溉文明而言,它曾是一个完整和完美的流程。如果利用它的人,能把一切保留在一定限度上的话。

但是不可能,犁铧一旦刺破了草原处女地的绿植被,一切就欲罢不能了。

河西四个郡,都是祁连雪水造出的绿洲。但是四郡还要挟拥卫城;于是武威携带民勤,张掖控制高台。而支汉尚可拦水,人们又逐水筑城:金昌、民乐、临泽、高台、玉门、阳关……不仅四郡,汉武帝插进草海当中的楔子,到了后日,竟然繁殖出了一字甩手的十数座走廊城市!

只要你残水还有富余,那么我就上游下游无限垦殖。让它遍野开花,处处村屯。河西的地名系统,如同一个生动的灌溉垦殖故事——头坝、二湾、四满;清水堡、大河驿、下河清。还有些带着军械和体制味儿:总寨、营盘、老军;靖安、宁远、威狄。农耕的本质就是这样:先要生存,二要富裕,然后进攻,它要榨干土地的最后一滴水。

黧面的巴达玛,流浪的红乌珠儿,沉默星期四的阿里三个人领着我,晕晕乎乎走不出阡陌渠汉纵横的村庄。

本来骑者步入农村，心理是傲慢的。但是一处烟树就隐蔽着一座村寨，碰了夯土墙只好转回来，走到头又是一道夯土墙碰鼻子挡路。来回地拨转马头，不久马儿也急躁地嘶了起来。

当我们走进了村落的大网——由纵横交错的水渠织成的、庄户村落墙垣家屋的大网以后，我们迷了路。密麻麻的村庄，如网络上的绳结一般，由一道道泥巴渗水的渠连结着。巴达玛、红乌珠儿趔趄踉跄，我和盘山纳里头上冒汗。一不小心冲进水洼，都溅了满襟满脚的泥水。

一群农民好奇地围观我们。转过来，背后也堵着一群农民。我们打马冲出水洼，方寸乱了，心也慌了。到处都是夯土墙，巷子和农民土墙，把我们团团围住。我看见，几个牧人的眼睛里，已然失去了那种古代的热情和兴奋。

现在不是英雄一声呼啸，飞马驰骋把步行的农夫劫掠一空的时代了。现在是骑手被比山头还多的村寨、被比砂子还多的人群逼赶着步步退却——哪怕那些人不会骑马、姿态丑陋，哪怕那是一种卑劣的胆小之徒；被如此人群逼赶着，退向石硌子嶙峋的山顶地带、退向旱渴灼人的沙窝深处的时代，已然降临了。

河西生存的原理就是这样。如同其他的绿洲。山脉融雪，造成了绿洲。绿洲能生育农民，他们引水耕作，沿着渠闸为家。他们也是一样的生计所迫，顾不上被挤压到深山的游牧民。总之有人欢乐有人愁——灌溉的文化形成了，它要发展，要挖金造银，要用渠和村把大网织得更大，把荒地灌成绿洲，把草原犁成耕地——就是这样。

那一天，好不容易我们才逃离了土墙沟渠。

喘息已定，我们懒洋洋地躺在北麓的马镰草丛里，谁也不说话。

抬眼向左翼望，祁连山触目的褶皱孤寂冷淡，一字排开的峰峦，如大地的尖齿。欠起身子回头，刚才走过的路不见了，只见无数的条田块田，一直伸延天边。炊烟弥漫着升飘，罩住了隐现的烟村。密密麻麻的人影，正蠕动在网状的田地上。

7

没准现代和古代的区别，就是现代五十年的变化速度，能够与古代的十个世纪相比。躲在文明阴影里的水草之争，不是十个而是绵亘漫延了二十多个世纪的、古老的草场水源纷争，好像也到了尽头。

古老的南北两麓代表的、宏大的中亚青藏之间、苍狼美鹿与雪山狮子之间、一个古老种族和另一个谱系的族群之间的冲突、谈合、占取、退让——已经改变了方式和规律。传奇的道德规矩荡然无存了。包括谈判双方那巨大的规模、包括其中丰富的暴力和妥协、贪欲和让步，都彻底地改变了。

如今，没有弹性的边界、四季应时的原则、一言之堂的法度，代替了古代的实力形势和调停艺术。但这更不能解决缺水缺草的现实。于是补充外行与霸道的，就是无止无终的纠纷。两个县斗，两个乡打，两个庄子或两群人年复一年的吵嚷揪扯。

富裕了，羊多了。不知怎么回事，就像城里到处都冒出了汽车,如今的乡下满地都是羊。谁都在喂羊,到处都是低头啃草的羊。草地上是羊,秃山上也是羊。就连黄土高原那万世旱渴的赤裸山岭上,羊群也在漫步,好像在啃含有营养的碱土。

哪里还分什么牧民农民户!如今老农民家里圈养的羊,比得上成吉思汗的一半头数。羊比草长得快——这种怪事,古代的哪一个游牧民族能够想象呢?

所以草不够吃。草不够一半、甚至不够三成的牲畜吃。冬天的青贮草没处打,夏天的家门口也稀拉拉。不要说祁连山这么单薄的山;新疆缺草,西藏缺草,就连乌珠穆沁那么肥美的草原,也是冬天缺草,夏天缺草,草原在为草发愁。

过去游牧民族不太在乎草地。因为在古典的观念中,只有牲畜才是财富。而今家家的山坡平原都用铁丝网围着,人人都懂得了"寸土必争、寸草必争"!

人们的心里,早已失尽去了昔日那巨大山脉灼灼沙漠、以及濛濛走廊极目天下的地理概念。眼睛转也不转地盯着的,只是对面的那群牦牛。瞧,它又越过了山脊,吃了我们乡的冬窝子。

潜藏着深刻历史的人群关系,已经简化成了山脊两边的一面坡、一洼草、一道沟。两侧的公家官员或者设禁,或者挑唆,各自为了自己管下的子民,争得面红耳赤。在王法上算计,在会议上决斗,在深夜里值班。一旦山头上的监控哨报告说对方越境,立即用电传直报北京。

——以上都是巴达玛的舅舅,一个办公室主任吐沫星子乱溅地给我讲的。在场的除了我还有巴达玛的爷爷。我听得兴趣盎然,老人听得瞠目结舌。没有料到的严峻日子就这么来了,不容巴达玛爷爷感慨。古老的南北麓之争,早已不是他们佩戴着牦牛毛的黑缨,在三山口度过的那种日子了。

今天在南北麓之间发生的,也不是红乌珠儿和盘山纳里的爷爷们经历过的,谦恭地弯腰行礼、再紧紧握住腰刀就能解决的事情。

在"羌胡"的古代,边界是游移和模糊的。

因为两系的人群本来就分不开;他们互相交换,互相穿插,互相通婚,一块组成了祁连山的居民。祁连山不是可以一劈两半的大西瓜,它是一座伸缩蜿蜒、峥嵘万状的山。人类在它身上往来奔波,但没有谁想把它从头到尾地切开。它的耐寒的森林,那些它的北麓云杉南麓圆柏柴白杨、它的黑黑雪水,都不能沿着中脊线竖着切开。

山中藏民如巴达玛家,都是半兵半牧驻牧界山的藏民后裔。汉人蔑称他们黑番,什么马蹄寺十四族黑番、三山口黑番(巴达玛读着这些资料恨得咬牙)等等,以和裕固黄番区别。巴达玛告诉我,他爷爷以前常把夏营盘扎到北边沙漠的水淖儿里去。那里是走廊以北,靠近蒙古国的界标。

民族的弹性,造成边界的弹性。总的来说,大致沿着整条山脉,亘古的划分是北蒙南藏,沿袭着古老的北胡南羌。只不过边界如山脉一样宽,你中有我,北里有南。藏民的八角牛毛帐篷,就像夏季雨天的云彩,越过了祁连北麓,遮盖了也切断了所谓的大走廊,扎遍了辽阔大陆的西半。同样,哈萨克的毡房、喀尔喀的蒙古包也深深南下,在古老的藏区地界找到了安歇,找到了家。

现代背弃了旧俗,1959 年,在山脉森林和人们头上,划了一条清楚的线。从此南是青海，北是甘肃。它不管游牧是一种漫游，本身只能接受弹性的边界。山脊划线，带来了不尽的烦恼。

如今牧民们已经放弃了发言。草场纠纷和水纠纷，全都在官员之间讨价还价。

前一年在张掖，见黑水河边的两个县争水。下游的一个说我们没有地表河流，于是就在上游大打深井截住水脉；上游的一个批判说你们违反民族政策，你们破坏了一个民族的"可持续发展"。原来那是裕固和汉族争水。

这一年在门源，又听说山脊线上两个县在争草场。山北被指责侵略的是裕固牧民，山南自称防卫的是藏回农民。巴达玛、红乌珠儿他们不在，从巴达玛舅舅嘴里我怎么也问不出具体情节。"很严重！反正啥啥都上了！"他很会守口如瓶，咬着牙不露底给我这外人。啥啥都上了呢？是上了刀子斧头、还是上了武警民兵？

我忙拿出深谙纪律的口气："那只有向中央汇报！"没料到他说，这官司到了中央也不好打——人家是"特有民族"！

我听呆了。离开民族研究所才几年呀，没想到民族理论又前进了。只听说民族有少数多数，没听说还分特有稀有——好像说的不是民族，是熊猫。

8

进山——有着全套丰富的解数。聒噪西部的新潮人不懂，在进入祁连山之前人不能避开一个地理区，它就是火烧干沟般的前山地带。这体验在整个大西北都是普遍的;无论前往天山或是帕米尔,你避不开这一段熬人的前山苦闷。在新疆,在甘肃,数不清多少次,我对着山影绕着沟壑,忍着喉咙皮肤的灼裂!

这一次也不例外,满眼只是不毛的石砾。更可恨的是居民点却建在这种地方;为着水,更为着出山的交通。

祁连山和蒙古牧区不一样。在内蒙,草原本身就是世界。而在这苦海般的大西北,哪怕在夏季,也先要经过一个荒秃焦干的浅山区,才能进入绿色。而且公路修得比浅山更靠外;去草原么?先在远离青绿的狰狞秃山里走个够吧。大地被切割得破碎不堪,山麓没有马镰花,只有恐怖的石碴子。车嘶吼着颠簸着,人的心思和精力,都在干沟里耗尽了。

就这样好不容易进了北麓的浅山。在先要通过的、裕固人牧区外围的荒山里,有一个叫白音的聚落。我的另一个朋友、红乌珠儿的家史就在这里藏着。

他们不愿多说,我也不穷追乱刨。其实苦难都是类似的,它几乎平均地降临给了每个民族。

白音藏着的这段喀尔喀蒙古故事,其实并不比哈萨克或藏民更悲伤。

——他们的家乡,并不在张掖西边的沙窝子里。他们是外蒙革命那年,顺着马鬃山,涌入甘肃境内的蒙古难民。唯靠了把守祁连山的藏民同情,血污斑斑的他们,总算获得了一块喘息的草场。

家乡的驼兵居然越过国境来追杀。他们惊魂未定,贴着山麓继续南下,一直到达了祁连山的浅山地带,紧依着藏民扎营。走廊里如链的城市,锁住通道挡住了追兵。外蒙军队没敢越过这道城市链，于是难民们定居了下来。

一向侵占草场的城市，唯此一次，讽刺地替牧民阻挡了来自草原的攻击。

我凝视着红乌珠儿的爷爷，听说他们的身份是侨民。如今他们没有几头牲畜了，乌珠儿的爷爷，那位喀尔喀老人的打扮已是汉装。乌珠儿则一副现代派嬉皮士装束：从铃木摩托的装饰中，看不出他的族属出身。

虽然灌木被啃噬以后，浅山的风景一片不毛——但是它依然有糊口的草。

绝路上其实还可以走许久，听了红乌珠儿的故事后我这样想。我惊愕地觉察到了祁连山深藏的另一个伟大品质——予人避难。

最典型的收容浪人的故事，还当数裕固人。

"裕固"完全是个晚近的称谓。据口碑记忆，他们是一群从"西至哈只"迁徙而来的游民，自称"尧乎尔"（Yohur），由黄黑两部组成。

黄尧乎尔讲一种蒙古语言；而黑尧乎尔则讲的是突厥语。不知经历了怎样的磨难，也不知深层的缘故究竟，总之他们赶着残剩的牛羊，抵达了祁连山。

我想，更准确的考据不能够也不必要。简单说，"西至哈只"还是更接近吐鲁番的旧称西州火州；"Yohur"也还是更使人联想畏吾儿——这个后来被雅致地写为维吾尔的词。他们大约是甘州回鹘或西州回鹘的两个小分支，风雪灾难，离散流失，最后流浪着投奔了祁连。

藏民是祁连山的主人。收容的过程和细节已不能细考。但是藏传佛教在收容的前后，显得特别醒目。是穷途末路的投奔者低着头、谦恭地表白了仰慕呢，还是主人划出一隅草场的条件，就是无条件的全面皈依？

不知道。如山体纵横的沟壑一样，所有的细节，都隐藏在历史的褶皱里了。

从此后，两部分人一同归化了藏文明，两种语言一起赞颂佛的慈悲。褴褛的移民渐渐安心定神，在祁连山稀疏的林子里，一辈辈住了下来。他们先是被外部看作一个整体，又被政府挑出两个吉利字命名，这么成了今日的裕固人。

藏、蒙、哈，三大系统的游牧文明都凑齐了，我想。

不过哈萨克被接纳的故事可没有这么流畅。盘山纳里说，他听家族的白胡子老人讲，哈萨克进入这贫瘠的大山的时候，是靠叉子枪打开了一条血路。——那个鱼死网破的日子是个星期四；一个男孩生在那一天，被取名叫盘山纳里。这个词是波斯语，意思是"星期四的阿里"。

我去看了盘山纳里出生的地方，那儿住着他的一个亲戚。

9

在杉树林里有一座林业局的圆木屋，盘山纳里的亲戚是护林员。这哈族汉子微笑着，给我烧了克烈部落式的奶茶。一连几天，他给我指点森林树种。在他的木屋里我发现了两本好书，一本《祁连林业志》，一本《哈萨克民族迁徙史》。

原来，若不是山外那些蠕动繁殖的密密村庄，树林其实是可以适量采伐的。因为树木"过熟"了，会腐烂空朽，也就没有什么用处。但是为了涵养水分，一棵碗口粗的小树也能带着 3 吨水——所以王法禁伐。

他比喻说：每一棵祁连山上的树，都暗暗保着山外农区一个小孩的命。所以禁伐令从来严厉。随着山愈来愈秃，水愈来愈少，人愈来愈多，禁止砍树的法律也愈来愈狠了：谁砍了一棵树就关他十年的牢。

后来，在通向祁连山西极的路上，又遇到一个罕见的哈萨克墓园。墓碑上用蝌蚪般的文字，刻着一段不曾透露的历史。我瞥了一眼便心跳了，但我克制着自己，心里对自己训斥道：算了，你不能一切全懂……

那本林业志说——黑石嶙峋的祁连山，其实不能与昆仑或天山相比。这座被匈奴深爱不已的山，其实它海拔低、冰川小、森林稀疏而且树种单调。

也许它说的仅是今天。也许古代的胭脂或焉支山有过茂密的原始森林。但阏氏（匈奴王妃）盛妆的时代已是不可再追的梦，祁连山如今是个病入膏肓的老人。哪怕一点一点地喂药、一株一株地植树，也不能指望漫漫的调养，能换来一条山脉的再生。

它地处高寒，山体缺乏宽度。它吐出的河流，不仅是内陆河，而且随时可能变成季节河、间歇河、变成断流的浅滩、变成枯涸的干沟。

在我猜度的古代，或许它的褶皱沟谷出没着熊黑虎豹，林间溪流游动着红鳞人鱼——到如今，它已然沦为了一块二流牧场。

祁连山——它只是为了羌人胡人的畜群饱足，才被造化并且耸出地表的。它没有料到：两千年里，从山麓流出的自由河水会被段段截获，被强逼着囚禁于渠网。它没料到流出胸腹哺育六畜的乳汁被四郡夺走吞饮；更没有料到四郡满足之后，等着搂住它狂饮吮吸的，还有沿走廊繁殖出来的成串的城市、无边的村庄！

"没有多久啦，"盘山纳里自言自语。

——什么没有多久了？

随着盘山纳里的家族转了几天，我明白了什么是四大山脉。护林员教给我：四大森林山脉，就是天山、祁连山、大兴安岭、喜马拉雅山。原来是这样，我第一次懂得了什么是四大山脉。当然，他忧郁地补充道，哪儿谁也比不了天山，那是我们克烈部落的故乡啊……天山的森林都是原生林，而这儿，祁连山是次生林。也就是说，以前早被人伐过砍过，现在你看见的树，多半是后栽的。

一棵树，在这座匈奴的山上，长成10厘米直径需要——40年时间。我听得倒抽一口冷气。怎么这么难！……他答道：确实种树难，因为山上太冷了，树像瘦孩子一样生长缓慢，年轮仅仅一毫米。

我打量着树林，心里暗自盘算。这儿的树不粗，直径一般也就是个两尺。转了好一阵子，很少看见一米粗的树。……

我只盼一次次地，让脚踏上这些土地。

哪怕粗糙地，此刻我只想和大山独处一回。我心里喃喃重复着那句哈萨克护林员的话：太冷，树的年轮只有一毫米。但是你别小看那棵不粗的树，它的根，可以带3至5吨水。

水脉之源，避难之山。我喜欢这样——身在其中，脚踏现地，然后琢磨微妙的滋味。是的,一切还都在限界之内,祁连山还有一丝的余裕。但我有时好奇地猜度,哪一天才是时机失尽、崩溃枯竭的大限。

10

我们的马儿突兀地嘶着,茫然不知走向哪里。进山吧,他们默默对视一眼,同时勒转了马缰绳。

明花飞地的裕固人,有一个特殊的故事。

为什么是飞地?因为走廊上的牧场,在走廊漫长的农耕史中,已经一半沙漠、无法放牧。飞地之间,插入进来的,不单是农业,还有采矿业甚至工业。河西早已不在羌胡牧人手里,它早变成无孔不入的农耕啃剩的一根骨头了。

城里的四眼参谋居然说:可以在银行里存一个游牧方式。等生态好转以后,取出带利息的款子买回牲畜。

"狗日的!"巴达玛、红乌珠儿、盘山阿里三个人齐声怒骂。

买回一个文明?

在高台,牧人与农民争水。高台农民因为地面没有流过的河流,就打深井,断了明花裕固牧人的地下水脉。而新生的明花"农业综合开发基地",居然请来韩国的资本,把10万亩草场一下子垦为农田。扭捏了一个世纪多的半农半牧方式,被败家子一顿饭的工夫,就翻了个底。

沿着冷龙岭，顺着范长江爬过的大梁，我登上了鄂博（它当然就是蒙语敖包），一直出了扁都口。

"扁都口的视野"，这个小小心愿，已经被是我想象了几年的一件事。以前翻地图时曾经暗自想过：若是有一天能站在扁都口，枕靠祁连山脉，望尽河西走廊，那才是一大享受！

而此刻，我当真站到了扁都口。眼前一字甩开地横铺展开的，是神密莽莽的走廊。

沿着冷龙岭，顺着范长江的爬过的大梁，越过了鄂博（它当然就是蒙语敖包），在霍去病、隋炀帝、尔司令都走过的扁都口西坡上，我坐了下来。难言的壮大视野，此刻尽在我的眼前。

我突然想到——真奇怪，自己怎么总是从这头出来、面对那边？

我的身边站着巴达玛、盘山纳里和红乌珠儿。我高兴我有游牧民的眼光。

此刻山林就在耳侧。这寒冷森林里满是云杉、圆柏、柴白杨。它们寂寞地飒飒响着，在风中抖动着叶片。一股溪水流出扁都口。目击的视野确实浩大。极目望去，坦荡无垠的一字地平线迎着人，影绰的村堡若隐若现。

对农耕民族来说，走廊完全就是一片天赐的平原。他们正辈辈地在那里辛勤劳作，享受着得天独厚的灌溉农业，享受收获。

灌溉的历史，走得太长了。走了两千年以后到了今天，谁能料到令人艳羡的灌溉文明，发达成了自然的死症？在走廊里定住下来的居民，与祁连山吞吐的水量互相平衡的时代，已成了旧远的神话。完美早是逝者，居延海干涸了，弱水半流半塞，黑河被人寸断，下游尽头处水草肥美的额济纳，早变了一道恐怖的干沟。

再加上河西五地市，约十数座城市；70万公顷灌溉田；数百家工矿企业用水；四千万人口；五百万头牲畜饮水——祁连山日复一日，被榨骨吸髓，早已面黄菜色，早已精疲力竭，再也榨挤不出更多的水了。四郡，汉武帝代表农耕民族钉进河西走廊的楔子，在过了两千年之后，终于遇见了冷冷的质问。

我听见噪杂的吵嚷，不同的见解在比赛喊叫。农民们憋红了脸怒吼着，三个牧民却一语不发保持沉默。我被左右撕扯着，粉碎的快感裂帛般地进出。农耕是无罪的！我一会儿这么喊；它谋杀了匈奴的大自然！一阵功夫我又那么叫。反正一切都晚了，我们的事不过是看破车滚下坡。我想哭又想笑，想严正声明又想胡闹乱嚷。这时，猛然一个红灯亮了！

——四下里一声惊叫，随即安静了下来。电视上节目标题红灯般地化出：民勤断水。电视说，甘肃计划造一条水泥管道，横贯铺过沙漠，远距离给民勤输水。水泥管子埋在沙子里，不漏不渗不怕牲畜咬。电视有板有眼地讲：线路设计最后决定走北线穿沙漠，好处是不与沿线人等发生纠纷。……

民勤，我在那么早就听说过这个县名。土地太懒，人民勤劳，它给人一种振奋的联想。但是民勤县是一个紧紧挨着大沙漠的垦区，上游是巨大的银武威，从冷龙岭流出的石羊河，在武威绿洲的村镇城池的吞饮吮咂之后，到达它的嘴边时已经几近枯干。山水不能到达，沙漠进逼侵噬，它熬了那么久的岁月，最终撑不住了。

人愈来愈多，而水却并没有随之增长。50年代民勤得到输水5亿立方米，但是去年只得到1.5亿立方米。缺水断水日日警报，气得人干脆给民勤修一条混凝土的地下水管。从甘肃开始埋，绕过走廊的城镇链，整个埋在沙漠下底下。

我盯着那方管子，心里想着汉武帝。他会想到有朝一日，他的四郡要用这么一根管子喂养么？一个强盛的文明，一方水土和一群活泼的人民性命，难道就靠这么一根古怪的管子苟活？

而挤榨的大军还在膨胀。甘肃依然视河西为自己的粮仓。你若说河西的农耕化早晚要酿成大悲剧，那些脖子粗脸红的甘肃官员会粗话骂娘。

河西是甘肃的商品粮基地，它的百分之70粮食出自河西——这种设计的险处，今天显现了。自汉武帝以来，一刀刹断青藏高原与蒙古高原，在边界的夹缝处，寓兵于农，筑城设郡——这种政治的险处，也在今天暴露了。

我注视着那根输水管。管里大约可以开吉普车。这根埋在沙漠下头、给民勤县"地运"（不是空运）用水的混凝土大管子，是一个人类创造的怪胎。

灌溉的文明，已经走到尽头了么？

或者换一个说法——走廊的绝路？

这个词，本身就存在汉语的悖论。

"在银行里存一个游牧方式"！我真是哑口无言。看来，在时代潮流中急欲亮相的知识分子最开人眼界。用存款买回一个文明吗？只怕你落入千载的地狱，旱死渴毙、再也无法超度！

报纸上的大标语写着，要注意克服三化。

我问红乌珠尔什么是三化，红乌珠尔虽时髦也没敢肯定：大概是沙化、退化、盐碱化？要不就是腐化、假话、没文化？

我忽然意识到：没有一句没有说过，没有一句值得再说。话讲尽了，所以人们沉默。我明白了为什么盘山纳里从来都一言不发，他是对的。

人和人无话可说了，大自然开始独自发言。2000年突然野兔大量死亡，人们都吃惊了，但事情没传开。据盘山纳里告诉我，前些年还曾有过狼和獾子突然随芦苇消失的消息。再往前数，野马群为石油公路的通车，突然实行过集体死亡。

紧接着，北京的大沙暴一场接着一场。人们慌神了。由于黑河也断了流，已经被渴死扼死的居延海，把以前喂给它水的黑河河谷，变成了最大的风沙口。它仇恨地掀起凶狂沙暴，把漫天的黄沙尘一直送到北京，宣布它的报复。

河西走廊的历史，终于走完了。

它的兴衰一共是两千多年。

陪着它走尽了自己的路途的，是祁连山的游牧文明。南麓已多是农民厮杀，北麓已经退牧改农，中间有采金的挖掘机疯狂地挖烂了一座山，又挖烂一座山。古歌时代已经逝者难挽，新的祁连日子——从东海龙王处借来海水再把它淡化、然后大搞机械化农业的日子、在大沙漠上密麻麻繁殖小城镇、天天喝着四川湖北输来的水躲沙尘暴的日子，正在发足马力。

从北到南，又从南到北，车随着这条路，不尽地飞驰着。

此刻我清楚地看见了：这条路，就是两大陆之间的那条刀疤伤痕。路面滑如刀面，路基如铁如钢。终于走完了，如今它疾疾驰向绝路。

也许它是我留意过的，最长久的一个历史过程。

四野无声，不详的空气在酝酿。浑黑的雪水，急速地流淌而过。这是祁连山的最后宁静。

对岸的草木石头，都是如墨的蓝色。我蹲在河岸上，看着下头渡口。一伙开手扶戴白帽的农民，在清黑的水流里使一个木筏，把砖瓦油桶和水泥一趟趟来回摆渡。他们率先富裕了么？两岸都是云杉，能看见冷龙岭的主峰。一连的黑褐嶙峋的连峰，只有那个山顶披着一层白雪。

失我祁连山，使我六畜不蕃息
失我胭脂山，使我妇女无颜色

突然耳际响起了嘹亮悲亢的长调。如今我字字咀嚼着，只觉得苦涩而震惊。实在是不可思议，总结 20 个世纪的沧桑，结论目前的绝境的，没有别的，只有这首古老的谶言般的古歌。

2001 年 12 月写成
2009 年 1 月改定
2017 年 2 月校

辉煌的波马

——献给我的导师翁独健先生

风掠过松树林子的梢头,林子上空便一处接一处地响起了铮铮的弦音。云杉和塔松都轻盈地摇曳起来,抚着天山的前麓。山前的襟麓草原一派鹅绿,温柔地微微起伏着,直到舒展在模糊的远处,又悄无声息地没入特克斯河的暮色。我顺着这片向下倾斜的鹅绿色草地走。每天傍晚时分,当我顺着这片明亮的草地向下走去时,都觉得心里满是奇异的喜悦。长风在天上,在松林梢尖悦耳地响着,那里颜色蓝蒙蒙的那么神秘。我几乎忘了阿迪亚,更忘了碎娃子。有时我的甩动的手触着黑狗毛茸茸的脑门,可是我想不起来这是它。蓝蒙蒙的林子梢尖上次第漾流着一股尖锐的音响,像是琴上的弦被一根接一根地重重拨开。满眼的鹅黄嫩绿流溢着,沉重混沌地伸向前方的特克斯河谷。我们总是这么走着,从冰峰耸立的天山长峡里出来，顺着明亮亮的嫩草地朝家走，看着阿迪亚和碎娃子甩着小手的笨样子，我总觉得我一直就是这么走着的。眼睛太空阔，转着脖子也看不完这些蓝梢的松林、绿绿的前麓、浑浊的河谷。我不转着脖子看，我只是呆呆地盯着前方，眼睛里茫然模糊，心里却看见了特克斯雄浑的暮霭、向前方和两翼温柔地流动的山前草地、身后那愈来愈远的峥嵘冰冷的天山。

我醒了一般突然喘了一口气。

我停住脚望了望阿迪亚和碎娃子，于是我禁不住笑出了声。他们俩哧哧地喘着，一声不吭地正走得凶。一样地挺着鼓鼓的小圆肚皮，一样地撅着油黑的小硬屁股。我看见四只小脏脚丫已经给牧草染绿了，肚皮下面的两只小雀雀沾着泥。阿迪亚神色匆匆，碎娃子满脸严肃。他俩急急地甩着小手，活像两只精赤的直立着赶路的雪鸡。黑狗轻提四脚，一探一探的毛蓬蓬的头正巧和他们俩的脑袋一般高。看见我停住脚步，他俩就互相叽咕了一句话，他俩的话我听不懂。接着，他俩就急匆匆地擦着我走到前头，甩着的小手好像不耐烦地碰着了我。

他们急着回家呢，我想，快要落日啦。

阿迪亚满头稀薄的黄毛在阳光照射下透明了。穿过那片黄黄的透明，我仿佛看见他那颗急匆匆晃动的小脑袋。然后是一根黑油油的脏脖颈，连着他的可笑的直立的雪鸡般的小身子。你披着的是件什么呀？蓑衣还是草帘子呢？蓝颜色还是红颜色呢？也许还不能算什么衣服，不能算厄鲁特人的无镶边的袍子。你身上披着的那飘飘的褴褛片片只能叫作"阿迪亚服"。我从背后望着阿迪亚，心里一阵阵地涌涨起一种不可思议的感觉。阿迪亚却不理会我。

阿迪亚挺着他黑亮亮圆滚滚的小肚子，那小肚皮下面连着的两根细细的小黑腿正在从浓草里刷刷地划过。天色迅速地暗着，阿迪亚心里急了，我很清楚他是为了一碗奶子泡的炸面块焦急。

碎娃子和阿迪亚长得齐齐的一般高。碎娃子的脏污的小脸上长着一对晶亮的眼睛。他干脆赤条条、裸着小搓板骨和两瓣黑得脱皮的小屁股。可是他戴着一顶白帽子。他那帽子被天山里的草浆、被山峡里浑黄的雪水、被田野里黑土壤的泥巴染得失了本色。阳光烤着碎娃子那两只小黑肩头，可是我知道碎娃子不会觉得烤烫；天山的襟麓上正飘来寒凉的暮气，凉暮正在这片夕阳染得一派金黄的草地上悄悄弥漫。碎娃子不会理睬天气。碎娃子也正急急地甩开被草浆沾得绿糊糊的小腿杆，拼命地朝波马走。中午，碎娃子家架起了炉灶火，说是要烤锅盔吃；碎娃子盼那锅盔的焦香味已经盼得红眼了。

我觉得背后的冰峰还在无声地稳稳地退着，退得离我们愈来愈远。松杉林的梢尖上那锐利的铮铮声还在一下下拨响，我看不见，所以我不知道究竟是空中的风拨响了松林的梢尖，还是松林用梢尖拨响了空中的风。它们都是蓝色的，我想道。出山以后视野突然间开阔了，在我眼前，嫩绿的柔软草滩像是从山口里一泻而出。它一泻而出，融进黄灿灿的阳光里，金黄夺目地向两裾散开，一直扩展到前方依稀可辨的波马。

这是人间么，我暗中在默默地想。或者，这是今世么？每逢来到天山深处，每当我在夏季里回到波马，我总是抑制不住这种胡思乱想。天山太美了。我重重咽下一口唾液。天山里的波马呢，我努力打断了自己的思路。波马是天山的中核。波马有多美丽，应该是我们自己独有的一个秘密。我自从干上水文这一行以来，年年夏天都往波马跑，我发觉我已经悄悄地把波马看成是自己私有的世界了。

阿迪亚和碎娃子突然扭成了一团。在耀眼的阳光里，两个黑亮的小肉体纠缠着在绒毯般的浓草里滚。他俩凶狠地捶着对方的背，口齿不清地咒骂着我听不懂的话。我一惊：打起来啦，这两个小崽子！我三步两步冲过一滩蓝绿的长草，在捉住他俩的那一刹那我摔倒了。

阿迪亚瞪着一对牛犊似的圆眼睛叫嚷着，尖嗓子嗷嗷地喊出一些什么。

碎娃子头上的脏白帽歪扣着，他鼓着小黑脸蛋，不依不饶地吼出一些更怪的词。

我听不懂。我没有办法，只好揪住他们的耳朵，一手揪住一只，把这两个刚三岁就想称霸天山的小泥鳅从草地上揪得站起来。我又掀起阿迪亚屁股上的布缕缕，扳过碎娃子赤条条一丝不挂的腚沟，毫不客气地一人揍了一掌。

两个小黑鬼怒气冲冲地往前走。

我喘了一口气，跟上了他们。我看见已经降得很低的太阳从西侧扫来一道金黄的光带，两个小家伙在光里浴着，变成了两只正在神气地直立行走的旱獭。金黄灿灿的小旱獭翘首挺胸，划过浓密的山麓上的牧草，急不可待又怒气冲冲地走着。前面波马的木桥已经显出了一个模糊的拱影。

两个小家伙突然飞跑起来，精光的脚丫啪啪地溅着取过土的洼地里的积水。圆木叠成的拱桥慢腾腾地扭转着，渐渐露出它的侧面。一间泥屋和一顶三角毡帐篷也悄无声息地从地面下一点点升起。阿迪亚啪地摔倒在水洼里，我看见碎娃子扯住他的衣领帮他站了起来。两个小黑孩不停声地哇哇嚷着，我听不懂他们的语言。那间泥屋和那顶黑帐篷还在稳稳地上升，渐渐地躯体露出地面。大桥还在旋转，显现出一个汽车弹簧般的侧影。碎娃子冲上那高高的地面，阿迪亚踢着滚落的砾石。他们突然分开，各自朝三角形的黑毡帐篷和泥糊的地窝小屋冲去。炊烟横扫着弥漫过来，灰白柔和的炊烟像纱像雾，把两个三岁的小黑孩子淹没在一片浑白之中。

波马的太阳就要沉没了。

木桥还没有腐朽。我拍着一根根粗糙的松木杆，下到河滩去查水文数据。其实用不着天天检查，埋在水池的测杆只不过是摆摆样子。天山的雨季还没有来呢，翻腾的河水这时候酷似一堆堆乱撞的碧玉。这不是大山洪，我想着，还是瞭了一眼。就在这时我看见了碎爷正在洗。我随手把测标上的数据写在记录夹上，然后踩着石头打算离开河滩。我看见碎爷的那一瞬好像意识到：我记录的时候只是顺手写了些什么，我可能写的并不是测杆上的数字。我只顾着向碎爷招呼：

"碎爷，洗洗么？"

碎爷慌忙站起身来。我看见他跟跄了一下，一只脚溅进雪花般的河水里。"莫慌！您老人家莫慌！"我忙喊着，埋怨自己碍了碎爷的事。

"娃娃们，我给捉回来啦。"我搭讪说。

"唔个碎娃哩。"老汉慨叹道。我听不懂碎爷的甘肃土话。我只是知道碎爷正在就着冰冷的雪山水"洗"呢。碎爷其实和他那宝贝孙子一样。碎娃子迷上了荒荒的天山，碎爷迷上了这股冲腾宣泄的雪水。

碎爷恭恭敬敬地站着，我看得出他是在等着我走。他的一只瘦骨嶙峋的脚动也不动地插在冰水里，碧绿的冰水冲旋而来，在那只脚杆上撞成粉粉的雪花。碎爷的脸庞是一张朴直诚实的脸庞，我从这张脸庞上看到了一丝警觉。我不敢再打搅了，于是我一下子跳上了岸。

"您忙吧，碎爷，我走啦。"我慌忙道着别，离开了河岸。

浓白的晚炊飘漾在河岸上。这里是波马，正对着天山大坂的山口，松树杆打成的木桥架在雪水河最窄的这个峭岸上，一条路从这桥上背着各奔前程，守桥的是两户人家——碎爷家住一间半地穴式的泥棚屋；巴僧阿爸家住一顶黑毡蒙成的三角形帐篷。这就是波马，天山最腹心处的小地方波马。在这里再也看不见别的人家，看不见一群牛羊。四方各有上千里的辽阔视野里，除了雪山、松林、山麓草原、冰融的河水、涌来的白云之外，什么也没有了。哦，还有我。但我只是每年夏季来监测一次水情，顺便检查一下桥架。我来的时候顺便住在这两家，可惜的是我听不懂他们的话。

我在巴僧阿爸门口的拴马桩前坐了下来。我舒了一口气，把记录好的水文观测本扔在草地上。巴僧阿爸褪下了两条袖管，像西藏人一样把它系在腰间。巴僧阿爸的赤膊上汗珠滚滚，一些硬腱子肉在赤裸又松弛的皮肤下游着跳着，像罩在薄薄铜皮下的一些小鱼。

"阿莫尔赛汗摆努？"

我用我会说的这么半句蒙语向他问好。巴僧阿爸立即兴致勃勃地回答了长长一串。我望着他那身铜皮般的干硬皮肤，我不能想象这身皱巴的铜皮真的是人的皮肤。在夕阳之中，巴僧阿爸起劲地用一把锉打磨着拴马桩，松木的呛鼻香味在空气中郁结不散。他锉着，磨着，可能是浮想联翩地用那柄锉在木桩上弄出一些奇怪的纹道。巴僧阿爸又用胳臂磨蹭那粗糙的纹道。他弯过手肘，吭吭地喘着粗气，肘部的皮肤里突出一个吓人的骨节头。他用小臂外侧嗤嗤地打磨锉过的木头。吭！吭！他倔强地喘着，那拴马桩渐渐呈现出一层黯淡油亮的光泽。

波马也渐渐凉爽了。

太阳又离西方天际的山影近了一分。

碎娃子咬着一块香脆的锅盔，嘴里咯吧咯吧地响着。他一边嚼着，一边挺着黑亮的肚皮走向帐篷，沾满泥巴的小雀雀翘着，一副神气相。

阿迪亚端着一只黄杨木碗，从帐篷里钻了出来。他的褴褛索索的小袍子在风里飘着，像一个破烂的披风。他很小心地捧着自己的木碗，但碗里热腾腾的牛奶还是不断溅洒出来。他扭动着小屁股朝前走去，嘴里咕噜不清地发出一些响声，不知是舔着奶皮子还是在发馋。

两个小黑孩各自挺着肚皮，站在傍晚的草地上，你啄一下我舔一下，互相吃着朋友的饮食。我伏在草地上看着他俩，看得津津有味。阿迪亚一块块从碎娃子手里掰下锅盔焦黄的硬边儿，填进嘴里细细地咀嚼。碎娃子探出细细的黑脖子，小口小口地喝着阿迪亚捧着的奶。就在这时炊烟散尽了，这边的帐篷和那边的泥屋都响起了清脆的锅勺碗盏的声音。

我抬起头来一看，碎爷晃晃悠悠地从河岸那儿走回来了。他朝我笑笑，也朝巴僧阿爸笑笑。巴僧老头也打磨够了他的拴马桩，满意地叉腰站着，铜皮般的皮肤上汗水滴滴。

要吃晚饭啦，我想。

两家人都在门口的草地上吃饭。碎娃子、阿迪亚和我三个人都左右乱抓地吃两家。巴僧阿爸和碎爷则端坐在各自的门口，默默地吃着自己的奶子泡"包尔撒克"和烤得焦脆的锅盔。我觉得两个老汉吃饭的姿势很相像，最相像的是他俩的嘴巴踏着一个拍子，同时同步地一嚼一嚼。有一块黑云朵，不，它又变成一条黑云丝，遮住了将沉的落日，四野里的山峦和草滩蓝蓝地黯淡了。原野和波马四外的世界都静悄悄地低伏在一派暗蓝的暮霭中，绵绵远去的天山峰峦伏隐了，变成一长排峥嵘的雕塑。远方特克斯河谷首先没入暗暗，那条荡漾的乳白色消失了。已经听不见松林梢头上掠响的那一丝锐烈悦耳的风了。

我知道碎爷隐瞒的事情。去年我捎来那张平反安抚的通知信时，碎爷仍然若无其事地摇摇头。"吾个事，吾个嘛，不，不。"他摇头时眼睛陷得很深，陷在眼凹里的一块阴影里。他安详得让人惊讶，他拂了拂身上的碎褂子，就慢腾腾地走向木桥。木桥那儿的河水正惊天动地地掀撞着雷一般的浪涛，大堆大堆的光滑绿冰急速滑下，在河石和桥桩上撞成粉碎的雪沫。他朝那桥走去，根本不理睬我手里的那块纸片。我拿着那块纸片不知所措。去年夏天波马下来了洪水,嚣天的狂涛猛冲猛撞地攻打木桥,在桥下面撞击起硝烟般的大团雪雾。碎爷该是甘肃的阿訇,五八年正念着经就被一根麻绳拴到了狱里。但是碎爷说他是青海人氏,甘肃那么好的地方他还没福气去浪一浪。碎爷该是住了三年狱,后来转成劳改时逃来新疆隐匿;但是碎爷说他是青海的金客子,淘金子追金脉,顺南疆的阿尔金山来到了北疆。我把那张纸片塞进他的泥屋里不管了,可是他把那纸片又抛进泛滥的河水里冲走了。碎爷吃锅盔已经显得牙齿不便,碎爷吃锅盔时用手掌在嘴边上捧着,把捧住的渣渣填进嘴里以后,碎爷总是闭紧嘴,再闭上眼皮,两腮一动一动地慢慢地嚼。碎爷闭上眼皮嚼着锅盔渣的时候,脸上千千万万的皱纹会舒展开来,舒展成一种幸福的表情。天山旷野的景色在那时悄悄围住碎爷,我在那时看见天山旷野的景色都渗着、混着变成了苍苍茫茫的一片。

碎爷搬过一只焦黄的大锅盔。碎爷把那只大锅盔摆在我面前,然后蹲下来。暮色愈来愈重,那轮落日正在黑云丝丝里潜行。碎爷用力搬牢那只白面锅盔,使劲一折把它掰成两个半圆扇。碎爷喘吁吁的,银胡须在他红红的脸膛上乱颤。碎爷又用力一折,再一折,锅盔整整齐齐地被掰成了四半。"哎,吾个,吃。"他朝我推着,烤熟的发面的香味扑鼻而来。"哎,吃。"他催促着。

我毫无办法。我知道我哪怕已经撑得半死也要再掰上吃。黄焦焦圆滚滚的一个大锅盔已经为我掰碎,掰碎的锅盔再不好存放了。碎爷根本不承认甘肃的那些事,碎爷根本不过问那张白纸上的事。我无可奈何地叹了口气,掂起一角香喷喷的锅盔。于是碎爷又回到他的老位置上盘腿坐好,细细地咀嚼起来。他用一只枯瘦的大手捧在嘴边,把洒落的渣渣填进嘴,以后,我看见他闭上眼,脸上就浮现出一种幸福的表情。

巴僧阿爸靠着他的三角黑包,一碗棕色的奶茶摆在他脚边。他看见我瞥见他时,就咧嘴露出一个憨憨的笑容。他笑的时候,眼睛就眯成了细细一条缝。巴僧阿爸放心大胆地敞胸露乳,古铜皮似的皮肤下浮出一个被奶茶灌得圆鼓鼓的肚子。黯淡的、已经像水一样柔和的阳光抹在巴僧阿爸的鼓肚皮上,我觉得我像是看见了一只铜鼓,看见了一只年深岁久、已经生锈的骑士的铜兜鍪。

波马是巴僧阿爸土生土长的故乡。我估计巴僧阿爸大概从来没离开过波马。我为自己学不会他们厄鲁特人的话而讨厌自己,因为巴僧阿爸会讲哈萨克语、维吾尔语、柯尔克孜语,但就是不会讲倒霉的汉话。巴僧阿爸这一生打猎放牧伐木作战什么都干过,但是没有离开过波马。我望着波马迷人的晚色,我心里满是理解的心情。当然不能离开,这样的地方,像波马这样的地方,一旦找到了,谁会舍得离开呢。

巴僧阿爸又把我面前的大碗斟满。天山里的厄鲁特人也像哈萨克人一样用大碗喝奶茶。奶茶又烫又咸,在我浑身的血管中驱赶着劳累。我喝得满头大汗。我望望巴僧阿爸,巴僧阿爸也喝得汗流浃背。他望着我开心地咧开嘴笑了,笑得古铜色的脸上眯出了两条细缝。巴僧家有一头乳牛,有一条黑狗,但是没有马,只有拴马桩。巴僧阿爸对他的那根拴马桩充满感情,无论任何时候,只要他走过那根刻着图案花纹的木桩,他都要慨叹般抚摸它一下。"奥,奥,塔奥呀。"阿爸用手指着我面前的大海碗。我知道这话的意思准是："喝，喝，你喝呀。"我捧起碗，咕嘟嘟地长饮一气，又咬了一口香喷喷的锅盔。嘿，我心里怪好笑地想，大胖子和摔跤的壮汉就是这样诞生的。两个老人夹着你逼你吃，吃饱了还要逼你吃，怎么能不吃成胖子呢。

巴僧阿爸醉了一般，摇晃着站了起来，又摇晃着走了过来。我想欠身接过他手里的大茶壶时，他朝我做了个恐吓的手势。我半跪着身，看着巴僧阿爸又把我的海碗斟满，我下决心吃炸了肚子也要陪他们吃到底了。

巴僧阿爸顺手搂住那棵打磨得又滑又亮的雕花木桩。笨拙又温柔地抚着木桩头上的花纹，像只大棕熊在抚摸自己的熊娃一样。是啊，没有马，我同情地想。我企图从那根光滑的雕花木桩子中看见一匹漂亮的骏马。可是我没有看见。也许阿爸看见啦，我想。正在这时突然有一抹红色显现在那根雕花木桩上。我吃惊地一抬头，看见了——波马的日落。

天地间万物都镀上了一片金红。

波马的太阳正在鲜艳的红霞中沉没。

碎娃子惊奇地停止了玩耍。他撅着黑亮的光屁股，向前迈了一步，浴进了那红艳得难以相信的霞光里。镀红的草地上挺着肚皮站着一个赤裸的婴孩。这婴孩浑身火红，头顶上那小白帽子像是一块燃着火苗的旗。

阿迪亚发出一声欢叫，他拽拽一身褴褛的红布条，赤红的小脚丫踩着燃红的草地，无声无息地走向他的伙伴。长风从远方、从夕阳庄严沉没的天际直直吹来，阿迪亚身上的火焰抖闪着，时明时暗地变幻着。

波马刹那间陌生了。我认识的那个天山腹地里的波马不是这样。我突然觉得恐怖。我紧张地环顾四周，只见峻峭的冰峰变成了熔红的剑，山峦变成了蔓延的火，草原变成了鲜红波涌的一片大海。我又觉得欢欣，觉得我的这双眼睛正注视着一个庄严辉煌的什么。我静静地坐了起来，双手搂紧自己的膝盖。我的心里似乎也流进了那燃烧的红霞，它此刻正在我的胸腔里烧得凶猛。一天难道就是这样结束么？草原变幻的大画，巡视着草原和天山的太阳，还有生机勃勃的万物，难道就是这样终止么？

在一片红彤的天山心腹的中心，两家人和一座桥组成的波马在这一刻间燃烧起来。半埋在草滩里的那间歪斜的泥糊屋像是一只烧炽了的红岩。尖尖翘着的那顶三角毡帐篷变成了一柄火苗蹿起的火伞。河床里奔走着浓红的熔浆，松木桥像烧掉了妆饰的灼灼钢骨。两个三岁的孩子惊奇地站住了，舒服欣喜地伸展着他们纤细的挂着霞火的手臂，像两块烧得发红的石块，像两只误入了火海的旱獭。两位长者凝视屏息地坐着，倚着他们各自的家。我猜他们一定也和我一样感到五脏六腑都在燃烧熔化，因为他们的前胸上也鲜艳地镀着金红的霞焰。这是人间么？我激动得痛苦难忍。这是今世么？我觉得我简直发疯般盯着望着这一切，好像我要用眼睛吞掉这瞬间出现的陌生波马。它马上就会消失的，我难过地想。

红醉的残日已经完全沉没了。

巴僧阿爸突然引吭高歌。阿爸唱歌的姿势很有意思。他盘定双腿坐在自家的黑三角包前，双手按膝，身子却前俯后仰地剧烈地大摇大晃。他时而低头，时而下巴朝天，嘶哑辽远地唱起了一支长调。

"阿莫尔……扎那……嗨依哟嚍依……"巴僧阿爸的这支歌我不知听了多少遍。但我只是在波马听了这么多遍。古歌《阿莫尔扎那》是厄鲁特人的英雄颂，也是公认的反叛之歌。在伊犁、在乌苏、在乌鲁木齐，我从未听到任何一个人敢唱这支歌子——然而这里是波马。巴僧阿爸不读报，巴僧阿爸不理睬外面对他这位不沾亲的远祖的闲话，巴僧阿爸在波马唱什么也没有人管。这首歌我听得太熟了，所以我已经懂了几句：

阿莫尔……扎那……嗨依哟……
命里平安的……英雄……嚍依……

巴僧阿爸唱得如痴如醉，半个天空中燃遍的红光被他的久久拖着的长腔渐渐送走。巴僧阿爸端坐着，撑着双膝的两只手上又渐渐恢复着古铜色。歌声又尖又粗，又细又厚，在红霞收褪着的晴空上激烈地起伏飞翔。我看见阿爸凝视着那夕照美景的一对眼睛里，隐约闪露着一种沉重的忧伤。美丽的红霞就要消失啦，我想，它真的只出现了一瞬间就要消失啦。巴僧阿爸，用颂歌送别了天空中的烈火。他看着红霞褪去的时候，一定想到了阿莫尔扎那的命运，也许还想到了自己生命的垂暮。我心里突然一怔，感到我这次可没有白来一趟，我在波马看到了一个终止。

这时有一阵音乐不易察觉地浮现了。它缓缓如诉说，沙哑又动人，重负和悲愤中流行着一股——我仔细地听着——希望和祈念。一泻千里的雪山冰河陡然肃穆了；最后的、黑暗来临之前的青色的明亮中突然呈现出一派神圣。草潮开始激动地摇曳，流水又恢复了轰鸣，我觉得猝不及防，我差点流出泪水。

碎爷开始了礼拜。

碎爷长跪在黄泥糊抹的泥巴屋前，嘴唇颤抖着正在诵经。他那枯瘦的沟壑密布的脸膛上，那紧张地凝聚着的诚挚、苦难、渴求的神情简直摧人肺腑。碎爷滔滔地低声倾诉着，那奇妙的话语出口迎风，倏忽化成音乐向长空飞去。碎爷也老啦，我望着那束飘颤的银须想，碎爷也像巴僧阿爸一样，面对着自己的暮日。可是碎爷心里盛着一个海，碎爷有他深藏不露的惊天动地的阅历。无论是造反举义、背井离乡、冤狱折磨，碎爷一概不谈不论。碎爷在长流水里沐浴，在洁净的波马举礼，碎爷用不着一张白纸片证明自己，碎爷有一颗打不垮的心。

这是一天中的最后一刻了。

波马要在焰霞洗过的青空中终止这一天。

碎娃子和阿迪亚手拉着手，在露珠挂满的草地上玩耍。我们这些大人没有事情，都蛮有兴致地看着他俩。阿迪亚披一身褴褛，一甩一甩地迈着大步，像个没有上马的小骑手。碎娃子仍然全身精赤，撅着小小的黑屁股蛋，头上的小白帽在微明中骄傲地闪亮。

他俩突然争吵起来，争得激烈而凶狠。牙牙学语的厄鲁特蒙语和甘肃土话谁也听不懂。我猜他俩都说不准一句自家的语言，可是他俩却不觉得别扭。巴僧阿爸摇摇头笑了，碎爷也摇摇头笑了，两位老人相对看了一眼，又摇摇头。我知道两家人互相不通语言，阿迪亚和碎娃子是两家交流的纽带。

两个三岁小孩又突然和好了，狂笑着搂作一团，在明亮的草滩上抱着打滚，空旷无际的波马传响着他俩铃一般的欢笑声。两位老人坐在自家的毡包和泥屋前，看得入了迷。

只有我静静地躺在两家之间的草地上，心里久久涌荡着难言的激动。这是我在波马度过的一个傍晚；波马在我这双还年轻的眼睛里，辉煌地终止了它的这一天。我静静地躺着，舍不得离开还带着体温的大地草原。我不再去遐想，我只是让身体吮吸着这徐徐传来的温暖，等待着波马的残昼一丝丝地从我身边抽尽。

1986 年 5 月

公社的青史

1

手头的这本小书，不是出版物，只是印刷品。它是由公社、即现在的苏木机关，土气十足又充满事业感地印制的。书题严谨：《道特淖尔苏木史志》。虽然若把它插入书架它会沦为最寒伧的一本，无人识，无人翻，在架上孤单可怜，但若是要对它细读推敲，倒可以说，它是一本翔实地道的社会学小小著作。

插队时曾爱不释手地读过一本《怎样经营牧业——给牧民们的一些建议》（蒙古人民共和国科学院编，乌兰巴托，1958年版），这回得到的这一本，又使我在离开蒙古多年以后忍不住时时摩挲。

它俩和大部头们不一样，不是有了教授头衔就能读的东西。

不仅由于它们是异族语文；重要的是它们要求读者调动私人体验。是则读得生动快活，否则那将枯燥无比。

我有个不定期地淘汰不读的存书的习惯，目的是为了更妥善地保存特殊的好书。蒙古科学院那本已经藏了三十年，这一本是1996年在乌珠穆沁，蒙古哥哥送我的。那时喜欢那一本的原因，是因为书里讲的都是我每天正度着的游牧日子；此时捧读这一本，是因为它正式地追述、记录和确认了一方草原——那块地方，不仅封存着我们的旧日情义、还催促我们去继续探讨新知。

2

书的分节很细。立目特别而有趣；有地理概要、牧业经济、文化教育、名人录、庙宇及历史、旧时的富人、新老角斗士……等等，恰如麻雀，五脏俱全。

读这种书时，人好像立即脱掉了知识分子身份。我翻开书页，视野里出现了蒙古兄长的读书姿态——他自言自语般地，一字一字地独自沉浸在一种境界。不是读，是在享受。时而他欣赏地喷喷有声，时而不屑地撇着嘴角。更多的神情是参加的兴奋；好像这书干系着他五十年的牧人经历，他按捺不住要表达意见。

我也学着他，一开卷就仿佛回归成了牧民。

在下意识中我沿袭着旧日的习气，先读马，再找人，后翻历史，末了才瞧瞧沿革概况。于是我们这些牧民读者就满意地发现了：在这本小书里，骏马被专辟一节记载。

人么倒是可以适当忽略,要让那些伟大的马儿青史留名——这出于一种古老的公正。一读我不禁高兴起来:此书一共著录了十二匹骏马,居然有四匹为我所知。确切地说,是马的主人为我熟知。他们大都是当年的牧主子弟,三个人有两个和我一块打过井。显然——在动荡结束后的八十年代,他们一直在努力弄好马的事。这使我不禁深思;在古老的游牧文明传统中,拥有骏马,其实是一种社会地位的象征。至于"白音塔拉黑马",我此刻闭上眼,就能浮想起那匹马的身架。它是一匹勾背的怪马,虽然善奔,但是脊骨如刀。一场赛马结束,骑它的小孩便满屁股流血。书中说:

"白音塔拉黑马于1972年道特淖尔苏木的祭典中获第一。1973年于东乌珠穆沁旗大典中获第五。"

当年——它没有记载更重要的1971年,那一年是"蒙古之春",多年的坚冰解冻,第一次旧式的传统祭典(它叫作 nair,而非通俗的那达慕)在我们公社(那时也没有改称苏木)召开。那个夏天丰饶而平和,我正和一群孩子忙碌在游牧小学的毡包里。不动声色之间,一个消息在随风传播着:要开 nair 啦……

如清明前后的第一股暖风,如一个新时代的试探;我至今牢记着那时牧民们的眼神,以及那时弥漫的气氛。只是,黑马的脊背确实硌屁股,我听见过小学的孩子们议论它,也因此知道了白音塔拉黑马。后来,十五岁的学生查干巴依拉骑它,在那次历史性的赛会上夺得第三名。书没有记录那一次,显然编者过多看重了锦标。或许该顺便批评书的编纂者,他们在"文化教育"章里,居然对七十年代的民办教育只字未提。那是教育史上的大事；几个牧业队都出现了亘古以来最初的小学，儿童在那时背会了蒙文的"白头"字母表。我正是那时的民办教师，所以心里忿忿——我觉得即便在小小的公社，人的脑瓜里也多是正统主义。

3

我大概没有在别的哪本书里，对这个栏目哪怕瞄过一眼：党政组织历史。但是这一本，却被我读得津津有味。因为不仅里面有不少熟人，还有我离开草原那年的书记罗布桑金巴。他是一个友善的长者，特别和我还有过一点友谊。我一直想念他，可惜他早早逝去了。查了一下，果然：

1971年3月选出了公社党委。
书记：罗布桑金巴（1971，3 - 1973，7）。

"著名人物"章里，选了我们大队两人。
特别是我的学生巴的父亲，最后以酗酒方式辞世的查布干齐获得了牧民式的殊荣：以"套马手"的名义入选。

著名套马手查布干齐，是道特淖尔苏木汗敖包嘎查的资深牧民。
其父名朋斯格；……乌梁海姓氏之家。十七岁为富户牧马，曾把汗乌拉十岁的儿马摔翻。……曾与乃门同行，乃门骑着一匹名"鼻子萨勒"的马,问道:"你若是真的是这么有名的套马手,来把我的这马摔倒一下。"查布干齐答:"我把你那马的细脖子不套,我套在顶鬃上再拉吧。"于是乃门摘了鼻子萨勒的鞍子,撒开它。查布干齐在顶鬃上甩竿,猛一拉,马竿的梢头断了。

书里讲了他一个小故事。其实,我知道的这位套马手的故事也不少。此外他那阿尔巴尼亚美男子的形象,曾使我费劲地猜想过许久。小册子透露给我一个重要信息:居然有根子远在阿勒泰山脉的乌梁海人!这使我更明白了乌珠穆沁构成的复杂。

居然还有这样的一章:"旧时的富人们"。可能设置这样的章节,是为了列举那些旧日富人的畜群数,使今日读者知道他们是多么冤屈——他们曾因这个数字被打入地狱底层;而今天畜群达到这个数字的人家,政府奖赏一个小康户铜牌。我读得心情沉重,都是认识的人。但当年我们什么都不了解,包括这些数字:

阿西尼麻,西部乌珠穆沁旗代钦淖尔苏木所属乌梁海姓氏孟克之子。1958年拥有牲畜1365头。宝力嘎,孛儿只斤姓氏,1958年合作化时有畜1014头。旺钦,1958年全部牲畜643头。……

读了才知道,首富名叫哈拉夫(此名意为黑孩子,正与红孩子乌兰夫相对),他曾拥有畜群2930头。其中马群88匹、牛178头、绵羊2033只、山羊631只——无疑他被划成最大的牧主,只是不知道他是哪个大队的。

这样,读着"名人录"或者"旧时富人",还会发现一些以前根本不懂的事情，比如姓氏。一般说来，蒙古草原所谓的姓氏指的是部族，它们往往源于传说，可以上溯到十三世纪。只是在我们插队的时候，牧民们对此讳莫如深。

如今换了人间，人们开始炫耀出身的高贵。听说我插包的家，也是"孛儿只斤"姓氏。哥哥骄傲地对我说，我们是成吉思汗的同族！……孛儿只斤，Boljigin，这是一个我早在读《元朝秘史》的学生时代就熟悉的姓氏。若是它果真与我插队的家庭有关，当然令人兴奋；但是我想还是需要认真考证一下——考证将是很费事的。

看见我津津有味的样子，有人说：你也该入选，去找苏木说，你也该选进去。我说：滚，少恶心我！他不懂，我不仅在享受着一种——草原上的晚辈面对古代以及民族长老的感觉；而且我还保留着对游牧民族的历史记忆方式的崇敬。这是神圣的事情。他们不懂我也解释不清：被一个游牧社会认可，是怎样一件难事。

这是对许多旧事的结论和评价。它将迎接漫长的咀嚼般的议论。著录于这本小册子以后，那些牧人和那些往事，似乎就获得了某种价值确认。草原上印书毕竟是罕见的事，小册子似乎就是一种历史定论。不过，也不一定。这本小册子也开了一个著述和评点的头。也许，已经有更好的公社史、更细微的苏木志正在酝酿之中；也许也会有一种腐蚀，从此肇端。我还读出了一种别的东西。何止民办小学，全书居然没有提及知识青年。为什么呢，既然人口统计笔笔清楚，而他们千真万确曾是公社社员。或者也可以说，知识青年全数溜了，也和来来往往的盲流差不多所以不用特别著录。我猜，回避全部"文化革命"的题目，一定是编者的原则。没有人议论这一点，我也慢慢觉得挺合适。

4

有些资料,过去好像没人知道也没人打听。我一直无从得到。比如我们今称苏木的公社概况:

道特淖尔苏木是在1455平方公里草原上的4个牧业嘎查组成的纯牧业苏木。据1995年的统计,共有蒙古、汉、满洲3个民族的505户、2437人。其中牧民户336户,牧民人口1732人,占总人口数的71%;而蒙古族人口,占总人口的70.07%。

如今读着这些资料,只觉活到老学到老的真理那么真切。它可以纠正以前长期的、哪怕数十年保留的错误印象。我一直以为,这里已经是草地奥深的奥深,难道蒙古族比例还不占个95%以上么?其实不然。误解是因为眼中过于强烈地留下了乡下牧区的印象,而忽视了其实我们也很熟悉的,星点散落的小集镇。

这是一个自给自足与对外依赖——两者同样夺人眼目的文化。从很久远的古代起,这两种特点就非常显著。不小心,会在感觉中发生误差。由于绝对的交流贸易需要;由于自古以来的皮、铁、毡、银等手工业对纯粹牧业的补充功能,外来户,早就一直在默不作声但源源不断地流向草地。

读着这个数字我明白了忆起的歪斜泥屋,忆起了新庙,那个神秘的小镇。游牧世界的最奥深处,民族的构成,其实就是生活所需的方方面面的构成。形象地说,它就是行帮与匠人。也许正因为乌珠穆沁的游牧性过于纯粹，所以才需要移民来补充它的单薄造成的物质和技术困难。

但民族人口的三七开比例，毕竟是一个使人吃惊的数字。若用它比较其他民族区、比如对比河州某县或新疆南疆的某县的人口构成（缺乏论文灵感的教授们不妨一试）；我猜一定会有许多本质的发现。

随便可以再举若干方面的例子。比如，灾害记录的数字也很宝贵：

自1972至1995年共23年里，本苏木牲畜头数曾有3次下降，3次创历史纪录。

第一次为1977年的"铁灾"；共减少了34371头牲畜，占总数之51.15%。

第二次为1986年的灾害，减少16268头牲畜，占总数20.24%。

第三次为1992年的灾害，减少3088头牲畜，占总数3.06%。

著名的铁灾的教益是，现实重温着比如回鹘西迁的历史。它教育道：游牧经济是一种脆弱的经济。若遭遇灭顶的灾难，它的崩溃并不是不可能的。1977年仅仅是雪，就消灭了它全部财富和生活用品的一半。此外，近年来愈见频繁的小灾小害还不见记录。表格数字在教育着牧民：风调雨顺的古代已成过去，从此大小的黑白灾，将是日子的一部分。不要再幻想了，只有青贮饲料、保暖棚圈，尤其是吃苦的劳作，才能从灾害中保护和挽救自己。

5

　　基本生产资料，牲畜的数字也值得一记。1995年全公社的牲畜总存栏数，是12万8千余头。不知调查数字是否准确；小册子说它是历史记录，我想它没准是一种顶点。如今都说，一再扩大牲畜数量并非好办法，草原载畜量是有限的。我记下这个数字，以后可供比较。当然，这数字很正式，羊马牛驼山羊各各精确到个位数——包括18头毛驴。

　　遗憾的是，我们插队时，正是大势已去的年代。整个公社从1968年的149021头，跌至1972年时，锐减到60275头。牲畜减少了一半多。读着心里不仅懊丧，而且真的觉得凄凉。

　　不过，与全公社的锐减相对，我们汗乌拉大队（今称嘎查）从我插队到离开五个年头的统计数字，却透露着当年曾有过特别的努力——这努力，我对它记得丝丝清晰。即便在同一片草原上，其他公社大队的外人也很难想象，那是一种近乎绝望的努力。其中的"苦"已随风而去。由于它，那是我们几乎拼命的挽救，汗乌拉的牲畜数没有在表格上滑跌。它是大体稳定的，如下列的几行：

1968年：15660头

1969年：不详

1970年：13301头

1971年：13470头

1972年：13258头

然而我们走后，物换星移到了1995年，令人艳羡也使人伤感地，汗乌拉牲畜的总头数几乎快翻了近三倍：37374头！……若翻开重回草原的笔记，我自己还记载了近两年的、更细致的数字。那么，我们当年的挖井修圈确实是徒劳么？或者更惨，我们的努力不过淹没在了一场悲剧之中么？

近几年我常回插队的草原的家。当太阳沉入乔布格一线山影，我与蒙古哥哥常去散步，顺便赶一只掉队的羊羔。在那种傍晚的平静漫谈中，这个话题一再地被我俩提起。他说："不！那时……现在……又有什么办法！……"

我们不愿继续扯下去。也许此刻还是感受的时候，用不着给出历史结论。

6

如今在我国这印刷术的故乡，有三个搅作一团的概念：出版物、印刷品、书。我的这一本不知算不算出版物；但可以肯定它不仅是印刷品、而且是一本书。它无疑是好书，虽然没有从大招牌的出版社印出来。

如今的我蒙文已经很差。但我忍不住还是常常拿起它，一点点地慢读。好在它的内容不是什么悬念情节，每段每小节都自有头尾。这不是一本一次就要读完的书。读得多了，多次读得入神，我不禁觉得：这小书大有价值。它虽不起眼，可能被人蔑视为印刷品；但比起科学院和各色大学的那些兑水货、那些十年规划五个项目——要扎实和有趣得多。

空闲时我常取过它来浏览，不久就陷入一种享受。不像读书，这是再入自己参与过的世界、追逐自己经历过的往事。无论觉得有趣、悟懂，或是痛苦，反正我已爱不释手。一节读罢时的心境，一直能连接着六十年代的风云——那时的惊喜感慨，真是难以形容。

若是全面地逐章漫谈，还可以扯出很多题目。这一篇只能写得非常简略了，我没雄心写一本游牧社会学。那种事太装模作样，一想到自己斜歪在草地上给牧民念社会学，就忍不住先领头打起哈欠来。

有一句话叫作"永垂青史"。同时蒙古也有一部书，叫做《Guhe sodor》，"青色的经典"，意思就是"青史"。在那印刷术几乎被禁的年代，我们聊天时，提起憧憬中的《Guhe sodor》，谁吹牛道："嘿，历史，叫青色的血管！名字多棒！……"浑然不知自己把 sodor 当成了 sodel，把"经"当成了"筋"。

如今，向往的青史普及到乡里了。一想到自己当年插队的公社（我不习惯用新称呼"苏木"，因为那时的口头禅总是"我们公社"），居然有了自己的第一本简史或简志，心里就升起一种罕见的异样感觉。是所谓读书的快感么？不知道。反正读着滋味新鲜。

2001 年 11 月—2002 年 2 月

（引文均为作者自蒙文译出）

二十八年的额吉

额吉去世的消息，是偶然听到的。我们去找一个来北京看病的牧民，找到昌平农村的一家小旅馆。问好笑闹着，我顺口问候额吉，可是话出口时，我把"额吉她好么"问成了"她还在么"，话出口时我觉得自己脸色变了。在他谨慎地讲出来以前，第一眼看见他的神情，我就明白了。像一口气被突然憋住了一样，直至午夜回到家里。

在桌旁坐下，心里空空的。去年冬天我居然毫无感觉。窗外洞黑，一股难忍的愤怒席卷了我。我望着黑夜，遥远的草原猛地逼近眼前。

我不能再耽误，我已经使她失望。像又被抽去了一根骨头，单薄的感觉那么清晰。

十几天后，我到达了乌珠穆沁。

绿海般的大草原依旧荡漾起伏。像是抚慰，二十八年，我凝视着想道。这个数字也叫人吃惊,已是与她结识的第二十八个年头。

就这样,不可思议的心又倾斜了回来。次年夏天,我带着孩子,又千里迢迢奔赴那座拥挤的破毡包,住了一阵。嫂子抢在前面,挡住了我的教法。她要求孩子喊她"额吉"。一时我有异样的感觉:在我的失了准头的眼里,嫂子永远只是额吉的儿媳,也永远只是个少妇。

这些年岁月轮回得飞快,转眼一年,又是一年,二十八年在眨眼工夫里变成了三十年。

我不仅应该承认嫂子的意识,而且必须承认算术:我已经和当年的额吉同龄。那么还要追忆么,在这无情的时代,在这干旱的旧日营盘?

1

我好像写过,我写你写得手都酸了心都累了;我好像狂妄地说过,我要把额吉这个词输进汉语。但是我并没有听到过你的回答。相反,我却不止一次地听到过一种追问,它在问出之前已经带着挑衅的怀疑。

它没有从我的笔下读出照例该有的刺激,没有发现应该丑恶的现实。我则经常勃然大怒,记不清多少次驱逐过来客,多少次出口伤人。是我写得太甜么,是我在我的草原写作中美化么,我不愿纠缠学术的或敌意的追问。

因为缠绕我的是一个更潜在的问题,关于发言者资格的问题,

我与额吉

关于文化的声音和主人的问题。

追问是一种不好的毛病,由于它的轻佻。

不必回顾早期那些中学生作文了,至少从《黑骏马》的写作开始,我警觉到自己的纸笔之外,还存在着一种严峻的禁忌。我不是蒙古人,这是一个血统的缘起。我是一个被蒙古游牧文明改造了的人,这是一个力量的缘起。

在那时,人们都还只是用四百字或五百字的稿纸的时候,我就总是一边写着一边看见她——那个乌珠穆沁老妇的沉默形象。我早写过,我家额吉是位饱经沧桑的女性,她一生对外界缄默着,我继承了她对这可怕世间的不信任。

笔虽然年轻却撞上了巨大的命题。我虽然一气写去,心里却咀嚼着带回城里的那沉默形象。喊她额吉,是风俗也是历史,但更是浪漫和愿望。我和阿洛华哥毕竟不一样,这使人多少伤感,但它是事实。

从来文化之中就有一种闯入者。这种人会向两极分化。一些或者严谨地或者狂妄地以代言人自居;他们解释着概括着,要不就吮吸着榨取着沉默的文明乳房,在发达的外界功成名就。

另一种人大多不为世间知晓,他们大都皈依了或者遵从了沉默的法则。他们在爱得至深的同时也尝到了浓烈的苦味。不仅在双语的边界上,他们在分裂的立场上痛苦。

血统就是发言权么?即便有了血统就可以无忌地发言么?

我们即便不是闯入者,也是被掷入者;是被六十年代的时代狂潮卷裹掷抛到千里草原的一群青少年。至于我则早在插队一年以前,就闯入到阿巴哈纳尔旗,品尝过异域的美味。

额吉和我的关系并非偶然形成。但我毕竟不是她的亲生儿子，我不愿僭越。

那时流畅地写着，而心里却时轻时重地抱着这个矛盾。人群和人群，社会和社会，早有更基本的交流，不过有时天然，有时残酷。牧民，追逐水草放牧五畜的人，过去只是对彼岸的茶叶、绸缎，今天是对风力发电机和廉价吉普车感兴趣。

他们说过要和这隔膜的世界做细微的交流么，用异样的语言，用制作的文学？

额吉一生的遭遇，已经被我在心里完成了一个勾勒。旧时代的那一部分，我至今在体味和探究。新社会的半部，我曾与她若即若离地分担承受。

她如一棵草，是个自然的女人，前半生饱尝的都是家庭不幸，生存和养育的艰难；后半生承受的多是政治的胁迫，不过是没有太悲惨，厄运和幸运夹杂。

我确信突破了一个无形界限的人，同时可能突破血统的隔膜。但是，你难道跨越了关口？你具备代她发言的资格吗？

我不知道。尽管写了半生，我并没有找到结论。审判要你来做出，额吉。我只是约束了文章也约束了自己。

我只是感到：代言的方式，永远是危险的。听见对我的草原小说的过分夸奖时，我的心头常掠过不安，我害怕——我加入的是一种漫长的侵略和压迫。

青草浓密。这里是我放牧的第一个营盘，位于乔布格盆地一片草原的西北角。如今已经不再是合作化时代，瞧，连我的文字都把地理范围缩小到自家牧场。我已经觉得汗乌拉草原的概念太宽阔,开口闭口总是自家的草场。

巧合的是,分草场时我家得到的乔布格,是一九六八年秋天我住进牧民家庭的、我的第一个营地。记忆阵阵醒来。右手是奥由特,左边是乌兰陶勒盖,当中有清澈的水井,和一条狭窄的硝土碱草。一切都和与你相逢的那年一样。

额吉,如今我形单影只,独自立马站在这里。我看见你的灵魂徘徊飘荡,在乔布格,在你曾经望着我上马下马的旧营盘上。

2

传话的人说,她死在冬天。那个冬天我在云南的村寨里。那两年我总是在夏季去北方,入冬则一意惦着南国。六盘路上满是路障,我在它的周边绕来绕去,伺机一头闯入。我冷冷在外围转着,这个外围,几乎有半个中国之大。

连年在云南,有冬日明丽的太阳,有丰富的百拉提月份[1]的生活。我已经沉吟着,狠狠地凝视着那座瘦窄的大山好几年了,我确实忘记了极北草地的隆冬,忘记了燃料、白毛风、畜群和枯草;也忘记了我的蒙古母亲。

我不知是否该责备自己:偏偏在那个冬天里我没有想到她。可是,即便得到了消息,我能在冰天雪地的冬天,找到御寒的皮袍、

---

[1] 百拉提月:指伊斯兰教历的八月,在这个月里,家家念诵忏悔词,准备即将到来的斋月。

穿越雪封的坝上、熬过零下三十多度的夜路,到达乌珠穆沁并且抵达我们的冬窝子么?

现在我才来,确实更多是为了自己。我有那么多的话堵噎在心,不倾倒干净我会病倒。额吉,我要到你的荫下休息和医治。

时代使得语言呈现得奇特。我向额吉和阿洛华哥的求学,大致限定在纯粹游牧的生活方式之内。口语,偏狭而急速地发育着,只向着游牧生活的范畴倾斜。

一方面,我和牧民们之间已经细致入微地谈论草场、膘情、春雪和冬雪,谈论成千的羊群和单独的一只羊羔,更谈及社会的各支血系和家族、某人的底细以至秘事;但是我没有学会一个考古、证券,哪怕关于楼房的词儿。

现在流行的词是"话语、语境"。在当年的额吉与我之间,不仅一切交流都在最严峻的语境下进行,而且,也许我们使用的也是一套非常微妙的话语。我们夜夜的曼声细语并非全无忌讳;它们既在政治威胁的限制之下,又在古老禁忌的规矩之中。它是相当全面的蒙古语,但又没有金融宗教物理摩登,好像根本就不存在那些语目。

今天我半学究地发现:语言其实可以在基本语汇里发达。在前六十年代的草原,除了强加于草原的开会、语录、批修之外,朴素的基本语,支撑了整个牧区的社会和生活。

可是,若想谈些复杂的事呢?

亘古不变的石碴子敖包山下,新庙如今才真的彩画一新。一座可能真是镏金的黄灿灿的庙顶,在敖包鸟瞰下静静地闪烁。当年我多是采用转述办法,表达自己不会说的话。算算又是离开了十多年,我又经历了很多事情。

为了畅谈个痛快,行前我甚至新学了一批词汇。我特别想给他们讲讲我所谓的"戴白帽子的民族",我甚至联想到额吉倾听时的警觉眼神。

但是她已经"不在"了。蒙语对逝世一事也用回避的表达。"死"这个词忌讳出口,用"不在"说出来,更加语感沉重。用这样的语言谈着额吉,我和阿洛华哥都有些受不了,我们小心地选择着,尽量谈得简单和概括。

若是环境再好一些,我会对着她安息的山谷,念几节悼念的经文。可是我觉得那也许是强加于人,所以一直犹豫着没有提出要求。

我走了一趟新庙,但是没有缴纳布施,回来后又觉得后悔。

哥哥并非孤陋寡闻。我感觉得出,他在捉摸我的变化,他听得谨慎而专心。他无疑在用我的过去分析着我的现在。

我讲他听,他似乎知道一切都不是戏耍,甚至我觉得他把事情看得很透。

一天早上,我醒来听他说,刚刚去背后的山顶祭了敖包下来。我有些不高兴。他说自己没有办法去北边正举行的敖包会,孩子已经去了。看来,他掩饰了前几天的焦躁。孩子去了还不够么,他说,我说的是乔布格这里。总之他就自己带上奶豆腐,祭了乔布格的敖包。

奶豆腐摆在南边吗?我问。他说是。走着上去的?骑那匹黑马。祭的时候人要跪吗?他说当然跪。他觉察到我的不快,解释说:

1981年我的额吉

以前额吉的父亲,我们的吉林宝力格的老父亲说过,要记住祭这个敖包。所以,我就在今天早晨,在天刚蒙蒙亮的时候,上去祭了。

我发现,他是在对我介绍自己。我突然明白了:在这漫长的世事沧桑过程里,不仅是我,还有他,一个最普通的蒙古牧民——我们都变了。我不再怨恨他没带上我,我意识到他的做法中内藏的严肃。用另一种文化来解释的话,他还在服丧。在和艾洛华哥对坐的那个早晨,我切肤地感到额吉尚未走远。

那么,就像一九八一年、额吉的六十本命年我从北京赶来一样,这次我仍然算是来对了。不知是因为把敖包祭了,还是因为对难缠的我讲过了,哥哥又松弛下来。

望着他,我暗自想,人人都有一颗负重的心,而且最终都把这颗心托付给了冥冥之中的存在。

还不仅这么多。我对这样的简朴仪礼感到向往。它像一滴血溶在日子的水里,几乎只剩下一丝的举念和随意的形式。在蒙古草原不尽涌来的启发中,我总是不知所措。在这座不起眼的灰旧毡包里,我曾看见过一个古老的社会模式,一种人,现在又看见了一种深有意味的信仰。

或许额吉于我更是一种象征;但我也并没有直露它的含意。我从来就没打算给世间提供消遣。我不会把从她那儿获得的知识尤其是秘密,猴急地签名叫卖。

她使我在这片草地上,在乔布格和汗乌拉,模糊地悟到了禁忌,嗅到了神秘。她只是不知道后来我在西海固,把这一切实践得淋漓尽致。

我家有过一匹黑马,那是阿洛华哥的坐骑。它确实给过我很

来到天安门的额吉和哥哥

深的影响,但它并不是额吉养活的。[2]额吉倒是喂活过一匹马驹子。那是在一个春天的毁灭之后。夜里突然刮起了白毛风,大队的马群冲进雨雪交加的泰莱姆湖,一层层地摔倒,一层层堆了起来,冻死在泥泞的水里。早晨包门外面,立着一匹死了母亲的小黄马,额吉把它领回来,用奶瓶喂活了它。

如今小黄驹子长大了。我走到水井旁边,看见黄儿马[3]领着一群骒马,慢慢踱来饮水。正是傍晚时分,曝烤的毒阳终于黯淡了。空气凉爽,我随着阿洛华哥,徒步向乔布格的方圆四方散步。他讲了一些额吉临终前的情况,我默默地听,知道额吉临终结束得很快,没有太多折磨。

漫长的、情义的体验呵,你使我复杂了。

3

幸亏我把她和艾洛华哥硬逼着,来了一趟北京。这么想不知对不对,我似乎认为,那也许多少可以算是一个报答。她毕竟玩了一趟北京;若是没有这么一个小小的报答,今天我实在无地自容。

那件事漫漶迷朦,记不起细末。于是想起额吉离开北京后,我曾经写过一篇东西。找出一九八七年的《北京草原》,翻看着觉得恍如隔世。可能是由于不满意自己旧作中意识流变体字的败笔

---

[2] 指小说《黑骏马》里养活暴风雪后孤儿马驹的情节。

[3] 儿马:即种马。

吧，这篇记录没有收进任何集子。

发黄的旧杂志里的字，使我不住吃惊。那时，由于傻，由于没有心事压迫，我写得多么轻松自如。只后悔那时一头钻进"小说"，而懒惰地不愿细细实录。我怕叙述。娓娓道来的文体，好像只属于另外一类作家。记得我和谁说过，我说我额吉来北京那些天的件件小事、每天每时都是珍贵的文学。

此刻虽然是机会，我还是没有心思回头补记。我不愿唠叨额吉访问北京的日程表。读着那篇随意至极的小说，又觉得正因为傻而无心，它才有点意思。

艾洛华哥好不容易才大着胆，咬了熊猫形状的冰棍。额吉在厨房好像又被复查阶级的工作组拦截，紧张地大喊我的蒙古名字——她不敢关掉煤气。八十年代的北京公共车上，还有人给少数民族的老太太让座。那可怕的苦夏，柏油路溶化得黏着咬着鞋底子。在北海公园的树荫下，额吉和咯咯大笑的女儿玩耍。一个老外带着个翻译围着我们转悠。那翻译一脸给土著施恩的表情，过来问能不能让额吉和那欧洲老太太合影，我恶狠狠地说：NO！

我教会妻子三句蒙语：额吉，我走啦（早上上班时用）；额吉，你们今天过得好么（晚上回来时用）；还有最重要的：额吉，多吃！小女儿那时才三岁多，被我训练得一会儿就扑过去亲额吉脸一口。我们在三里屯的简易楼里，邻居家家赞叹我招待插队的房东；这一点，够人民子弟兵们学上两辈子。因为此刻我又想邀请阿洛华哥来北京，估计若想穿着蒙古袍子住进我军的大院，大概要先受上一个月的"政审"和"安检"。一想用蒙古话说这两个词儿我就恶心。

和牧民住进北京的简易楼,那滋味比住进蒙古包还特别。虽然没有门栏外的牛犊和狗,没有视野尽头的地平线,可是额吉在北京必须依靠着我。从开煤气到关电灯,我像真正的儿子一样照管一切。吐木勒,吐木勒,她总在不停地叫着我的蒙古名字,叫得我美滋滋的。她对我说的话,比在草地的几年还要多。我多么喜欢她那无奈的、一切任我怎么办的神情呵!

最遗憾、最最遗憾的是,差一点我就能使额吉见到班禅!

我有一个要好的藏族作家朋友。他和班禅·额尔德尼喇嘛有密切的联系。额吉尚未驾到北京时我们就商量好了,一定让班禅接见我额吉。那将是多么快乐的一场民族大团结呀!更重要的是,我要让整个乌珠穆沁,让党委书记和葛根活佛,都羡慕他们从来不放在眼里的额吉。

准备一直顺畅,班禅活佛的平易非常有名。

可是,就在额吉抵达的前两天,活佛远行青海教区。那时家家都没有电话,可是跑一趟和平里好像不费事。反正每一两天,我就和朋友联系一次。"佛爷还没有回来。放心吧,一回到北京马上通知你。"可是日子一天天过去了,"怎么还没有回来呢?奇怪!"最后朋友的老婆、朋友的朋友,好几个相关的藏族朋友都为我们着急了:"还没有回来!怎么办呢!"

最后的两天绝望了。我对哥哥和额吉,可怎么解释呢?我的心淹没在一派憾意里,那股可惜劲儿和原来盘算的快活一样强烈。直至多年以后的今天,我突然觉察到,当时额吉并不叹息,就像开始也没有兴奋一样。她只是默默等待,不奢望,不显露。最后

额吉的暮年

不如愿时,就像没有盼望过一样不动声色。

倒是实现了两位母亲的会见。

我心里充满独自的欣赏,瞟着她们。我喜欢这罕见场面,因为我而出现了。在那个炎热的夏日,母亲和额吉紧挨着,她们都不知说什么好。我催促着,聊吧,有我当翻译。可是她们只是静静坐着,费力地笑着,对着面前丰盛的筵席。她们比平日更少言寡语,好像只是坐等我的下一个行动。显然她们都意识到了:既然眼看着花儿结了这么大的苞蕾,那么它反正是要开放了。而且最后会结下果实。显然她们对花朵和果实感到忐忑不安,她们似乎都担心我这么与众不同。

我长久地注视着她们,揣摸她们的心情。谜底究竟是什么呢?

4

随着对突厥源流的了解,我对蒙古草原的理解日益广义化。我逐渐有了一些把握。但是从细末和广度,在两处察觉到优势的我,心底却鼓动起离别的欲望。我寻觅着新的出发,准备扑洒过去的,是一种双数的感情。

后来,而且是在遥远的日本东洋文库,有一次学习回鹘文养子文书,我突然意识到,养子的观念和习俗在北亚草原的普遍。养子,tejesen hū,这是一个多么语感温暖的词汇!后来我便半是认真地,用乌珠穆沁口语里的这个词自喻。

其实，连真正的抱养也未曾有过。只是挨着冻羊粪燃起的炉火，睡前要由额吉掖紧皮被。只是那个苦恼人的年代，它一下子就把人扔进草海，扔到了这乔布格的营盘上。一切都在这个营盘上实现了：那毡片磨烂的我们的家，那种非常接近了家庭关系的加入和承认。不，我再不能容忍什么民族学、社会学、人类学。我不能容忍用"调查"替换这种关系，我不能容忍凌驾民众的精英发言。

如同你，蹒跚走完自己的路，哪怕一生穷愁潦倒。不去向世界开口，追逐着水草变移和牛羊饱暖，径自完成自己的生命。这才是作为人的存活，才值得为之生死一番。反之，屈从官宪媚权拜金，在别人制定的模式中蝇营苟活，那是腐烂和失败，是可笑的自虐。

你逝去了，像早晚会发生的一样，像牧草枯荣一样。你的文明里没有吊孝，我赶到乔布格，是与你别离呢，还是最后和你重聚？

我没有解决关于文明发言人的理论。不过我想，也许我用一生的感情和实践，为解决这个问题提供了参考。

一切都过于私人化了。

即便在告别的文字里，额吉，我不愿渲染你的故事，抛出去供外人围观。作家的水平，就在于写与不写之间。我要执行守秘和规避的原则。我总在琢磨——你和人民的沉默。你可以安享你的安宁，你是我独自继承的遗产。我谨在这里向你道别，并遵守这个约束。

牵着马，散步在乔布格的旧营盘上，我悄悄数着。二十八年，居然真的有了二十八年。我突然觉得它是一个天成的题目。我决定写一首蒙文的诗歌。就像最初我套用民歌《诺加》，填写了作家生涯的第一笔一样,我企图用《厄鲁特》的格式,写一首总结的蒙古歌。

　　用诗表达的企图,连贯了二十八或者三十年。不用说那个《人民之子》(应该译成"平民之子",蒙语……算了吧)——八十年代我还曾准备使用全部蒙文"白字头"的排列,写一首长诗,后来当然由于能力不足而放弃。那里面有"赞颂恩情家乡的歌这么多呵,而宽阔的草原沉默沉默";还有"已经衰老青春不逝这是什么病呢?更细数的话我并不是从你所生"等等句子。

　　不能的我已经不想强求。总结的话不及早说,等机会遗失殆尽要后悔。用尽字母表的豪华设想是不现实的,然而,我毕竟是我,我要用她的话语,留下几句。我应该为这一切,留下几句蒙文诗。

　　念头袭来的当夜,我睁眼望着天窗,失眠了。睡着前我已经默哼着,做出了几个小节,次日早晨我把它们追忆着抄到纸上。那一次剩余的草原日子,我是沉浸在头韵和比兴里度过的。回到北京后我以为马上可以收尾,并且已经准备向第一次我发表作品的蒙文刊物——《花的原野》投稿。

　　但是到了第二年,我决定把它带回草原去再改。在聚会的席间,我也曾经忍不住唱起过它。虽然屡屡修改,它一直停留在未完状态。此刻已是从一九六八年计数的第三十个年头,《二十八年的额吉》还没有写完。我喜欢在夜深时拿出它来,字斟句酌一会儿,渐渐沉入幻境。我喜欢反复地,在韵脚、对仗、一个个质感音声不同的单词里徘徊。除了叹息修养的欠缺,我逐渐发觉:其实我想表达的,在题目里就表达完了。额吉,额吉,其实我用小说、用散文、还觉得不够而要用诗表达的,只是"额吉"而已。

我打算在这篇散文里录下几节，充作束尾。

最后挑了四节八句。我决心这一次做到语言的严谨，绝对不能再让所谓国际通用的转写乱七八糟。果然，请一位蒙古族的长辈帮助校对转写的时候，他也觉得费力：使用书面语和标准的蒙文诗律吧，作者我首先感到别扭。合乎语法的句子陌生并且转义，好多词儿都不是我会说的了。最后，他说，你干脆就直接转写乌珠穆沁口语吧！

他的话，突兀地使我想起学《蒙古秘史》时，读过的一句费解的话："它是把口语直接写进去的书"[4]，寻思着觉得新奇。此刻写下的，是经过蒙古族专家校对，但是与辞典不尽相同的，我用乌珠穆沁口语写的几句小诗。

我写着，不禁觉得这一切实在太难得了，心里涌漾起舍不得的感情。

以下就是这几句诗的蒙语转写，以及字面的汉语直译。

Arban jurγan-u saran-u gegen tang-ās oroju irele
Alhun alhun tan-u aisui jam-du ösün boijiγsan bi mön
十六的月光，从天窗那儿射进来
一步步接近了你的路上，长大的是我

Horin naiman jil-ün nutug-tu mori joγsōd yabuhu ügei
Hūčin-iyan emüsügsen ta bol aγü tön-u dotura baina
二十八年前的旧盘上，马儿停住不走

---

[4] 这句话，是已故的村上正二教授告诉我的，一句据说是蒙古学家田清波提出的论断。

衣着褴褛的你,是在伟大者的数中

Qulūtai obō –yin dōγur bol angkan–u Güngse mön
Qima–yi amujūlsan Süme nada–du sayihan öngge–tai
有石头的敖包下面,是以前的公社
使你安宁了的庙宇,在我眼里颜色好看

Harihu edür–tü hola–yi harād dabhur dabhur ūl
Halūn čejin–ü dotor–ās jöhen uilaju baina
离去那天向远眺望,一层层的山连山
滚烫的胸膛里头,正柔软地哭着

1996 年 7 月腹稿于锡盟
1998 年 4 月写成于北京

阿尔善

——谨把此文献给我的蒙古兄长——

听到他去世的消息时,心里掠过的感觉很奇怪。并无悲哀,只是平静。许久之后,空虚和惆怅才如一派寂静的水,逐渐地涌入,轻轻地充斥了胸膛。我舒服地沉默于遐思中,思绪如在白色的雾里。说不出那淡泊而深不见底的伤感。

只有一星意识闪烁着:若是到了我自己的那一天,朋友们的感觉大概也就是这样。

毕竟是电话时代。只用了几天,我和草原上的方车弟就打消了残存的一丝侥幸。或许不该叫它噩耗,它只是因为来得太早,才出人意料。

我的蒙古哥哥逝于年初隆冬之际。

据已经变成了未亡人的嫂子在电话里说：傍晚时他在门口闲走，回来说头疼，接着躺下就不行了。

我在电话线的这一头静静听着，舌头处在一种凝固状态，说不出一个词。

和方车——他是另一个唤他为"阿布盖"的人——商量了我俩的办法。我们对蒙古人的事不能算外行。我们知道：在这种时刻，其实谁也再做不了什么。

但是那样太不甘心了……

那么，就是要献上布施请出喇嘛，为我们三十年的亡兄念一次经。其余的，所有堵在心里的和盼望做的，都不能做了。

嫂子在电话里说：我们蒙古人，人去了又能做什么呢？到庙里，经啊什么的念上一念……

那天的电话打得好难，我握着听筒但说不出话。嫂子毕竟不是他；我的三十五六年的义兄，我在走进世界以后结识的第一个兄弟相称的人，如今死了。另外一个真实也接踵而至：虽然我们强求地留下了她，虽然我们已经别而不舍既别又聚——它若去时无情绝义，如一块透明的冰，如一盏玻璃的灯，人间的情义，若是没有血缘的维系一旦冰消灯碎——那时分的滋味不敢多想，那里面的道理不能深究！

……用以前写过的词句表达：我和草原的情分，怕是真的要断了！

十几天后，收到了方车弟寄来的一封信。还没有拆开信，他的电话已经打来。办妥了，他说。他说话从来简单得让人恨。怎么办的？仔细说说！我催着。

于是他讲述了由三女婿斯琴巴特尔陪同，去庙里诵经的过程。由于插队时代三教俱废，我对他描述的很生疏。若要知道详细，恐怕还要等我自己去问一遍。他讲罢催我拆开信封，我打开，一个小小的黄纸包落在手掌里。

　　"是什么？藏药么？"我问道。

　　"不是药，是——阿尔善！"遥远的草海彼岸，他的嗓音像一丝风声。

1

　　我不愿在如此时代再摊开稿纸，描写我这位异族的哥哥。只是为了完成一个最低程度的仪式，才提起笔来。刚划过数行我已经自知：想得最多的，正是不想写、不能写和写不出来的。

　　默默思索着，心里总觉得，此刻不过是代表我和方车弟两人，为一块不存在的墓碑写一篇悼词。

　　即便我俩，对与他情分的看法，也存在着相当的差异。人已去了，我的事情，无非是填平这点差异。

　　在人去世后追加赞美是不必要的。其实还是传统的观点和习俗更深刻：人死了，活着的为他祝福，伤感同时是给自己的，因为留给自己的余裕也不多了，像往昔一样，我的事不过就是追随他。

　　我哥哥在亘古的游牧草原上，不仅缺乏传奇色彩，甚至是个平庸的人。

　　但是我喜欢他；捉摸他的思路，容忍他的缺点。如同一堆牛粪火烤着大小两块黑石头一样，我依偎着他，潜伏和出世，历数了一个时代、三十七年。

在弱者群里他不起眼地挣扎了半生，虽然没有太大业绩。在世风日下中他是一个忿忿的批评者，虽然开口并不负责任。他不是那种驰骋剽悍的草原传奇人物，他总是顾东丢西、半截马竿、破鞍碎鞯。

额吉不仅全部承担了包外门口的杂活，而且常骑上自己的小青马，帮他出牧或者轰马。我牢记着当年那种半是嘲讽、从四周斜睨而来的——社会的眼神。他们恶意地瞟着我们，瞟着我哥多少可笑的形象，他们判断他熬不了多久就要完蛋了。

但是我们的家族让他们失算了。

虽然不是风流的牧马人，但他天生一副认羊的锐眼。在畜群分割到户以后，羊群显示出牧业命脉的本质。额吉，也许还有我，暗暗予他特殊的帮助。

三个儿子参差长大，三个女婿各有千秋，艾玛克（aimay，家族）的名字，愈是靠后就愈是响亮起来。

因为我的奔波，方车弟愈来愈深地卷入了和这家人的关系。但方车弟的态度，更多是投桃报李得寸还尺，不像我拘泥于思想含义。

但方车弟个人，也与这个家有着一缕纠葛。

外来汉族移民与蒙古牧民的关系，是一种有趣的依存。方车是一名草地移民的儿子，因为身躯愈来愈胖，被这个家族唤作"塔勒根"（胖子）。

远在苏军坦克如雪崩般涌入、新庙"解放"的年代,他的家族就和哥哥家的窝棚比邻而居。孤苦的额吉抚养着我哥一个儿子,邻居的唐格特(tanget,牧民对方车父亲的称呼)的膝下,却是儿女成群。额吉的牧民心绪被诱发了,她和邻居商量抱养一个儿子过来,给我哥哥做伴。

这件事最终没能落实。尽管如此,此事被我和方车弟重视——打算抱养的是哪一个呢?方车家弟兄七八个。方车说:好像当年挑的,是老四或者老五。我却希望,那个差点当了蒙古人的小孩就是方车。这样才最合逻辑,别人都看着不像。这件旧案使我们兴奋;它暗示着人与人之间早有一层前定的关系,这关系如影随身,伴着人的一生,神秘地左右了人的感情。

由于六十年代的散漫和缺乏礼数,我们队的知识青年对同龄的牧民缺乏正式称呼。我对蒙古哥哥一直直呼其名,他也从来未曾予以纠正,直到九十年代初,一次回草原时孩子们问我:

——Aha, ta yaji Aja-gi ner-ir dōrje be?
(哥哥,您为什么用名字喊阿伽呢?)

我才羞愧难当,当场宣布正式称呼哥哥为"阿布盖"(Abgai)。

其实我也有苦衷。阿布盖这个称呼曾使我踌躇许久,因为在新疆的额鲁特蒙古语中,它的意思是"媳妇"!在新疆考古时,那些西蒙古人听我用 Mini Abgai 说起我哥哥,就一副坏相忍俊不禁。这使我不愿选择这个麻烦且太常用的词儿,总幻想找一个特

267

殊而响亮的称谓为我专用，这才显得缺乏教养地"用名字喊了哥哥"。——被家里的小崽子将了一军以后，我们开始严格使用乌珠穆沁的礼数称谓。

但此情已成勉强，因为兄弟已经分离，整个正确的称呼，是在八九十年代一趟趟的"省亲之旅"中确定的——这多少不够滋味。但是我想家门里的人，还有方车弟他们会爱听这些，因为三十七年的情义，就是这么一点点建造的。

方车弟在这件事上比我懂规矩。称谓确定以后再次回内蒙，他开车送我到了蒙古包。当我听见他郑重地呼唤哥哥"阿布盖"时，心里很舒服。

一是感到了方车主动与我并列共做了弟兄，二是因为这标志着这个称呼得到了社会的认同。

——这一套用汉语解释起来很麻烦，但这样的关系使我感动。方车弟追随着我，语气认真地称他阿布盖，这是一种确认，它确认了许多有含义的东西。

我也趁此对这篇小文说明一点——

按照草原上不能直呼长辈名字的礼性，我原想在本文前半称蒙古亡兄为"阿哈讷尔泰"（Aha ner tay），但它的意思本是"那个叫哥哥名字的人"，多少不妥。于是我只好使用"蒙古哥哥、我哥哥、我哥"等等词汇，进行避讳。……

文章写到这里以后我可以使用"阿布盖"了；我希望读者知道用它是为了草原的避讳礼数，因为他已经逝去，不再是那个随意玩笑的哥哥。现在对他讲的每句话写的每个字，都会传向冥冥之中他的灵魂，不能再有丝毫的不慎。

一切都是往事了。

我从两千里之外赶到乌珠穆沁。方车弟开上他的东风车陪我来到这座毡包。喝着不加炒米的奶茶，说着轻快的蒙语，时而唤一声阿布盖。我们评论社会，商量家务，游牧世界的方方面面，如清风流过耳际。阿布盖，他毕竟是一个中心，他走了，我们之间的故事也戛然中止。

2

刚刚插包他家的第一个冬季，那时政治气氛紧张，经常开会。

记得有一夜我俩开完了会，在漆黑的雪原上并马回家。马蹄踏破厚厚的积雪咔碴咔碴得非常悦耳。我正走得高兴，不料他突然翻身下马，蹲在雪地上，痛苦地蜷作一团。我发现他在低声呻吟，慌得不知如何是好。蹲了一阵他又挣着踩上马镫。直到缓步摸回自己的毡包，我们没有说一句话。

那是头一回我觉察他患着病，后来虽然听赤脚医生七嘴八舌地说他的肺或肝怎样怎样，但那时我和他都已经习惯了。

次日一早天晴病散，他又精神十足，叼着一根烟，斜歪在草地上，天南地北胡扯起来。

阴沉的政治云彩，那时聚在我们这顶毡包上空不散，而且直接压迫着我这个知识青年的精神。如今我想，大队里存在着一些蓄意想整阿布盖的人，他们的目标并不太大，就是——想让阿布盖和额吉戴上白布条，把他们赶进干泥水活的四类分子群落里去。

不知为什么他们一直没能成功。我有时独自沉吟往事的时候，分析那大概是因为划分阶级的一些政策条文有利于我们留在贫下中牧阵营，而没能让他们如愿。

但是我更相信是一种微妙的助力，因为比我们干净得多的家族也未逃厄运；而我们的运气是不可思议的，一个虽然不是任人践踏、但也是饱受歧视的寡母独子的小家族，不仅经济扶摇而上，而且名气愈来愈大。

在那个时期里阿布盖的健康正在恶化。比较严重的一次犯病，如今我已经记不清了。

那次，他在公社卫生院住了一些天，额吉赶牛车去看他，脸色紧迫，脾气暴躁，我至今记得那天的每个细节。

在更漫长的、我离开了草原以后与他们继续交往的年月里，渐渐他不再骑马了。九十年代初我从国外返回，再去草原探望时，他喜欢傍晚在门前草地上闲走。我俩也因之迅速养成了散步的习惯，在暮霭中，漫步自家的营盘，细细倾吐分离后的经历，以及郁积的心事。

他更加愤世嫉俗，总是恨恨地咒骂愈演愈烈的坏人坏事。流行乌珠穆沁的小矿坑最使他仇恨，那些阑入草原纵深的采矿队，不仅挖烂了植被山冈，也毁坏了他的心情。

在他看来，奥由特山梁上挖铜矿石的窝棚，简直就是世纪末的万恶之渊薮。他以最坏的判断进行分析，态度激烈得甚至使我吃惊。

不久阿布盖不再滔滔不绝，时而情绪不好，有些罕言寡语。难得再与他长时间畅谈，唯散步时是一些例外。最后几次的重逢中，值得记忆的都是我们在营地四周的漫步。

他在我的一侧走着,嗓音低浊,有时很慈祥。我意识到他老了。他满腹怀着焦躁,但已经不太宣泄。可是,我居然没看出他的病弱,只多少感到他内心的绝望、茫然与反抗。

最后一次和女儿回草原时,看到他六十岁的白月(春节)的"纪勒"(本命年,jil)时录制的一个光盘。他举行了私人的"奈勒"(nair,祝会),赛马、摔跤,几项游艺都从自家畜群里拿出二岁马、二岁牛和羯羊作奖赏。

来客呢,不管以前关系如何,也清一色地献给他金线绚烂的袍子和茶砖。

那是隆冬深雪里的奈勒,但来客们显然兴致很高。听说除了大队里另一个老人(齐姆为他的额吉活到八十一岁,举行过以骆驼为头赏的奈勒),阿布盖的这一次纪念的祝会,于无声之中撕掉了一页旧历史。我默默注视着屏幕,某某,还有某某,他们给予我们的苦楚,甚至给我个人的压力,至今仍没有消退。但那些当年对我们这穷窘的一家咄咄相逼的、在政治和经济上都春风得意的人们——如今捧着金绣的袍服,礼性十足地来到新年白月的六十本命"纪勒",给阿布盖祝寿来了。

我当年的小学教师搭档乌力记的儿子、青年诗人乌日图纳斯图夺取了摔跤第一,忘了谁的马得了赛马头名。一匹匹"修德勒克"(三岁马)、一头头"比鲁"(二岁牛)真的被牵出来,由阿布盖亲手交给优胜者。

嫂子孩子在一边解释说,当夜刮起了白毛风,来客都被留宿。翌晨,粗制的光盘上,彩色绣金的袍子眼花缭乱地闪烁,醉眼惺忪的牧民们摇晃着告辞,一辆辆破吉普蹚开雪雾,驶向茫茫雪海。

我看得津津有味,甚至看得惊心动魄。他没有太勇武或太花哨的轶事,他只靠平凡的羊倌本领,在一辈子里繁衍了自己的家族、畜群和财富。于是,也让我在不经意的观察中,看到了他六十年的轨迹,意识到了他在无情的草原社会,赢得的荣誉。哦,那些敬上贺礼的牧人们是否也意识到了这些?他的儿女们是否也意识到了这些?

我已经可以停步了,不必再深寻体味。就像我不可能在冬雪中向那奈勒盛会跋涉一样,在那张光碟播完的时候,我看见了结束的信号。

3

阿尔善(arshan),一般说来,在蒙语中指的是药泉或矿泉。方车弟用邮局印制的信封,当然不可能寄来药泉水。打开小小的黄纸包,里面是一些粉末,像是莜面,拌着白糖。

我以自己的知识质疑这个纸包,叫宝贝叫神物什么都行,但它不该叫作"阿尔善"。问蒙古人,说法纷纭。我要求方车弟专程去了东乌旗的喇嘛库仑庙,资深的喇嘛与蒙医都确认说:它就是阿尔善,虽然它不是水。长途电话里仔细听了一遍后,我理解了,它是一个象征,是医人心灵的阿尔善。方车的蒙语很好,不会当面听错。何况在这种事情上,名称只是一个符号。

就这样,时至如此一刻,我又学到了一种乌珠穆沁风俗。

方车弟在电话里说：喇嘛吩咐，每天用舌头舔一点，一共七天舔完。他补充说：我舔了，有点甜。我问：你去拜了佛？他说：是啊。我想问得再详细，但一面问着心里明白：若想知道详尽，除非我回一次东乌旗。

总而言之，方车弟代表着他和我，专程到了遥远的新庙镇，在我们家族的三女婿斯琴巴特尔陪同下，把我俩的布施献上，并完成了佛庙里悼念亡兄阿布盖的全套仪式。

也就是说，佛庙里和家族中的人都明白：这是两个以逝者为兄长的人，尤其一个远在北京——他们为去冬逝去的一个牧人，做了一件藏传佛教的法事。在北京的那个遥控指挥，东乌旗的这个躬身实践。事情做得相当规矩，那个牧民的亡魂，已经得到了安慰。

但是有谁知道其中的分寸？

——作为一个弟弟，我必须完成草原礼数。作为一个穆斯林，我不能做到庙中拜佛。这是多么微妙、多么隐秘、多么无人知晓唯我寸心自知的、小小的一件事！我有不能躬身实践的一些动作，但我更要以哥哥的仪礼，完成对他的悼念。

在遥远的北京，我暗中咀嚼着——这不显痕迹的、文化的差异。我似乎感到四周的注视。我喜欢那一刻沉吟掂量的感觉，不是谁都能感受这一切，并非谁都能享受如此深邃的文化。我没有犹豫，我知道这正是我独特经历的一幕，一定有一个"双全"的方式等着我。

都说，如果你足够心诚，那么你最终不会为难。就连方车弟也不会想到：当他走进了新庙，在喇嘛的命令下一项项完成规矩时，他简直正在应运而生。他代我奉献了心情，也替我做完了仪式。在无人觉察的时间流动里，他恰如其分地插入缝隙，使事情达到了双全两美。

如果把从1968年夏天插队乌珠穆沁草原以来、漫漫绵延三十七年的这个长故事收尾——没准，阿布盖的辞世与我们的悼亡，倒是比较像一个差强人意的句号。

我和嫂子通话的那天，可能我的话题勾人不快，似乎她并不太附和我。她说，就在下午，要去为儿子抱养一个婴儿。地点在查干淖尔。那婴儿刚出生几天，已经谈妥了。今天去看一看，若中意，再让婴儿吃几天奶，然后就抱回家。可能车正在外面等，她的口气有些急。

"我现在不走不行了——"她说。我听着一怔，突然醒来一般，赶紧挂断了电话。

那天坐在电话旁，我陷入了痴痴的冥想。阿布盖去了，但是一个婴儿又来了。与我已经无缘的、那个在两千里外的草原被阿布盖家族抱养的小生命，不知为什么令人感到象征的意味。我琢磨着，心头浮起不恰当的联想：就像在那个严峻的年代，压迫的乌云遮盖时，北京的兄弟也到了。

看来新的循回已经开始。由我和阿布盖艰难演出了这么多年的一幕历史，真的已经结束了。新的一代不会在意我们的故事，就像我们也不再为他们操心一样。电话挂断的刹那，仿佛有咔嚓的一响，心里的一根血管也被切断。就像我以前写过的句子：我和这片青青草原的关系断了。

我包好"阿尔善"，把它和二十年前额吉给我缝的一个黄布药包护身符摆在一起。两样东西很相像，都是不起眼的小包，说不清的故事心意。没有花七天舔完它，我打算把它珍藏起来。黄布包"俄姆"早就挂在台灯上，现在我把它也系了上去。灯光下，两个小包摇闪着，古怪而亲切。

我与"蒙古"这深沉的文明，竭尽人的半生相交相知，最后剩下的就是它们。额吉一辈子磨难，但是她培育了阿布盖和我两个儿子。阿布盖突兀走了，不再接受生的艰辛。留给我的前路也历历可数，我们都要皈依这伟大的前定。何况新鲜的小生命，又从查干淖尔诞生了，她（或是他）也是家族的加入者，像是要和我一样，继续否定血统的狭隘。

在北京的夜里，我独自笑了。迎着我，黄药包和阿尔善还在晃动，在灯影里如陪伴的灵魂。

2005 年 12 月写于 Puebla
2006 年 8 月修改于北京

掩卷追怀亦邻真

——兼以纪念翁独健师诞辰一百周年

1

对他年复一年的阅读，早已成了一种温习和独自的享受。潜读之中我常想，当代蒙古学界还有谁的学识能超过亦邻真。这本不为人知的遗著《元朝秘史（畏吾体蒙古文）》像两座连着的山，一座是步步础石的丘陵，另一座是只能仰望的冰顶。翻阅着，尤其是一遍遍读着他为此书所写的前言——《元朝秘史及其复原》，我常禁不住暗自地感叹：半个多世纪来，怕没有比它更优秀的蒙古学论文了。

许多年前，当听说了他逝世的消息时，我心里掠过一阵强烈的憾意。因为亦邻真先生（也名林沉，亦邻真是他使用元代音译的汉字姓名），是我钦佩半生、但一直未能受业求教的人。我和他只见过一面，是在翁独健先生家中。他们正在商量事情，我不敢打搅，所以没有和他多谈。

后来听翁先生说，他出身的伊克明安姓氏，语音和突厥语关系密切。据说他在北京大学上学时，邵循正先生在家里挂起小黑板，对他专作培养。

他总是住在呼和浩特。而我每去内蒙却总是从北京直奔乌珠穆沁。偶尔遇上中国作协开会，我才能见到他的亲戚、著名诗人巴合西·巴·布林贝赫，我们喝一点伊利奶茶，话题总离不开亦邻真。他对我来说是一个传说，我长久地着迷于他那文学化的文笔，以及对秘史时代通盘阐释的倾向。

因为，对诸多大师染指的秘史（指十三世纪成书的史诗《元朝秘史》，以下不再使用书名号），不要说提出新译和注释，就连对其中一节一字说几句有创见的话，也需要人所罕见的语学能力。就提出一册代表中国蒙古学界的新秘史译注本而言，亦邻真几乎是唯一具备资格的人。

这种资格表现在如下几方面：

——关于秘史时代蒙古语（即十三世纪前后的蒙古语，日本小泽重男称之中期蒙古语）的语言学系列论文《畏吾体蒙古文和古代蒙古语语音》的发表，可视作大军未动的先行粮草。这一系列探讨，是后日写成《元朝秘史及其复原》的基础。作者显示了他罕见的志向，即全面解释秘史蒙语的语言规律。

——对古代阿拉美文字体系（它对闪米特以及中北亚民族的

文字影响深远)的认识,是亦邻真另一侧面的准备。没有谁如亦邻真,能汲取回鹘文献学界的成果,把其中关于书写、文书研究中总结的规律导入蒙古文献研究。

——对浩瀚迷津般的秘史本身、以及同样浩繁的研究史(其中至少包括了语言和历史两大领域)所做的、大刀阔斧又深具逻辑的梳理。

这是一项艰深工程,但亦邻真显然清晰地把秘史的枝蔓脉流,逐一理顺读通。

——另外,亦邻真对哈斯宝所著四十回缩译本蒙文《红楼梦》每回批语的汉译(《新译红楼梦回批》),表明了作者对汉语文的深刻把握。

这部对哈斯宝章回批语的汉译里,亦邻真对红楼梦语言的临摹惟妙惟肖。他不多的论文,比如论述成吉思汗历史地位的(《成吉思汗与蒙古民族共同体的形成》)也是一样,在一些论文里观点也许退居于次位。作者把优美的文笔用于论文,这不仅是语言能力的表露,更显示了他的某种理想。

对亦邻真的敬意并非对他的神话。显然可以推测,前人对秘史源流的整理(尤其洪煨莲),以及回鹘—畏吾文献学界(柯立福、马洛夫)的业绩,都使他受益甚多。

2

前言《元朝秘史及其复原》是此书唯有的汉文部分。读它如攀登一道坎坷崎岖的山坡——所有的似是而非，都在一条满是砾石的坂道上，获得了矫正和引导。说它是半个世纪以来最优秀的蒙古学论文，并非一种措辞或夸张。因为它包括了：秘史的编撰、缘起和源流，它与《元史》的太祖、太宗本纪，与伊尔汗国的波斯文史籍，与漠北的蒙古文写本之间的流传脉络，十九世纪以降汉学暨蒙古学的诸国耆学对它的研究史，其汉文音写本《元朝秘史》之版本、音写规则以及元代汉语音韵，秘史母本乃是以畏吾体蒙古文写成的推断，以及根据回鹘文献研究和元代畏吾体蒙古文献的总结，全部构拟秘史的文字体系。

若尝试转述一下，大概能这样回顾秘史的流传源流：

当克服乃蛮之际（1206年），成吉思汗命令归附的畏吾儿人塔塔统阿教授使用畏吾儿文字（即回鹘文）书写蒙古语的方法。从兹其后，蒙古汗国有了自己的书面文字。

鼠儿年（1228年）在大会拥立窝阔台继承汗位之际，书记以畏吾体蒙古文写成了一种"脱卜赤颜"（Tobcčiyan，汉译国史），它是汗廷禁书，秘不外传，但推测仍有某种抄本暗传草地，至少藏于少数王公贵族家中。

元朝建立，礼仪汉化，"脱卜赤颜"的编撰规矩日渐松弛。但当元廷仿照中原的史籍体例，开始编撰帝王实录时，"脱卜赤颜"作为皇家秘藏资料，成为太祖成吉思汗、太宗窝阔台汗两朝实录的底本之一。它在编纂《元史》的工作中，成为《太祖本纪》等部分的基本史源。

亦邻真归纳说：依据这一底本和其他资料，曾有一种汉语写成的《太祖实录》和《太宗实录》的初稿。它又被译成蒙古文，冠以"金册"（Altan tebder）之名颁发各宗藩。此外，这部汉语稿本还衍生了一本题为《圣武亲征录》的书。

波斯伊尔汗国的穆斯林史官参考了收到的"金册"，编纂了另一类波斯文蒙古史，若拉施特丁的巨著《史集》（Jāmiy al-Tārigi，历史之总汇之意）。这些重要的资料影响广泛，其拓展的领域和表述的文明，培育了欧洲的东方学。顺便说一句：广义的蒙古中亚之学，乃是在萨义德所谓东方学中，仅次于对伊斯兰世界表述的、规模宏大的部分。

元亡灭后，"脱卜赤颜"为明朝收藏。明初，四夷馆把此书用汉字音写并加上逐字的"旁译"（包括单词和格助词）及逐节（共计二百八十二节）的"总译"，冠以《元朝秘史》四字为题。清末，因其饱含元史和西北史地的新资料，更兼之西学因取材波斯史料而蓬勃发展，这一切使中国学人大大开眼，中国诸硕学始留意元秘史。此书价值一旦认识，便有多种刻本刊行。

在元明鼎革之间隐匿漠北的"脱卜赤颜"，在十七至十八世纪之间被罗卜藏丹津移录到他的著作《黄金史》（Altan tubči）中。他的移录，文体句子均与二百八十二节汉字音写本一致，移录数量约占《元朝秘史》三分之二。

它是今日能看到的蒙古文"原文"；虽然，秘史时代的畏吾体蒙古语文异于清代规范蒙文的一些古形古韵，因罗氏的不理解而有所改动。

——以上诸大脉流之间，在年代、书题、诸本的孰后孰先、写本语言、原本面貌等问题上，存在着严密的互校互证的逻辑。每一个扣结上，都满缀着前人的苦劳。

这一切，都被亦邻真用洗练至极而富有逻辑的语句，写进了《元朝秘史及其复原》的第一部分之中。其中，对庞杂遗产的看透疏通，对百年研究史的扎实继承——件件疏而不漏，一一纲目清晰，网罗于一篇概括之内。

亦邻真前言的第二部分是语言部分。

若是说第一部分即文献史的叙述、即他依据的史料判断，还只是亦邻真对前人研究的继承和读解，那么在第二部分里，他表达了自己一生对秘史时代蒙古语音及其畏吾体蒙文原貌的长期思索。

如开创的回鹘—畏吾文献学家一样，他对十五个畏吾体原字进行了逐字考察。

其间涉及广阔，循着他试图规范化的一个逻辑。他在列举畏吾体新蒙文的语音和书写的实例的过程中，尽管看到了斑驳的不确定现象，但仍然努力总结其中存在的语言学法则。他的思路是：从回鹘（这个术语在元代写作畏吾儿、畏吾、畏兀儿等汉字）文献衍生脱胎而来的畏吾体蒙文虽然刚刚诞生尚在动荡，但远在唐代发达的回鹘文献本身，却早已成熟。

元朝秘史的书写文字畏吾体蒙文，应该基本遵循着回鹘文献的语音和书写规则。

一般人都会在这个领域面前知难却步。除了诸多具体的难点之外，人们企图探寻的原文，毕竟已经早就佚失了！即便亦邻真也承认："这个复原也只能是相对的，不能奢望丝毫不差地再现原书本貌。"

但是除了探求哪怕不严整的规律，就不可能摸索秘史的原貌。

前言的这一部分——即亦邻真排列全部畏吾体蒙古文的十五个原字符号，包括其拉丁、蒙古的对应表示代字、闪语字母名称（这些对西亚—中亚文字流传的追究，以及从十四世纪畏吾时代返回理解回鹘文献的思路，是深具启发的），及对这十五个原字进行的逐字的表音功能和实例梳理——是考验学识和勇气的一大作业。每个原字的论述，都是深奥的论文。亦邻真尽量搜罗语例，并竭力总结出规律。他对这十五个原字的考察，包括了它们在蒙古文献中的断代、书写规律，与元代蒙文碑铭和文献的用例比较。

只最简单地举一个例子，第一和第二元音 A。

古文献转写中以大写符号 A 表示书写状态，它分别读作 a 和 e。这两个音在回鹘文献和后来的规范蒙文中，都用一个俗称"牙"的小撇写成。这一符号在文字中极为活跃，分别在不同的条件下表示 a、e、h、n 等不同语音。

此外它在词首常成为一个词的"冠"（titim），加写一个 A 从而成为 AA，即两个"牙"。亦邻真遍索汉字音写的《元朝秘史》，力图不放过一个用例，以求确定其中的 a 和 e 究竟写做 A 还是 AA。这一工作引人入胜，但也如跋涉泥沼。最后判断两者是混用的，即凡是位于词首的 e 都用 AA 来书写。

这个工作须引入广泛的知识。比如：清代罗卜藏丹津的蒙文《黄金史》在移录秘史的某种流传母本时，把"额儿的失"用规范蒙文写作 AARDIS 即 Ardis。亦邻真指出：这证明了十八世纪的蒙古知识分子不熟悉 e 可以用 AA 表示，在抄录时以为这是一个 a（规范蒙文的词首两个"牙"一定表示 a），而不知道"额儿的失"应该是 Erdis，即额尔齐斯河。

——当然这只是最简化了的一个原字用例。实际上，逻辑的推导、个例的究明、确立每个原字符号的使用，是一个极为艰苦的过程。

全部十五个畏吾体蒙文原字书写规则的构拟，是从两方面推导的：一是从汉字音写的《元朝秘史》语音规律构拟其文字形式，一是从回鹘文献的十五个字母涵盖秘史的语音。前文已叙，亦邻真为此曾做了长远的准备，即系列论文《畏吾体蒙古文和古代蒙古语语音》。

他依序构建的，是所有十五个字符的内涵。换言之，他总结了秘史语音的全部表记可能。

这里是学科的最难之处。

但是，语言和文字恰恰处在一个剧烈的变动期。捕捉它们的内在规律，有时会陷入顾此失彼的困境。愈是追求规律，有时就会愈多地碰上语言现实的活泼悖例。

语言的历史痕迹、地区差别，以及背后的文化心理屡屡闪现，显现为某种书写的样式。亦邻真是一个有能力宏观地总结规律的学者，但他的总结还是使人担心：活泼的语言，尤其语言背后的文化因素（比如敬语表示、宗教式思维导致的特殊书写），也许会对规律开一些玩笑。

我无力归纳亦邻真对秘史文字的如此突入。我只隐约感到：显然他对回鹘文献做过潜心的学习。在前言中他提醒读者留意马洛夫、伯希和、弗拉基米尔佐夫三人的研究。他们分别以回鹘文书、文献学、社会的结构研究为特长。

这一提示解释着亦邻真的学术构成。他的秘史语言构拟，可能主要受益于回鹘文献学家马洛夫的成果。企图把亲缘文字的规律导入新生的秘史——这一思路即便还有不确之处，但其中的语言学逻辑是雄辩的。

3

如今《元朝秘史（畏吾体蒙古文）》就在眼前。

应该对这本书再描述一番：也许可以说它是简陋的，平装的封面，除前言外别无汉字，更不见作者述怀表白的附语。它通篇用专门制作的手写体畏吾字印成，所以甚至连专门面向少数民族的书店都在架不多。对着这么一本罕见的书，心里涌起的，也许不只是唏嘘感慨，也有一些对他选择的遗憾。

对这个地球上极少数的专家来说，每个畏吾体蒙文单字甚至音节，都是深湛能力的显示。在无法印刷只能墨书后付印的、被推定的原文的字里行间，少数学者可以享受与大师对话的乐趣——但人们渴望了解的、涉及突厥—波斯语言的知识；十三世纪蒙古语言的衍变例证，比欧美大师更密集的史实注释——都被隐藏在无人看懂的一册天书——畏吾体蒙文的天书复原之中。

这使儿童一直等待的智力比赛，失去了看头。他们期待的亦邻真对旧译的扫荡，终于没有看到。畏吾字复原之路其实是一种出版竞赛，在这里他其实无法和后援雄厚的日本人竞争。选择不让人读的畏吾体蒙文复原的，还有日本的蒙古语学者小泽重男。亦邻真写作这篇前言时，小泽也开始出版他豪华的多卷本《元朝秘史全释》。

八卷本的小泽复原的总售价，至少达到了一千五百美元。不仅每卷附着还原了的畏吾体蒙文，甚至第一卷还趁余兴印上了另一种可作还原的八思巴蒙文。它有逐语的日译和注释、词汇表、还原文，只是每一样都分印各卷，等于一本书拆成八份——那是名副其实的豪华鸡肋；日本学生忍痛一本本地买，一边掏钱一边苦笑。

大概，小泽重男教授以前缺乏对亦邻真系列语言论文的足够注意。当豪华本正在印行第六本时，小泽看见了亦邻真的这本书。在显然匆忙补写的后记中，他添了这么一句：

……蒙古语首字为 e 之处，亦邻真本都用 AA 来书写。我在《续考》（笔者注：即小泽豪华八卷本的第四本以后）所收的还原文里，虽然大体也采用同样方针复原，但未必一定如此。

——显然，亦邻真复原本的大气，使小泽多少有些慌乱。他对秘史的书写文字规律，缺乏亦邻真般彻底的认识。

《元朝秘史》，就这本空前绝后的游牧世界经典，话题几乎是无限的。或细节或宏观，人能把能力显示到极致。研究史积壤成山，译本数不胜数。后进如我国，也有若干文言白话的蒙汉译本排列。而且几乎可以推断：新的译本、注释本、研究书的出版还将乐此不疲、源源不绝。在语言和史实之海，以及浪潮般的转写译注之中，学术和读者都疲惫了。

我想：亦邻真先生的使命，应该是一部丰富的汉译注释本——

在逐字地确认语源和阐释含义之后,再以精湛的汉语译出,博采史籍,细密注释,不仅解释烦恼许多学子的难点,也对一个多世纪的西方蒙古学逐字点评——须知这是我们怎样盼望的一本书啊。

或者依托现代蒙文,完成这些任务也是可能的:在制作一个语言和用字的凡例后,每逢秘史文字与规范蒙文的分歧,就在今文后面列出构拟的衍化前的原文,兼之注释,或可读通。但亦邻真的目标,却是向着已经可以判定的畏吾体蒙文本的还原。

显然,这是他心中企求追逐的最后终点,如高山流水的雅乐。

只是畏吾体的古代书写已经被时光淘汰了。尽管显示着最准确的表音,但应该承认已有过度的费解。毕竟已经不能阅读的形式,是无法传播的形式。其实开创的翻译,依然是明代初期宫廷书记那些明快的"总译"和"旁译"。还有,蒙古国学者达木丁苏荣选择了不同的路:虽然对语言的某些历史特征有多少的看过和阙失,但他的秘史是通畅的现代蒙古语还原,他使秘史变得人能其读。

或许该叹息的是:即便有过亦邻真巴合西(师长)之后,到头来,人们还是缺乏一本优秀的译注本。不过要承认,这种哀叹,只是对汉语阅读而言。

亦邻真的举意,似乎含有微义。我想在这部今日印刷的畏吾体蒙文书的字里行间,形式里藏着他深沉的思想。

亦邻真意识着自己拥有的汉语表述能力。面对有限的时间和条件,他放弃或推迟了汉语译注本这一使命。显然他想把有生之年,用于朝着终点的攀登。既然百年的研究史证明了秘史原本是一种畏吾体蒙文本,那么终点的研究就是构拟并复原它。既然它的主人和读者主要是蒙古人,那么就不必追求这种读者以外的更多阅读。至于是否绵密无缺、是否有碍声名的传播、是否尚存瑕疵差误,那只是一介书生的能力和私事。不可能也不必追求绝对的复原。二三音值的判定、一些史事的注解,既然不能全美,也就无关紧要。他的选择里含着某种尊严的表示,这也是一直处于弱者地位的、中国和蒙古的尊严表示。他只做向终点的一次攀缘,表明自己知道身负的责任,并已经竭尽全力。

学术做到了如此火候,简直就像伯牙的碎琴。我不断地吟味书前的前言。小泽教授哪曾有如此的前言!小泽在各卷前后所附的序言附录,不过是日译说明、译注始末云云。而亦邻真,他一定觉得以此一篇前言,所有的学术话语便已道尽。尽管前言的每一小段都该单独成章详尽写透,但他却使用内容含量浓密惊人的句子,一笔写过一个领域,几乎不愿多费一字。

翁独健先生晚年一字不著,不仅惜墨如金,简直是毁笔弃墨——那只是被十九世纪实证学术精神濡染的自诫态度。亦邻真悟透了先驱学者的精神,但他怀着更加复杂的心理。比翁独健先生远甚,他那高山流水的前言,几乎不在意读者的阅读,似乎只想献给冥冥之中的知音。无疑,这知音就是他的感情系之的蒙古文明,至少是他的家乡和姓氏——难怪他署名时使用"亦邻真·伊克明安泰"。翻阅得多了,一种强烈的感觉缓缓浮起:哪里只是证明自己的学术和能力,这分明是一部别辞。

——而我的小文,也只是一个无力阅读他全部语言的、后学者和效法者的悼念。无论如何,巴合西·亦邻真·伊克明安泰如一颗流星照亮过夜空。他用他的畏吾体蒙文复原本《元朝秘史》和不多的一些论著(搜罗他遗著的《亦邻真蒙古学文集》蒙汉文合印也仅有九百余页），用他写与不写的分寸，给我们留下了一种治学的理想和文明儿子的感情。这与那些敬远学问大义的学者完全不同，更与那些出卖被研究的民族主体、践踏知识分子道德的学贼针锋相对。就愈来愈成为第三世界民族的奋斗目标的、文明的自我表述事业而言，亦邻真为我们提示的不是空喊，而是严谨的基础和深沉的姿态。

翁独健先生逝去了，亦邻真先生也逝去了，我们不仅离开了正义的、也离开了客观的学问的保护。但并非伪劣的学术就可以肆虐横行，在各自选择的形式上，对正义与客观、对文明本质的追求永远不会消亡。在这一思想之下，亦邻真是我们重要的导师。那些蝌蚪文畏吾体虽然深奥，但它不仅可以阅读而且可供吮吸，我们能汲取——学术的心情和立场。

    完稿于 2005 年秋，翁独健师百年诞辰之前

十遍重写金牧场

在我可悲的小说习作中,《金牧场》一书又是个尤为可悲的例子。这本书写于浮躁的1987年。设计了两个时间,四条线索,企图对逝去的六十年代做出自己的总结。但是写作中感觉到一丝说不出的滋味。它扰乱着心,引诱自己对每一笔都抬杠质疑。我写小说总是这样,自我抬杠的最终,小说的后半渐渐矛盾,混乱的末了,往往是强行捆住的一束尾巴。

当然写作时没有意识到这一切。不是描写出的激情而是自己对激情的向往,鼓舞着笔一股劲跑到了尽头。唯有一丝难以捕捉的不安,它隐现缥缈,时而横在视野,霎那携来一阵烦躁。书成之后,无法满足。于是我自语般地写道:

"没准,我会重写一遍《金牧场》。那是一本被我写坏了的作品。写它时我的能力不够,环境躁乱,对世界看得太浅,一想起这本书我就又羞又怒。重写一遍吗,我正在想。"(《<荒芜英雄路>作

者自白》，1992年）

两年以后，这个念头已经成了一个决意。我拿出这本唯一的长篇小说，开始动刀做手术。无奈唯有一张白纸才好画图，对写成的书东挖西补，不是一个可行的办法。已经忘了怎样就干脆删了起来——大砍大删的快感，至今还点滴清晰。也就是说，我最终绷不住劲儿，再不是若有所思的修改，而是破坏式的撕纸抡斧头。到了最后我才看见自己的删砍原则——凡日本文化的描写，删；凡理想主义的设计，删；凡虚构的小说人物，删；凡古文献、空议论、生命云云，删！

留下的是什么呢？

蒙古草原的一条长线，以及记忆中的红卫兵长征。此外，若说还剩下了什么，那就是几首我翻译的冈林信康的歌词。

原来是四轨并行的摩登结构，让我狠砍一番以后，四轨剩下大约两条；原来的四重奏四弦琴被拆散之后残余的，被我排队编组，成了五章86小节。这就是删节本的《金牧场》，即《金草地》的缘起。

在给这本差强人意地编成的《金草地》写跋语的时候，我交代谜底，展示最初的母本里四轨并行的符号意思，也藉书写求清理，总结了自己脑海中纠缠永久的东西：

"《金牧场》一书的结构是，用70年代初的口吻，描写一次知识青年和牧民的大迁徙，同时描写知识青年的种种。在这个部分里插入对红卫兵时代长征的回忆和思考。全书的这一半，用表示蒙古草原的M为标号。另一半是用80年代的在国外求学的青年的口吻，描写一个解读古文献的研究过程以及异国感受；同时插入对西方国家60年代学生运动、前卫艺术的思考和对中国边疆的心情。书的这一半用表示日本的 J 为标号。书的两半两条线，始终并行对照。

这样，两条线和其中的回忆独白，概括了从60年代到80年代的种种最重大的事件及其思考。内容涉及知识青年的插队、红卫兵运动的内省、青年走进社会底层的长征与历史上由工农红军实现的长征、信仰和边疆山河给人的教育、世界的不义和正义、国家和革命、艺术与变形、理想主义与青春精神……企图包含的太多了。"（《＜金草地＞后记：思想重复的意义》，1994年）

自其时起，"牧场"已经宣告不在，代之以一小块"草地"。用我的话来说是："放弃三十万字造作的辽阔牧场，为自己保留一小片心灵的草地。"我以为这笔宿债就此了结，以后可以再也不想它的事了。

谁知道，被宣告了不存在的，硬是不退出历史舞台！

时隔十年，出版社们并不在意我曾经发表过关于"牧场"退役的庄严宣告。为了赢利——这唯一的终极关怀；他们的扫描仪探照灯般的视野，也时不时掠过我这一隅死角。

鬼知怎么，若干的选题企划，都青睐了撕碎了的那一本；我虽强力推荐，谁也不对薄本金草地感兴趣。也就是说，我家能代父从军如花木兰的，并非打工的老二草地、而是退休的老大牧场。

而我自从八九年退职，种得沧海十七年，笔墨便是打渔船。一般来说——就像太平岁月里阮家兄弟卖鱼度日——作为卖书谋生的职业作家，不能拒绝出版社送来的柴米油钱。除非那不是出版企划而是诈骗戏胡日鬼。

  在如此笔耕生涯中，我悄然地明白了：老二这条鱼没有人爱，还是把肢解了的老大推出去、送上战胜生活的火线。就这样，《金牧场》在宣布死亡之后复活，旧貌换新颜，至今（2007年2月）已分别又在时代文艺出版社、春风文艺出版社、作家出版社、燕山出版社、人民文学出版社新生了五次。

  不知究竟是该哭笑不得，还是该感谢生活。至少对我1994年煞有介事地"重写一个金牧场"的行动，眼前的现实是不以为然的。现实如一个财大气粗的老板，他呵呵大笑，指着书皮上的"金"字对我说："这一个字已经道尽了真理，你还重写什么！老金呀老金！草地牧场，能长金草银草的才是好草场；红书黄书，能卖十倍百倍的就是好图书！"

  我不再犹豫，牵出老大牧场正式备战，同时命令老二草地继续巡逻。我仿佛初次相识一般，仔细地把老大金牧场打量了一番。

  没想到，我看出了破绽！导致我重写、使得我不安、弄得我别扭的、《金牧场》一书的内伤，不在别处，就在四铁轨里的J组关于日本的故事，也就是讨厌的学者死扣那本古文献《黄金牧地》的情节里！

  我的脑海如雪亮的闪电照过。

  现在我正式告诉我的读者，也告诉以后可能购买新版金牧场的人们。尽管我无瑕一本本修改重印，但你们手中拿着的、你们一目十行读着的日本部分（J）的正文，都应该按照如下故事梗概，改为大致这么一个新文本：

——那个主人公青年学者在日本研究进修的时候，因为结识日本女性真弓，而渐渐认识了一批新朋友。那些人是一群当年的左翼反战学生，对理想主义的初衷不言放弃，他们已经走过了很长的路，营救过被智利军政府迫害追捕的智利学生、参加过阿富汗反对苏军侵略的游击队、给围困在伯利恒圣诞教堂的巴勒斯坦战士送过饮用水和食物、为卢旺达屠杀中逃亡的黑人提供避难的地点。主人公加入了他们的组织，它名称的日文缩写叫作"Inoken"，生命的权利。

就在当时，爆发了美国大规模入侵玻利维亚（也可以改为叙利亚或者朝鲜）的危机，拉巴斯保卫战吸引了全世界。同伴们决心不再做文绉绉的社会活动家，而下决心拿起武器，投身到反对新帝国主义侵略的游击战之中去。他们解散了Inoken，筹集武器物质，相约在安第斯山脉中的一个小城布诺集合会齐，越境进入玻利维亚，直接加入抗美战争的火线。主人公回国与家人告别，做出征前的准备，但在海关，因护照相片与本人相貌不像，被警方拘留。

小说就在此处结束。书的后环衬页印上一个"关于此书结尾"的调查表，悬念和结局留给读者自己设计解答。

我心里升起一丝野心，盘算是否把它付诸笔端。一边又寻思，那可就成了二写两遍金牧场啦，合适吗？

或者别再划分什么小说家和读者。干脆把这个构思写成传单撒出去！我终于探到了自己内心的最深处：不是金牧场也不是金草地，我渴望做的是动员有志者，动员我的读者大家动手、都来按照这个思路——即走上支援世界人民反帝火线的构思——写自己的一本青春盘点。

是这样吗？

我已经估计到了精英阵营里的一阵哄笑和群起围剿。就是这样，如今的世界已然简化，革命与斗争已经不是话题，而又一次变做了受压迫者的旗帜。不是民众和我们，而是可笑的精英正在被方兴未艾的世界大潮边缘化。

患着对帝国主义主子的一夜相思病的精英教授们，如今被百姓唤作"叫兽"。确实，在一派为金钱和富人、为资本主义秩序帮腔的号叫中，我们心中小小的理想愈发珍贵。如果"金牧场"确是一个公正的真理的代号，如果它真是值得让人一世追求的意义，如果它真是一种九死不悔的存在方式的动力——人生百年，重写十遍又有什么不可呢？

当然，这只是一个话题，没有谁会真的再写。可惜的是当年的我没有把握好机会，如蹩脚的前锋，射门时一脚踢偏。

严肃总结的话，我琢磨的是——自己缺乏的一种锐利的透视力。我在1987年构思时，没有看见茫茫视野里的这条轨迹。只是一个起点，如火车站的铁轨，可以抵达指示的远方。如今写在这儿已然太晚，所以我不愿写得直露，不想涉及得太具体。

最后，我没有说，那样写小说就会获得成功。我不过想接续以前那没有结论的思索。在不肯屈服和衰老的、遍及全球的六十年代人之中，这思索不会终止。"叫兽"们终止了，是因为他们出局了。或者他们从未被纳入。这个命题牵扯着人类的命运，它将不断地与我们发生碰撞，不断挑起那些似旧还新的讨论。

写于 2006 年 5 月 24 日

人文地理概念之下的方法论思考

1

人文地理这个概念方兴未艾。当我们使用这个词的时候，我们想到了另一些与它的概念界限并不清晰的学科。做些梳理和检讨是必要的，因为流行的概念里最易存在方法和道路的迷乱 。很久以来，扎实的体验和席卷的思潮之间，一种模糊的矛盾已经存在了很久。沿着感性的思路会议论到一些学科，它们都与人文地理的标签多少有关。它们都以人群、以人正存活其中的环境为对象，如社会学、人类学、民俗学、民族学等。但我们不求全面探讨，我们只想琢磨从学院，以及从社会所获感受的差别。眼下尚未起步，道路的思考，无论如何是必要的。

2

　　这些学科大多不打实证主义的基础。它们立论很大胆,概括、理论,甚至对社会或人群的体系构建都成立得相当迅速。不用说与考据学相比,它们和一切求实派都区别巨大。因为那些学科只确认具体或个别的点滴,只根据已有的残存尽可能复原历史的一隅,而我们议及的这些与人文地理近邻的门户,要的就是解释和体系。

　　在探究社会历史的长河中,人的主观是必然的。问题在于主观的研究有两种。或是以一己的生命感受彻悟了问题的本质;或是盲人说象,粗制滥造可疑的描述和结论。

　　令人担心的现象至少部分地存在:文明的阐释者,不是民间、民族、山野农村的文明主人和生活者,而是高奥的学科原理和教授训练。

　　体验告诉我们,人类社会的丰富繁杂,几近不可测知。它不仅源流交错,缺乏记载,而且类型繁多而差异微妙。它们隐约有着规律,但更有难以想象的、芜杂的特殊性。它有时色彩浓烈表露于外,但更多的是深埋自己。不用说心情,人们掩饰真实和心情的能力,简直就和他们的文明本身一样奥妙。

　　巨大的悖论就在其间:一方面,探究它们是人类智力发展无可非议的必然;另一方面,旧有学科的方法论不尽自然。它们基于结构主义哲学的主观特点,易于使伪学得以藏身。它们的一系列技术手段,同样也不是没有可指摘之处。至少,当我们企图以人文地理的角度，认识我们命途多艰的世界时，我们愿意提出这些疑点，供自己警醒。

3

语言是一个首先可以提出的质疑点。民间话语系统的丰富层层无尽。何止少数民族的语言，民间的方言、俚语、特定情境下的语意传递、甚至还有黑话，都是社会组织和文化真实，为了自卫设置的防线。

而从另一面，常见的则是会话能力的低下。刻薄些说，有些学者的语言基础不过是几个英语概念。按照调查表诱供式的交谈，不知能听来什么。难怪传播媒介特别喜欢模仿这一套，主持人面对摄像机搔首弄姿的采访，已经不知闹出过多少文化笑话。

一个叫作"调查"的词正在流行。是的，这个词汇已是天经地义的科学术语，无论它怎样与文化的主体，即民众，从地位到态度地保持着傲慢的界限。与之孪生的另一个词是"田野"。把人、文化主体、人间社会视为"田野"，是令人震惊的。因为对这个术语更熟悉的考古学界，还有地质队员并非如此使用这个词汇。在我们守旧的观念里，只把地层、探方、发掘工地，把相对于室内整理的那一部分工作称之田野。我们从不敢对工地附近的百姓村落，用这个术语来表述。

表述者与文化主人的"地位关系"，是一个巨大的命题。我们都知道，事实上为恩格斯的《家庭、私有制及国家的起源》启蒙的民族学大师摩尔根 (L. H. Morgan)，曾被美洲原住民的部落接纳为养子。

必须指出，养子，这个概念的含义绝非仅仅是形式而已。这是一位真正的知识分子对自己"地位"的纠正。这是一个解决代言人资格问题的动人例证。

不幸更多见的，却是书斋三五年中，时做两旬采风，归来炮制20万言的例子。而且继以上献国策，下为人师。要么粉墨登场，庄严地宣读于外国大学的答辩会。而洋人有几个知道中国的弯弯绕？归来都是"博士"，从此语言膨胀，步步压迫来源于底层中国的话语。

我们的人文地理，企盼在摩尔根的意味深长的道路上，回归求知的本来意义。首先成为社会和民众的真实成员，然后，再从社会和民众中获得真知灼见。

4

难以面对学问良心的还有，诸学的奠基，大都与列强的帝国主义扩张和殖民过程同步。比如日本民族学界在侵略的30年代，曾经同人相告："如今满洲正流行这种学习，到满洲去研究吧！"还豪迈地提出"不是书桌之学，是做有用于现实的研究的民族学"、"响应国家目的之科学研究"等民族学定义。德国地理学家李希霍芬的研究，则直接与德国夺取中国山东有关。

更不用说大英皇家地理学会，它几乎是一块诸学的总招牌。

若是他日余裕，我们有力细致重究它的各项专题的话，我们坚信会看到令人心悸的发现。可以说，在大半个世界沦为殖民地、而人民也再难恢复民族自信的代价下，它的发展史有多悠久，英帝国的世界殖民史就有多漫长；它的研究有多细致，英帝国的殖民统治就有多圆熟。

而中国诸学，则大都在那个母胎中破啼落地。难道学术血统就不会带有一丁点儿的胎记么？至少我们自己要清理这种瓜葛粘连，我们要朝着一种第三世界文明的倾向努力。

但是，政治的缘起，还不是今天探讨的主题。

我们更留心的是：关于现实世界的研究，与现实世界本身之间，存在着的先后主次的关系。我们质疑的，是专家手里的那些事先准备好的调查表格，因为在他们离开宾馆姗姗来到"田野"时，皮包里表格的背后有一个舶来的方法论体系。

诸学来自西方并不是怀疑的基础。与殖民主义的宿仇，也许更使穷国的学术追求客观。西方从来是人类思想的伟大来源之一。我们只是以更高的方法论探讨提醒自己。我们抱着幻想，我们直觉地相信：鲜活的民众生活中藏着正确的解释。我们预感：朴素的学术，明天将刷新权威们舶来的体系。

我们把剖析的矛，首先对准自己。我们给自己设置了禁忌与原则。如果说与殖民主义孪生的西方学术的癌症在于，它曲解和压制了文明的创造者对自己文明的阐释权，那么时光在百年之后，地点在国门之内，我们自己对不发达的穷乡僻壤、少数民族、文明主体的发言，是否就不存在话语的霸道、文化的歧视和片面的胡说呢？

5

　　从文明母亲的胎液里爬出来的孩子，在高等学府或上层社会，在思潮、教科书和恩师论文的烟海里被改造。无疑，书本的知识，尤其是必要的基本知识是绝对必要的。但是已经到了指出的时候：求学有时也如断奶，"学者"好像特别容易发生异化。不能否认，一部分人在认知的路上南辕北辙，他们傲慢地挣脱着健康的母体，从不回头，愈来愈远。

　　讽刺其实早就存在：在我们刻苦攻读的学问中，有些是生活的常识。而常识一直在被可能毫无常识的人描绘和猜测，并日益将其复杂化。被画得逼真的大象、被猜中的掌中物当然值得尊敬。然而假若一切只是"纯粹的智慧演习"、若这些"应用研究"只是错误的游戏，那么如此学问，对于苦难的文明又究竟算是什么呢？

　　知识分子在这样一个国度里命运坎坷。这种往往是政治造成的坎坷，遮蔽了科学的驳难。虽然背靠着罕见的文明和社会真实，原初的检讨还是久违了。在诸学中由知识分子建造的体系，并没有受到过严谨的，或者是直觉的质疑。

　　数十年寒窗再加上"田野"体验，使得诸学里形成的泰斗们充满了自信。农民或生活场景中主角的沉默，使得他们一直没有遇到学理的批判。他们可能不知道——盛名之下，关于文明解说与代言资格的问题，并没有解决。

　　但是应当尊重他们的填充开拓，以及他们对世界解释的努力。因为他们的愿望，也是朝真理跋涉。并不存在对知识积累的无端蔑视。可能我们最用心攻读的，就是旧有诸学的内容。换言之，恰恰因为我们感到了以民众山河挑战书斋学院的可能，我们读书的渴望才最迫切。书在被读懂的时候最为有趣。我们只是追求接近真知的方法，我们只是在另一个方向眺望。旧的时代该结束了，泥巴汗水的学问刚刚登场。我们只是呼唤真知实学，我们只是呼吁，一种不同的知识分子的出现。

6

真实的知情者是生活者。对每天迎送的生活，对生长于斯的家乡，知道得最细致的是老农，是牧民，是社会底层的大众。对社会的真相，天下万民，生而知之。

但是民众知而不言。他们不习惯发言，羞于解释常识。没有头头是道的口才，尤其是没有书写的能力。他们还没有对文化的主权意识；对知识分子的洋洋洒洒，以及已经离谱的解释，他们的态度毕恭毕敬。

也许学问的方法第一义，就是学会和底层、和百姓、和谦恭抑或沉默的普通人对话。一旦他们开口，一旦他们开始了指教，求学者找到的，就可能是真知，是谜底，包括自己人生的激动。

大地就如同矿藏。年轻人在投身进入时，用不着带调查表格，只需用心记取原样的生活。在目的在于追求自己生存价值的旅程中，源源的学问和规律，就像生活一样活泼。它多变，生动，并没有经过权威总结，没有哪一个现成的学科可以驾驭它。这时是读书的好时光，在心底已经出现感触的时候，读书开卷有益。前人的得失局限，此刻读来句句有用。所谓人文地理概念也是一样，它正在孕育，并未降生，它正在等着你的描述和参悟，等着它养育的儿女为自己发言。它就是你习以为常的故乡，你饱尝艰辛的亲人，你对之感情深重的大地山河，你的祖国和世界。

不用说，我们这本小小的杂志，并没能做到充满这样优秀的内容。但是我们企图呼唤。从人文地理的角度，我们热望着新的文章，新的人。我们凝神等待着，对于文明的合格发言。

杂志已经试刊，我们还在和作者、读者苦苦思索。我们决定了一个"文明内部的发言"的原则，尽力把对文明的描写和阐释权，交给本地、本族、本国的著述者。我们更选择了第三世界的文化立场，对地域的历史过程和未来判断，实行批判的、有利于世界上大多数人利益的描述。

出于种种限制，我们惭愧自己只是做出了一个姿态而已。不过或许这也并非毫无意义。微弱的呼唤会汇集得响亮，走的人多了，地上也就会出现路。在步步努力的流程里，后来人会把这种希望变成可能，再蔚为新世纪学问的风气，让文明的发言和文明的创造，成为一个声音。

1999 年 4 月

阿尔丁夫牙牙学语

1

若不是这些年，知识青年怀旧的风潮一阵紧似一阵，若非他们编辑的实录笔记裹挟了我，如下这一首儿歌，我是不会把它翻出来，编入文集的。

干嘛呀？怎么啦？瞧他们问得天真无邪。好像问题从不存在，好像这个话题是蓝天白云。我怎么能跟他说；哥们，写那点事儿招人讨厌！……

三十年前，在我匹马单枪描写草原的时候，童言无忌的抒发，不意撞上了一面透明的墙。那正是对革命实施否定的大潮，由远及近方兴未艾的时候，怀疑浪漫厌恶信仰的认识，正在秋风落叶一般扫荡和普及。它成为一种语境后也变做了无形的权力,持续地给异类以压力。

我该留意别夸大。但那一段历史影响巨大。因为渐渐地,宽容或讨论的气氛稀薄了,暗示在游荡,肤浅的思潮,借知识分子的网络蔓延开来。对资本主义的皈依,成了一种真理的标准,甚至一种强迫。那时的一些人有一种汹汹的自负,坚信真理已被实践检验完毕,想不通怎么还会存在异议。愈是知名的知识分子,愈像业余的警察;他们大睁着良心的眼睛,搜寻残余的革命党。

所以,无论对知识青年或是对蒙古牧民,我已不能讲清——拒绝加入对革命的诅咒、赞美异族和自己经历的生活,究竟怎么就不合时宜。

是的,弥漫而挥之不去的正统主义和侏儒心理,总是质疑外族异类的感受。年轻的我掂量着轻重,把单薄的篇什藏起。若非为了躲避打碎,至少为了不受玷污。

后来,在草原知识青年执著的怀念中,一切又缓慢地发生了改变。无数昔日伙伴对草原的情感,无数因秩序打破陷入个人的深刻困难的、普通人的真挚情感,又占据了思想的主流。他们征集当年的文稿,把我的小诗收了进去。只是,印着这支儿歌的一页纸,依然单薄得一阵风就能把它撕破。能把它拿出去么,让它迎着驳难与刁难、阅读和审视?

蒙文期刊《花的原野》(1978年6月号)封面

2

　　1972年离开草原的时分，那些天涌涨波澜的思绪，撞开了心里紧闭的某一扇渴望写作的闸门。记得大概就是自那一年始，我暗自涂抹，几次写过几篇类似笔记、更像回忆的东西。

　　那时的我，说来可笑，别说谁是艾青、海明威，我连小说散文是什么都不懂。先在重理轻文的清华附中被洗脑，后在唯知游牧的乌珠穆沁换文化——作为一名职业作家，我的一部分文学知识，并非获益于前辈的名著，而是积攒于异族的胡语。一直到今天，在我的文学里全然没有新潮古典，除了民风土语之外，剩下的不过些直露的心思！

　　那时强烈的冲动，还曾想用蒙文表达。在潜意识里，自己俨然是一名草原之子，需要一个蒙古名字。但它又要超越血统限制。既然蒙古族作家中已经有人取名牧人之子（玛拉沁夫）、猎人之子（安柯钦夫），那我就叫"阿拉丁夫"（人民之子）！对这个笔名的含义，我甚至写过一个小说解释。蒙文诗的题目，正是"做阿尔丁夫"。只不过，是因为它有些拗口么？我只用了一两次，而没有把它正式做了自己的笔名。

　　上述纠缠的一切，都是从这首蒙文诗肇始的。而这首蒙文诗，其实到了发表时已被改得面目全非。所以在给一个草原知青诗文集写的《作者附记》中，我说：

　　这首模仿蒙古民歌《诺加》的蒙文诗，是……压抑不住心里的感情胡乱写下的。后来把它修改，投稿给蒙文期刊《花的原野》。发表时（1978年6月号）小诗已被改动。不用说改后在语言上准确了，但也丢了不少原来的意思。当时《花的原野》杂志还用蒙文为它加上了这样的编后语："汉族同志张承志在牧区下乡期间学会了蒙语，以上即是他的蒙文作品。"

想再找回原稿已是一件麻烦事。总不能说发表的铅字不是自己的作品吧，若想读只能读它，读"凤凰"和"准备好的衣裳"。如今读着，想哈哈狂笑，又想落几滴泪。为自己那么单薄的语言，和那么傻气的行动。

我莫非想永远地告别那支半通不通的、但是企图表达真情的短歌？抑或有一天我会重新找到它并把它改出来？我还在梦想，暗自企图重建那一连串词首用 e（母亲）、a（哥哥）、h（汗乌拉）的排比段落，最终写成我一直想写的酣畅长诗。但更大的可能，还是就此为止了。这么写着不禁想，有谁能明白，我有多喜欢——悲调的蒙古格式、可爱的头韵排比？

但是奶声奶气是不必要的，哪怕心里话没有说尽。这个差强人意的删改本，毕竟是我发表过的、唯一的蒙文作品，而且是我作家生涯的第一篇铅字，怎能不留做纪念呢！

这么一想，再去用蒙文慢慢细读一过。我心中感觉新鲜，几次都忍俊不禁。本来想把它译得更土些，又觉得自己不该胡闹。哪怕"对词儿"的夹缝很窄，我还是译了两稿。唉，消失了的"查干陶勒盖"排比，其实在汉语中也有；谁若愿意，可以从汉语的"在"字里，想象蒙文的头韵。

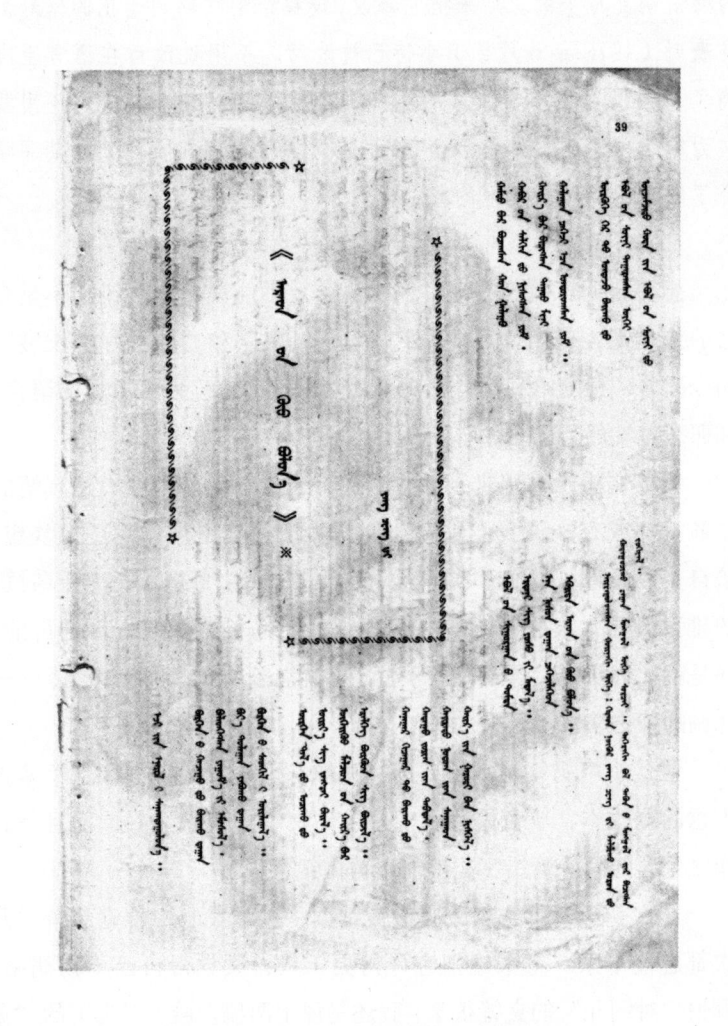

蒙文诗《做人民之子》1978 年发表版

只能是它啦。下面即我自译的《做人民之子》，它的蒙古文字的原版，是我作家生涯的第一页铅字。

一起飞回的大雁
在春天的风里出发
一腔情意写的歌
涌出了火热的胸膛
在自家包里睡的时候
冬天的夜里没有冷过
在乌珠穆沁的冬夜里
想起了额吉的恩情

在伯勒根身边的时候
穿的是准备好的衣裳
在身子暖暖的时候
懂得了伯勒根的心情

在那宽广草地的时候
性情就像小马一样
在贫苦牧民的情义里
长成了勇敢的雄鹰

在富饶边疆的时候
打下了坚固的志向
在回顾可爱家乡的时候

感情飞起了凤凰
在冬天的白毛风里
懂得了宝贝样的道理
在这一生要把它记住
永远做人民的儿子

　　汉文已是行行傻气，用蒙文读更让人大笑。但是在可笑的句子里，白纸黑字藏着不可笑的立场。也许如今的我，比牙牙学语的那一年，更企图说出这样的话、也更喜爱"阿拉丁夫"这个名字。包括语言。那是一个在语言上行动的时代：不问能力，只求诉说；无论如何，也要实现与民众的交流！……今天独自忆起，觉得那么珍贵。

　　所以，趁着把它再次印刷的机会，我把这一页蒙文铅字当成图片附上。也许它比手稿有些失真，但铅字毕竟是拿出来交给社会的形式，而且还有可靠的时间。

　　在空闲的时候，我喜欢把玩它。一遍遍吟味，读着和嗅着一九七八年的社会气息、文学热情、民族关系，以及一股亲切的油墨味。

2009 年 5 月 28 日于北京

达林太的色赫腾

1

先解题：

前一个词"达林太"，就是七十岁、"古稀"。

虽然数数还没古稀，但第一，待到这小文发表，岁数就凑足了。第二，按蒙古牧民虚两岁的算法，我的"达林太"大约在前一个春节就已经越过，而将来的春节（蒙古叫"白月"）我该是七十一。

既然不是十二整除的本命年，所以也不会得到特殊祝福。记得我六十那年春节，一早就接到巴特尔从天尽头的毡包打来的电话。虽然他笨嘴拙舌没说什么，但我明白这一通电话，是一个古老民族的特殊祝福；当年的两岁小孩巴特尔代表家族、对阿哈（我）本命循环的特大节日，作礼性问候。

后一个词"色赫腾"，则是上世纪六十年代蒙古草原脍炙人口的专用语：知识青年。

所以，题目意即：七十岁的知青。没错，往下写的，不过几笔内蒙草原知青的心事。

再咬文嚼字些："色赫腾"其实是"知识分子"。完整地说"知识青年"一词应该是"色赫腾·加洛"——但牧民们没有挑剔，他们满心欢喜接受了这个词，像接受了数千北京学生闯进自己的营盘。一个词霎那风靡，时光不能磨毁，居然一直使用至今。若你明天见到一个蒙古人并高兴地用蒙语对他说：

"Bi sehēten muna"[1]，他马上明白你是"那些人"，绝不会误解你在自我介绍是知识分子、更不会嘲笑你白发苍苍却自称"青年"。

2

读者诸君，别嫌我的文章里费解的字母愈来愈多。

既然"英语的侵略"（这一表现是上世纪六十年代对甲壳虫等英语流行音乐的戏谑评论）是正当的，我稍来一点"异语的抗战"就更是合法的。我暗暗发慌的只有一点：当年踟蹰风雪挣扎生存，并没被惠予规范学习蒙文的幸运。缩在骆驼身边的雪地上念来的

---

[1] 蒙语，意即："我是知识青年。"

一点蒙文,至今"别字"满篇(牧民们也写别字),今天引用着心惊胆颤。为此我决定,这一篇的拉丁转写统统免了,省得别人费解,自己累得半死。

不仅是七十老翁重操旧业,抡起虚拟的蒙古刀进行吉诃德式的抵抗。我早写过[2],一旦面临一言难尽的大命题,比如评价毛泽东或勾画六十年代历史,我就想起游牧民族的古歌。

你可别相信那些先天不足的狗屎教授为了骗国家的钱胡编乱造的"课题"或"工程"系列——他们从方法论开始就统统错了。相信我:正确的可能,藏在蒙古歌儿的形式之中。

唯有游牧艺术的苍凉,才能差强人意地与历史的律动合拍。它虽然一字没说,但全如倾吐一空。它虽不是具体的历史陈述,却满满传达了历史的情绪。

那你是要传达"历史的情绪"?

我讨厌这种追问。我没有那么大抱负,但我确实表达了"情绪"。我只是没"话"可说。你可以小作对比,看如今口似悬河的是哪种"知识分子"。我只想换手枪为马鞭,不管别人懂不懂,只问自己说没说。这一回,又是借来一首他人曲,填入自家喜与怒。

生涯里这是第几次?

我自己也觉得奇怪。鬼使神差地填词哼吟,循着我参悟的、神秘的蒙古暗示。

于是我沉入冥思。一切都起源于它,那二十岁种下的基因……幻视之中,年轻时死记于胸的东部乌珠穆沁,一座山岗坡坂清晰地浮现眼前。一丝不易察觉的声音飘着,不像音乐,不是话语,

---

[2] 即《恋阙与胡笳》和《有名的小马》两篇,辑入上海文艺出版社《越过死海》,2015年。

仿佛草梢风语或泥土气息，滋生出一声诱人落泪的信号，串联着覆盖广袤内陆亚洲的音符。

3

上大学时，从三里屯到北大南门骑车一个小时，我蹬车伊始就开始唱，从第一首到最后一首把自己会的蒙语歌依次唱一遍，学校就到了。没想到这恰是学习语言的重要办法：复习与重复。由于总是这么重复，肚子里的蒙古歌非但没有被考古学抹掉，1981年阔别九年重返草原时，家里人居然说我的蒙语比以前好。

两年前有一首歌流行。是支蒙语歌，在一些东乌旗知识青年之间，它一度传播。

听了几遍不能全懂。请蒙古人挨个解释了词意，再听依然踌躇，嫌它用词太宽太花，逸出了我们老派牧人的思路。

我们插队草原的年代，是在一种纯粹而原初的口语环境下度过的。由于时代的限制，凡是书面化或文史哲味儿的蒙语，都不属于日常用语，都似乎从当时的生活中被省略了。也是一样由于时代的浸淫，如今蒙古歌里充斥的花哨摩登，我们不仅听不懂，也对它抱着隔阂。

但是没关系，需要的不是歌词。前文已述，我需要的，是格式或者"蒙古暗示"。我发觉那首歌流畅顺口。它作为框架的句式是"不能忘记"（buu marteya），与我的心思一线沟通。

野心已经涌起，我要径自攀上它的格式，填入我的心情。

4

  一旦兴起，我便沉溺其中，要把它改了再唱。那一阵，连做梦都反复地试着一个个蒙文词儿，在别扭与和谐之间，苦恼、纠缠、感觉。

  比不了黑马银鞍的少年时代，经过了半个世纪的风销雨蚀之后，如今的蒙语真是囊中羞涩。但我的决心，恰是要在肚子里残存的蒙语小词库里，使劲刨出能替代本意的词。它们不仅要完成替代的使命，而且还要顺嘴上口——也就是合乎游牧文化。一个不好，换另一个。我不喜欢查语法，只靠当年滋味的记忆，斟酌和校正。

  这事像吸毒或"法呐"（痴醉），让人睡不着吃不下，心里一团乱麻般被异族词语充斥。顺序是挑一个涌来的词，咀嚼它的滋味，回忆当年的用法，不妥当就换掉。又一个出现了，再回忆，一个例句蓦然跳出……

  我不打算唠叨怎么让我的蒙古用语，暗合着生活中的惯习与细节。我想说的是如今：向另类的语言求援，向少量词汇强求，让蒙文的牛皮盾掩护思想且不泄露本意——于是话语突围了，不仅实现了表达，而且一个双义的高度，被意外地获得。

  如果回忆一下，《阿尔丁夫》《二十八年的额吉》《恋阙与胡笳》《有名的小马》——这已是我第五次投靠蒙古民歌。五次目的，遮蔽纸背。能力不够，强攻硬取，步兵换骑兵，喊着蒙古口号朝敌人的山头冲锋！

此时，我更渐次陷入了幻觉。我忽而黄忠忽而赵云，手无寸铁且无坐骑，但是两臂尚有余力。一张重弓出现手心，试拉一把，弓开满月。于是我手持胡弓，在月明星稀之际，向天上的无人机、地上的"火特勒"[3]射石。昨晚梦中，一石头打中跑到中国来清算革命的鬼子教授；今晨早起，一弹弓射向虚伪的假诗人。异族的语言有一种莫名神力，它一旦附体，简直就是电视里吹嘘的新式武器！明日向何方？我已瞄准了可憎的伪信者。

嗨咦，努霍德[4]！你们该知道，时值此日，在天倾西北地陷东南的历史节点，在大势难挽的败者战壕，使用胡语蒙文——含义之深，难度之艰。还有，更不可忽视它愉悦的功能！

我总在写完一段，就独自一人绘声绘色唱了起来。（趁机说一句：读《恋阙与胡笳》或《有名的小马》的歌词，需要你同时默哼《鸿雁》的调儿。）

原诗的滋味，一样保留着。添加的想法，差强人意地表达了。那时有一种从头脑到肉体的快感。像马绊子绊着马蹄一样，青春被蒙文绊住了，衰老已被中止。似乎一字字写得筋疲力尽，但却一行行地返老还童。

火种埋在灰堆，没有真的熄灭。在不能抒情的时代，我慢慢学会了心中默唱。常常我如同犯傻独自笑起来——因为陷入了回到草原、一派蒙语、月夜单骑、引吭高歌的白日梦。

此刻我写着。

---

[3] 火特勒：说谎者。

[4] 努霍德：朋友（复数）。

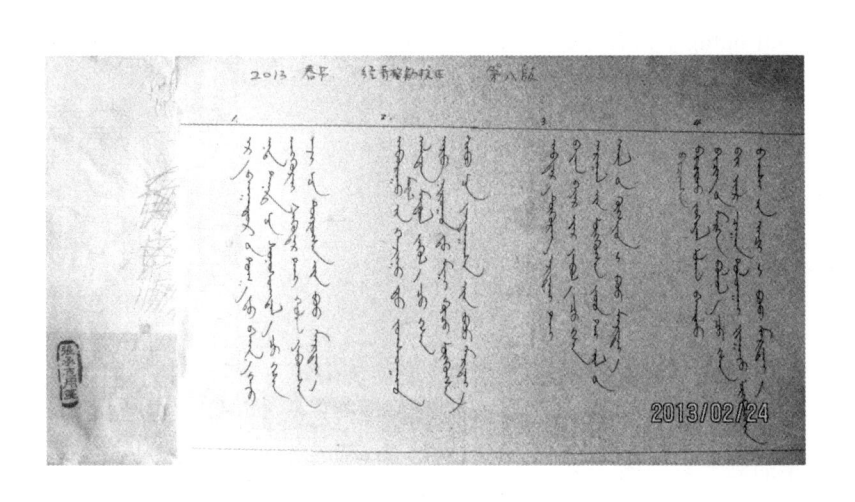

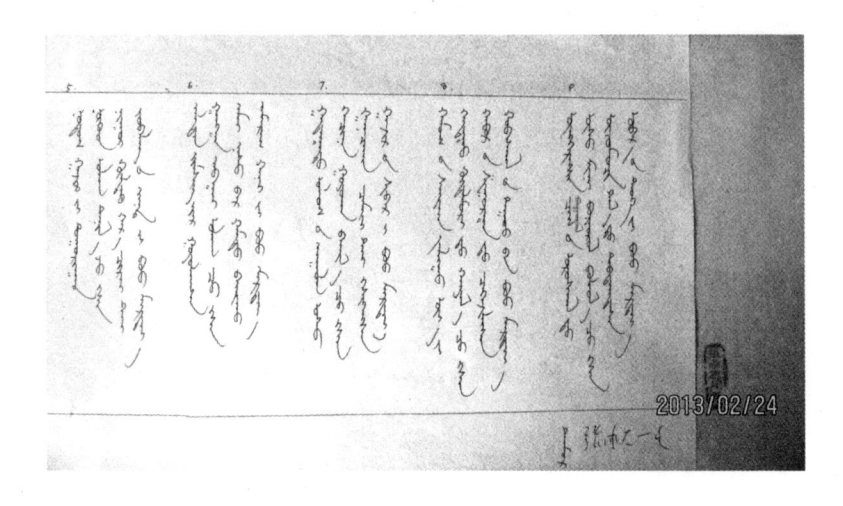

[Handwritten Mongolian script document — not transcribed]

大时代赋予的"蒙古知识"滔滔涌到笔尖。它与我一呼一应叠唱不已，使我满心酣畅块垒荡然。啊，Ganqin ta, ganqin ta bol mini nutug（只有你，只有你是我的家），我享受着你，只想一直这么写下去……

5

就像三十岁那年依照民歌《诺佳》格式写了第一首《阿尔丁夫》，到了五十岁又套用新疆蒙古民歌《厄鲁特》格式写了《二十八年的额吉》一样，这一回我套用了《不要忘》。

这是一首被我改写的蒙文歌。九段36行，套用了东乌旗牧民歌手莫日根巴特尔（Mergen baatur）的《嘱托》（我叫它不要忘）的格式和一些半句。我改写的蒙文见图片，此处只录粗略的译文。凡引用的莫日根巴特尔旧句，下印底线，以示尊重与感谢。

虽然这里那里，说你一条好汉
带着慈祥身影远去的，<u>来自母亲的生养不能忘</u>

<u>虽然站在力士旁边，挂着金牌</u>
给我后心脊背力气，<u>来自父亲的宿命不能忘</u>
<u>箱子塞满宝贝，富足快乐过着日子</u>

给过我牛粪的，灾年里那艾勒^[5]的老太婆不能忘

写成的书多多有，都说你是好写手
可拿粉笔教我白头字母的，老师的恩情不能忘

转遍了各地，朋友认识多少，
只有脸上冻疮黑颜面，苦难中的朋友不能忘
金饰装扮的时髦女人不管有多少

一生性命与共，温顺的伴侣不能忘
外国的山，还有水，不管有多美
唯独和你踩踏过的，泥巴的路不能忘

虽说最好的青春时代，被扔到硬重的劳动里了
春天白毛风里记熟的，革命的歌儿不能忘

虽说过去的时光流水里，我的头发已白
乌珠穆沁草原里造就的，自己的历史不能忘

---

[5] 艾勒：ayil，元代写为"阿寅勒"，邻里，聚落。

6

记得那些年"思想解放",忿忿的知识分子们说我们这一代是"喝狼奶长大的"。真费解,明明我们喝的是牛奶和羊奶。在日本,"知青"一代被翻译为"失去的一代"(失われた世代),更是秀才见了兵有理说不清:究竟是别人把我们丢失了、还是我们自己"被失去"了?明明我们不但没丢,还得到了不少,比如说,蒙语歌。

不过事情也不只像一首歌那么简单。并非会唱几曲蒙歌、穿烂过一两件羊皮德勒,人就达到升华了。

同样从乌珠穆沁的异族怀抱里走出来,不少人虽然嘴里还念叨着蒙古单词,屁股却已经牢牢坐在了体制与压迫的板凳上。他们鼓吹侵犯的同化,否认少数的权利,使用英语听来的概念,逐个取代牧人的观念。不仅堕落成了豢养他们的体制的叭儿狗,更有人高调鼓吹殖民主义——他们的异族体验,只是脸上的脂粉,他们最终选择了充当附庸资本与权势的色赫腾(知识分子),而背离了加洛(青年)时代的启蒙。

语言,也许它暗指着人类社会的最大不公。霸道话语的强势与他者诉说的无视,是一种资本的新压迫形式。我们虽不合格,但我们在尊重他者语言的环境中度过青春——这就是我年近古稀、还珍惜"色赫腾·加洛"身份的原因。

由于乌珠穆沁的孵化,体内一个潜伏的本质被诱发。它复活了,迅速成长,给后半生的我以依靠。今天才懂:当时我完成的,是一场脱胎换骨。回到都市以后,反戴帽子歪骑马,我已敢于对峙。

填词于这首歌，使我又一次幻入了蒙古民歌的车辙规矩。在它的话语中寻找我的语言，在捕捉词语的同时遵从另一种文化规矩——这是变形的创作，是话语的游击、是声音的藏身。过程舒缓而有节奏，找到一个合适的词儿，就像寻到一根四叶草。在草潮中，清新浸漫，我享受了妙不可言的宁静。

　　——知青史与中国文学史中如此乖僻的一例，也许又给读者和叫兽、研究者和否定者、革命党的追捕者，出了一道不大的难题？

7

　　有人问我，你们草原知青愈老愈怀旧，为什么？

　　说什么呢，大伙如一大把花籽，撒在草原，绽放又凋谢。人聚了，又散了，各自拿走了不同的东西。

　　也没准，谁都没有变，人都只拿回了自己。

　　大幕就要落下，历史早已翻篇。我盘算着，我不等什么知青聚会了，我要把这篇蒙文歌刊布。都"达林太"了，为什么我还不赶快痛快一唱、回味自己在草原的——蜕变与重生呢？

　　至于纯粹读蒙文的兄弟或侄儿小辈——嘿，纳黑特！乔里玛！铁木尔！小门德！远远地躲在一边嗤嗤笑的家伙们，你们不许挑剔！

　　——别字错字当然少不了。当年，谁叫你们的父兄不好好教呢。

2016 年 11—12 月
2017 年 9 月 22 日改定

Alder-tai urō（有名的小马）

1

数年插队异乡，身心发生了说不清的变化。

从内蒙古草原回来，我没料到、更没有常把它提起的一件事，是心里一直潜行着一个旋律。

它时而漂浮到表层，时而缭绕到了嘴边，但更多是在心底潜藏。本来已经把它忘光了，突然它冒上来横冲直撞，掠夺了心情和大脑。人不由自己唱了起来，直至痛快酣畅，直至筋疲力尽。

在一篇没写透的《恋阙与胡琴》中，我用它比喻过我们对革命的难言情感。我写道我们是决不会那么肮脏地咒骂的，不管自己其实经历过怎样的厄运。我写道我们的感情从来不是旧文人的愚忠恋阙,而是一种……只有草地古歌才能类比的古老惆怅。

呸,和这机器人繁殖的世界谈草原古歌,你不觉得是一种地道的"受污癖"么!后来我后悔向那种下流摊子展示了我的这一面。我暗中立誓,决不再与他们谈半句革命……

此刻,我只想用一点残剩笔墨,给我私人的读者写一些 setgel-in duu。这个词组可随字面译为"心的声音"。当然,一旦骑上简单的两句调子,它就是"音乐的原初"。

确实,歌就是音。我说的是关于北亚使用蒙古-突厥诸语言生活、并在生活与情感发生激烈磨碰时,游牧民族使用母语进行的抒发方式。我坚信那是艺术的起源。谁说艺术起源于老土农民的小黑棉袄?不,从来不朽的情感与它的抒发,都与自由的游牧相关联。山陕两省一共三首好歌,《赶牲灵》《走西口》都不是农耕。不对么?都是进出憧憬的异乡,染足自由的畜牧。

由于得天独厚地赶上了那一场时代的风集云会,于是年轻的心被启蒙,仅在一瞬之间,我就再也不能顺从体制。它常化作声音,一瞬掠过耳际,被我牢牢记住。自斯时起,它与我纠缠不已,夜阑之际令我反刍再三,甚至在花甲之岁,强求我童声胡语,再填新词。

而此刻,我决心把这件事做掉。

我在想做的做不成、做着的又做不透的时候,就明白:一个作家到了求助原初的时刻了。

我的原点初音,在那遥远的青青蒙古。我的这支笔,经由的最初途径是蒙古字头押韵的民歌。asirrū jaharū[1] 噤声，高声，秘默，张扬。我似乎又要回到那种形式，那抒发与含蓄、倾诉与缄默的形式。世纪末的日子，需要这样的古乐，就像瘟疫中的人，需要解毒的草药。

在《恋阙与胡琴》中我没有写上的三段蒙文，如果随意些作"音"的转写，大致如下。第一节是 H 打头，第二节是 N，第三节是 W 字头：

1.
海忒～	hai-tu	北方
海勒恨乃恩格尔～都～	hairhan ne engger-du	山的南麓
霍莱～德勒斯～～	horai deres	茇茇草枯黄

2.
纳斯太浑～	nasutai-humun	老人
纳每～哈拉特～	namai-i harad	望着我
纳西～艾赛乌怪～～	naxi aisih-uguai	不到这边来

3.
乌洛～	乌洛[2]	
翁各～海布什奇拉德	变了颜色	
乌尼勒～叹恩怪	真的认不出	

---

[1] Asirrū：低声。Jaharū：高声。阿拉伯语复数第二人称命令式。

[2] 乌洛: urō，小马。褒义，好马。另，马随年龄增长颜色会变，往往一匹黑马老后会变成灰白色。

——转写转到了第三节,我突然厌倦了。究竟在为谁费劲呢?难道自己对自己的独语,还要等谁解读么?

　　我停下笔,不再像以前那样找一个蒙古朋友核对。波澜沉寂,心里只剩宁静。久违阔别的、水一般的静。

　　万籁俱寂。耳际一丝微风,把三段悲凉的辞句,用蒙古的轻灵语音托载着,轻轻地甩摇舞动,似一丝云在漂游,如一口气在吐尽。

　　我屏住呼吸,又合上了眼。我舍不得这难得的静。用耳朵捕捉、用身心承接,我在吮吸一般地享受。

2

　　我把这些句子,给一个西蒙古人一句句唱过。

　　因为那一年,细数的话是 1988 年,在兰州的西北民院招待所。门推开了,进来的是一个"腿不自由的人"(不能说瘸子,我一使用蒙语就避开不礼貌词),所以我没法子对他的闯入发火。问候的是蒙语,更让我无法拒绝。

　　他坐定后,注视着我:"你干嘛到军队去了?"

　　这一个"干嘛"(yāji)击垮了我。"牙吉","牙吉痕呗",是嗔怪、埋怨、批评自家人的语感亲密的词。

　　我像一个赤裸裸的小偷,呆呆地接受他的审问。真的,自由的牧人怎能穿那套紧身的兵服呢。

　　这就是我的知音。你可别以为我写这些乱七八糟的蒙古小调是一种自娱。如同梦游,我常夜阑之际抵达兰州。找到他,才能诉说最深的心事。

我把自己最隐秘的诗作,逐句吟诵给这个独脚审读者。他听得懂弦外之音,听得懂我唱出声的和憋在肚里的本意。

吟诗,也就是哼着编词儿的时候,我使用流行的《鸿雁》调子。但是为了遵循蒙古旧体歌以马题名的习惯,我把这些自娱的诗句,命名为《有名的小马》(Alder-tai urō)。一旦定下题目,我更身不由己。我信马由缰一路写去。噢,谁知道在这个2014年岁末,我选择的语言居然就是它!

我如无形巨手拨派下的草木。我随草浪摇摆,我任词汇浸漫。管它别字多多,我不在乎被人挑出毛病——反正我要写要唱出的,并非蒙古语的高低,而是它给我的呵护。是的,一种游子慈母般的、粗糙微酸的呵护。

独脚兄弟微微笑了。他依旧用那双貌似柔和、其实钻头一般的眼睛直视着我。"Abuje xiu……"他评论一般自语着。我高兴地发现他根本不在意我拼写的错误,格式的出轨。他一眼就看透了我要写的是什么。

Abuje xiu,就是"你真行呀,抓住啦,干成了"——就是你的心事实现了。

须知,战士一旦换了蒙语,就像穿上了硬牛皮的锁子甲。或者说,就像长征红军"调虎离山袭金沙",中伤流镝,围追堵截,一下子都傻了眼。它们像白狗子一样,胡乱扫射,无的放矢,难奈我何。

于是,我在所谓花甲之季,再度讴歌草原度过的青春。古人云白头搔更短，我却有冲腾的热情。赞美赠与我放浪气质的蒙古牧民、赞美给了我不羁习气的茫茫草原吧……

哦，创造者！谁能尽知你拨派创造的奥秘？在我满胸堵噎，在我渴望倾吐，在我的笔尖心头满溢着悲怆激烈、渴望一泻千里抒情的时刻，在下意识之中，我的手脑心笔居然并没有选择汉语华文，我的脑海眼前接二连三涌出的，一段一段都是蒙语胡歌！

哪怕它并非工整对仗，哪怕它总是别字连篇，但唯有它，也唯有我，才能获得创世造物的伟大主宰的眷顾特爱，写出这些字，做出这等事！

何止对革命的过去，甚至对当今的天下大义，我的心情已经离不开这种调子。在历史的尽头，唯异族的"胡语"，使我挣脱束缚，完遂了作家的悲愿。冷漠的世间，怎知我闪身占据了天外堡垒，仰手接飞猱，俯身散马蹄，用最字面意义的"超现实"手段，高屋建瓴地进行反击。

昨天我讲述着两种的母语。

今天我倾诉着双关的诗句。

我用全部感觉，丝丝吮吸一般，接受着胡语的抚慰。艺术在此刻抽象又还原，每一个词都是最平常的。它们简朴至极，但表达得淋漓尽致。

人到了这样的火候，会不觉间向纯朴倾斜。何止对于革命，从天下大势到一己无常，从民族兴衰到享荣受辱，都被几个简单的词儿，先是一语道破，然后一唱三叹。我不禁要落泪了，怎能如此平白，又这么滋味无尽！

3

一个白毛老外来采访我,问了文革问门宦。

我说:给你讲,你听得懂吗?

他自信兮兮地笑。从背囊里掏出一大堆书,都是他翻译的中国文学。"我们、都毛泽东、你说,听想。"

毛泽东?你听得懂么?

他更自信了,搭上了二郎腿。

于是我给他念了上述蒙语歌词的第三首,那首没拉丁转写的。他一翻白眼,显然觉得我很坏。

我本来还想给他讲一节草地经,告诉他年轻的马到了老后,漆黑会变成苍白的常识,但老外哪里肯听!他恶狠狠地怒视着我,换了英语飞速地朝我扫射。我估计,那些话无非是你哪里是作家你纯粹一个死不改悔;你对西方有偏见你的文学一文不值你写了我也不给你翻之类。

我也大怒,比外语吗小子?我能用蒙语把你小子从鼻子到尾巴骂一小时绝不重复,你信不信?

使我勃然大怒的,其实并不是他的政治文学观点,而是他对我们黑马变白马的牧人经验的蔑视。我不能容忍,我浑身的野性顿然腾起,我要把他用最毒最脏的话骂个透——就在这时,忽然出现了那个独脚牧人。

他警告我不许把语言弄脏。

我只好恨恨地转过头,闭了嘴。恼人的传统哟!你让这么坏的老外占了我的便宜了！……眼角居然有一滴泪。我愤怒地抹掉它。

就在那一瞬，一首新词浮现在眼前：

4.
Habur-in
sur-du
nuteg hara bolna
Hair-tai
qaima-s sarerad
jil bolna

春天
结束时
营盘变黑了

和喜欢的你
分手后
已经是一年

一瞬间，我被一股情绪攫住了，老外被忘在脑外。

当然我不会对老外说，牧人对化雪季节的表达，是"地变黑了"。真的，终于五个月之久的漫漫冬天熬到了头，先是雪白后来黄污的雪地融化以后，湿漉漉的草地露出来，望上去一片黑色。还有"爱"，牧人和一切普通人一样都不讲那个酸酸的书面语。蒙语的表达是"喜欢的"，多亲切。

我不会教给老外这些草地的体验，免得他们立马写成博士论文。我没有告诫他说只有这首歌才总结了天道运行中的人与大地，你们的文化教养不足。不，我没工夫再搭理他，我在倾听我心里的声音。弥漫的旋律。正从天而降。

5.
Garoo
haisii-du
hejeqi sareh-uguai

Hargaqi
sandrad
haren jug uguai

鸿雁
向北方
从来不分开

燕子
着急了
但是没方向

我的胸中，胡音渐起，琴笳交奏，妙不可言的句子接连涌出。我的语言尚未彻底自由。但层层的封锁，就像泛滥春水席卷

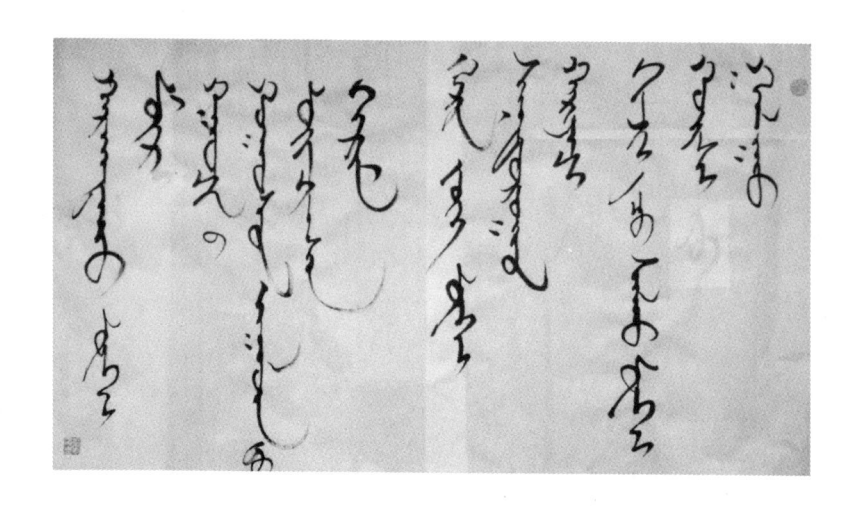

《有名的小马》后四节蒙文

下的土墙，无声无息地颓塌崩溃。我顺流而下，我能这样不尽地写下去，就像语言依附的生存一样。一刻一刻之中，我清晰地意识到这是我的生之享受，于是我低低起调，为自己唱了起来。

6.
Herem
Aiqutesen
hosun-ne agoldu

Hoqin-gin
Murer
harateh-uguai

棚圈
倒塌了
空空的山中

旧时的
车辙印
已经看不见

写于 2014 年岁末，马六甲归来